Os Dez Mandamentos

CARLOS HEITOR CONY

ORÍGENES LESSA

MARQUES REBELO

JOSÉ CONDÉ

LUIS FERNANDO VERÍSSIMO

CAMPOS DE CARVALHO

MOACIR C. LOPES

HELENA SILVEIRA

GUILHERME FIGUEIREDO

JOÃO ANTÔNIO

Os Dez Mandamentos

BERTRAND BRASIL

Capa: Rodrigo Rodrigues

Editoração: Art Line

2001
Impresso no Brasil
Printed in Brazil

CIP-Brasil. Catalogação-na-fonte
Sindicato Nacional dos Editores de Livros, RJ

D518 Os Dez Mandamentos / Carlos Heitor Cony... [et al.]. — Rio de Janeiro: Bertrand Brasil, 2001
350p.

ISBN 85-286-0811-5

1. Dez Mandamentos — Ficção. 2. Antologias (Conto brasileiro). I. Cony, Carlos Heitor, 1926-.

CDD - 869.93008
01-0322 CDU - 869.0(81)-3(082)

BCD UNIÃO DE EDITORAS S.A.
Av. Rio Branco, 99 – 20º andar – Centro
20040-004 – Rio de Janeiro – RJ
Tel.: (0xx21) 263-2082 Fax: (0xx21) 263-6112

Atendemos pelo Reembolso Postal.

Sumário

Os Dez Mandamentos

I

Amar a Deus sobre todas as coisas

Carlos Heitor Cony

A
Otto Lara Resende,
que gosta de padres.

I II III IV V VI VII VIII IX X

Sobre Todas as Coisas

Repara: o homem envolto em trevas põe a mão em concha e risca o fósforo. Ao romper da chama, o rosto toma dimensões sinistras. Não se lhe vêem os olhos; o homem se curva, como se orasse, ou se adorasse a estremecida deusa que dança — azul e rubra — sobre seus dedos.

Repara: ele se ajoelha, em breve sua oração subirá, incenso fantástico que avermelhará os céus, abrasará corações, purificará mãos assassinas.

Não o deixem: ele se abaixa cada vez mais, como se procurasse um diamante no chão escuro, infla as carnes da boca, o sopro solta em prolongamento de imaterial língua que vai vivificar a chama.

Ninguém o vê: apenas ele vê a todos. Sente o calor se extinguir de suas mãos, mas do monte de papel à sua frente começa a se evolar a fumaça que não o sufoca. Ei-lo: é íntimo das chamas, irmão do braseiro, carne e sangue do fogo, de malditos ventres herdou trevas que não se dissiparão diante da luz.

Atentai agora: está de quatro, animal em guarda, desafiando ondas de fumaça que não lhe queimam os invisíveis olhos e escorregam, nuvem em ascensão. Ele sorri, a boca escura retorceu-se no esgar obsceno que lhe substitui o humano gesto do riso. Sabe que ali, sob a nuvem que sobe, sob o papel que estala, seu irmão de carne e sangue devora aos poucos o pequeno monte que rápido se desfará em ruínas, e as primeiras labaredas surgirão, imensas, lama subida dos infernos em busca do céu sem estrelas.

Agora: está de pé, contempla sua obra, tem a seus pés o pequeno fogo, como se seu escravo fosse, gigantesco ídolo diante do qual temerosas mãos erguessem inapagável pira.

Ninguém sabe o que fará ainda: já o fogo se insinuou, insaciável serpente, pelas frestas do assoalho. Já a madeira estala, vergada ao peso de escuros móveis que em breve darão apoio a que a língua de fogo se insinue e suba — enroscada hera — até os cimos.

Se tivéssemos ouvidos atentos, nem assim ouviríamos sua gargalhada. A cova aberta onde humanos têm a boca não solta um grito: é oca a caverna, desabitada de sons.

Já a fumaça tomou o espaço, mal se lhe pode ver o vulto infernal que se tornou diáfano, dissolveu-se no fogo — parece —, mas ele ali está, o íntimo das chamas.

Nada mais se poderá fazer. O fogo subiu, expulsou a fumaça para os altos, se agita, touro selvagem escoiceando paredes que se derretem engolindo móveis que gemem — é o único som que grita, o único vulto que dança.

Prossigamos. Infinita é nossa impotência: nada mais se poderá fazer.

I

— "Se cair temporal, vai haver estrago!" Pe. Lucas guardou a bengala de osso no canto do quarto e, apoiando-se na mesa do centro, conseguiu chegar ao leito sem muito esforço: apesar do deslocamento, a perna aleijada ficou imóvel.

Sentou-se na cama, gemendo. Os ossos mutilados, da mão e da perna, pressentiam o temporal. Qualquer alteração no tempo, e as dores voltavam, como se recentes. Os três dedos amputados deixaram-lhe aqueles nós anquilosados, transformando a mão direita na garra avermelhada e rude, onde os dedos restantes — o polegar e o mínimo — pelas solicitações inesperadas que passaram a ter, foram se transformando, grossos e ágeis, em dois bichos independentes de seu controle e de sua carne. Não pareciam dedos, mas monstruosas pinças, separadas pelos cotocos arroxeados que ameaçavam sangrar ainda, de tão congestionados.

Aquela mão assustava os paroquianos na hora das comunhões. O cardeal dera-lhe permissão para se utilizar da mão esquerda, mas ele não se habituara com aquilo. Nos primeiros tempos, logo após o acidente, usara uma luva, também sob permissão superior. Mas as hóstias deixavam um farelo nas dobras do pano, era trabalho cansativo limpar as pequeninas partículas que ficavam nas costuras dos dedos; aquelas partículas eram sagradas, não podiam ser jogadas e profanadas em qualquer canto.

Com o tempo, foi se habituando à repugnância de alguns rostos que se assustavam com aquela garra disforme, agarrada à hóstia como mandíbula de um bicho irritado que prendesse, entre dentes mal fixados, uma presa preciosa e frágil.

Os paroquianos também foram se habituando, e os renitentes, os que nunca se habituavam, as caras novas que apareciam, os freqüentadores eventuais da mesa de comunhão, esses tinham as mãos brancas e perfeitas de Pe. Mateus — um padre inteiro e confortável, decorativo, mas inútil.

— "Sim, inútil. Um idiota! Com esse temporal em cima da igreja, e lá está em seu quarto, lendo seus livros — sei lá que livros! Um inútil, isso sim. Trabalhar que é bom — aqui estou eu, velho e aleijado, para o serviço todo. Há o Ismael, mas Ismael é outro impotente, cego de um olho, nem me adianta nesta hora, gostaria de ter alguém que pudesse ir lá em cima, ver as telhas da torre; se cair temporal o estrago será grande. Mas estou cercado de impotentes, de mutilados, com esta mão e esta perna aleijada, já não posso me arriscar assim; Ismael enxerga pouco, não me serve de nada. Pe. Mateus é o pior. Inteiro e perfeito de carne e membros, mas aleijado de alma, frio, insensível, não tem amor a isto aqui, é um forasteiro em minha igreja, um inimigo dentro de minha cidadela. Vou um dia desses dispensá-lo, pedirei ao cardeal que me mande um outro auxiliar. Se não houver mais ninguém, prefiro ficar sozinho. Com esse idiota, com esse inútil é que não agüento mais!"

Pensou em tirar a batina e deitar-se um pouco, à espera do jantar. Mas o vento aumentava, agora que a noite caíra de vez. Pe. Lucas temia o temporal, sabia dos estragos, conhecia sua igreja palmo a palmo, há trinta anos começara a construí-la, a erguê-la do nada. Tijolo a tijolo, lentamente, suando por todos os poros, a batina arregaçada entre as pernas, Pe. Lucas misturava-se aos operários. Seu trabalho valia pelo esforço de três ou quatro homens. E, com sua presença, os operários trabalhavam melhor, rendiam mais, constrangidos e estimulados em ver aquele homem imenso e poderoso, envolto pela metade em sua batina, preparar as massas, afundar a enxada na mistura de cimento e areia, erguer tijolos, encarregar-se das tarefas mais pesadas.

Era sozinho, então. O cardeal resolvera testá-lo numa coadjutoria, lá pelos subúrbios, mas Pe. Lucas não sabia ajudar, era muito independente e forte para ser guiado e travado pelas cautelas e pela velhice do titular da paróquia — um monsenhor que o dinheiro e as honrarias eclesiásticas haviam efeminado e adormecido.

Pediu coisa nova, trabalho pesado que fosse. E o cardeal, mais para castigá-lo que atendê-lo, dera-lhe aquilo, um rebotalho de ruas desmembradas da matriz — a de São Joaquim —, zona de conflito entre a Ordem Terceira, que mantinha um hospital no território, e a paróquia mais rica e importante da cidade. Os atritos entre o provedor e o cônego que dirigia a paróquia chegaram a um ponto insustentável. O remédio foi o cardeal relotear o terreno, isolando a Ordem em uma faixa de ruas que seriam desmembradas daquela jurisdição paroquial. Uma espécie de estado neutro, dentro da arquidiocese.

Mas a Ordem, vencida a primeira batalha, quis vencer a guerra toda. Destruída a paróquia, quis destruir o pároco. Não cumpriu com os compromissos assumidos. Pelo trato feito com o cardeal, a Ordem deveria servir espiritualmente àquelas ruas que se desgarraram da paróquia. Mas o provedor jamais consentira que os padres da Ordem atendessem às necessidades daquela zona neutra. Quando os casos começaram a complicar e tumultuar a pesada burocracia eclesiástica, caiu dos céus um homem para aquela terra de ninguém. O cardeal olhou Pe. Lucas e colocou a mão em seu ombro:

— O senhor quer trabalho pesado? Pois terá o seu trabalho pesado!

Levou-o ao gabinete e mostrou o mapa da arquidiocese. Foi fácil para Pe. Lucas ver o que seria o seu trabalho pesado. A zona estava coberta com lápis vermelho. Coisa pouca, uma dúzia de ruas tortuosas cercando a pequena colina onde a Ordem construía seu monumental hospital.

— Isso aqui lhe serve, padre. Uma paróquia nova, pequena, sem vícios de administrações antigas. O senhor vai criar do nada, *ex nihilo*, como convém a todos os criadores.

Pe. Lucas percebera a ironia do cardeal e percebera mais: aquela zona estava coberta de vermelho por algum motivo especial. Insignificante territorialmente, deveria haver alguma oculta importância naqueles poucos traçados vermelhos que rodeavam a Ordem.

— Serei vizinho do Hugo?

— Vizinho? Mais ou menos. Sua paróquia será desmembrada da dele, mas não diria que você será vizinho dele. A sede do Hugo é bem aqui embaixo, longe de sua zona. Você será vizinho é da Ordem Terceira — o dedo gordo do cardeal percorreu uma distância no mapa e parou em cima de uma cruz negra, onde se lia, destacada, a advertência: DIABOLUS.

O cardeal olhou o rosto do Pe. Lucas, para ver a impressão que a palavra lhe causara. Ficou decepcionado ao ver que nenhum músculo se mexeu na cara forte e sadia do padre. Nenhuma pergunta foi feita. Pe. Lucas recebeu a bula de investidura, marcaram a data para a cerimônia de instalação e posse — quando as coisas já estivessem em pé. Por ora, que Pe. Lucas se arrumasse, como pudesse. O cardeal deu-lhe uma carta para um médico da localidade.

— Pode se hospedar lá, por alguns dias. O médico é meu amigo, homem religioso, tem duas irmãs no Sodalício da Sacra Família, ele o ajudará nos primeiros tempos.

— E onde celebrarei?

— Meu filho, você sabe que, em sua situação, o Direito Canônico lhe dá a faculdade de celebrar e praticar o culto em qualquer lugar *decente*. Só lhe peço um favor: não me crie casos com a Ordem. Nem invada a jurisdição do Hugo. O resto é com Deus e com você mesmo.

Pe. Lucas arranjou o lugar decente para celebrar sua primeira missa como pároco: os fundos de um açougue. O açougueiro devia favores ao médico, e havia um vasto alpendre vazio, cuja saída dava para outra rua.

Abriu uma porta no muro e colocou o aviso:

PARÓQUIA DE SÃO JOSÉ DA TIJUCA

Missas todos os dias, às 6 e às 7 horas
Domingos: missas às 6, 7 e 9 horas

O VIGÁRIO: PADRE LUCAS

Ao fim da última missa do primeiro domingo, contou, num canto do improvisado altar, o dinheiro que recebera das espórtulas e do casamento que realizara — o do próprio açougueiro que vivia maritalmente com uma mulata da Bahia.

— Amanhã vou comprar tijolos!

II

A ventania soprava mais forte. Pe. Lucas esperou que o vento afastasse a esfarrapada cortina de sua janela para olhar lá fora. Viu as palmeiras dançando, as copas agitadas.

— Se continuar assim, tenho de fazer qualquer coisa. Aquela torre inacabada, mais dia menos dia acaba caindo. Faltam dinheiro e energia para terminá-la, tenho uma ruína em minha igreja, eu mesmo sou uma ruína. Se ao menos Pe. Mateus ajudasse, tivesse boa vontade, bem que podia ser outra a situação. Não lhe pediria sacrifícios, não posso exigir que complete aquilo que não pude terminar.

Olhou as mutiladas mãos e lembrou-se do dia em que caíra do

andaime. Já havia levantado a igreja, iniciava até algumas obras de decoração interna, mas queria a torre, enorme, monumental, que fosse vista de longe, apontando o céu, como um triunfo. De longe, Hugo veria aquela torre e diria, entre os dentes, "aquela é a torre do Lucas!"

Os sinos não deram trabalho. Promoveu o padre uma campanha financeira bem-sucedida e encomendou o conjunto de quatro sinos na Bélgica. Houve procissão e festa no dia em que chegaram. Mas a torre não podia vir da Bélgica, inteira, completa. Tinha de ser feita, metro a metro, tijolo a tijolo. Para ajudar, e para terminá-la mais depressa, Pe. Lucas misturou-se mais uma vez aos operários, fazia massas, subia pelo guincho provisório. Até que veio a queda: o andaime mal colocado, algumas tábuas apodrecidas, e a vertigem, o abismo de seis metros que o tragou e o mutilou.

Os operários socorreram-no. Pe. Lucas sentiu-se arrebentado, mas a cabeça funcionava com lucidez e energia. Pediu que o levassem à Ordem, era o hospital mais próximo. Os homens sob seu comando improvisaram uma espécie de maca e subiram a imponente escadaria que serpenteava pelos jardins floridos do hospital.

Não aceitaram o padre. Não era irmão da Ordem, nem contribuinte, não podiam abrir exceções, limitaram-se a oferecer o telefone para o chamado da ambulância.

Mãos profanas, em hospitais profanos, trataram de suas feridas e chagas. A demora no primeiro socorro foi fatal: o osso da perna jamais foi recolocado em sua posição exata. O aleijão ficaria para o resto da vida. A mão — essa quase que perdida. Amputaram-lhe os três dedos intermediários, restando-lhe apenas aquela garra sanguinolenta, guardando os roxos vestígios da gangrena.

Seis meses depois do acidente, foi despejado por um táxi em sua igreja. Apoiado já na bengala de osso, as mãos enluvadas para impedir o constrangimento alheio, Pe. Lucas olhou, lá em cima, o soberbo edifício da Ordem.

— DIABOLUS!

Daí para cá, foi a luta das insignificâncias, das mesquinharias. Combatiam-se com ódio, sem tréguas. A Ordem promovia festas; pelas janelas semifechadas de sua lúgubre casa paroquial, Pe. Lucas via os carros de gente rica e importante subir as alamedas floridas do hospital. E vinham todos, o núncio apostólico, o embaixador de Portugal, o cardeal, que não queria brigas com ninguém. Quando da festa dos sinos, Pe. Lucas convidara o cardeal para benzer o carrilhão e aferir o seu esforço. Mas o cardeal mandara um de seus secretários, não perderia tempo em prestigiar um humilde pároco, numa paróquia insignificante e rixenta.

Enfim, eram coisas do passado. Pe. Lucas está velho e, o que é pior, sente-se velho realmente, por dentro e por fora. Pedira coadjutores, o cardeal parecia escolher a dedo: todos uns idiotas. Pior mesmo, o Pe. Mateus. Além de inútil, um sujeito complicado, cheio de problemas e angústias.

A tarde em que Pe. Mateus invadiu o seu quarto, olhos excitados, como se tivesse febre ou uma demoníaca tentação da carne, Pe. Lucas assustou-se com aquele rosto congestionado, as mãos crispadas.

— Que foi, padre?

— Pe. Lucas, o senhor sabe o que é amar a Deus sobre todas as coisas?

— Como?!

— AMAR A DEUS SOBRE TODAS AS COISAS. O senhor sabe o que é isso?

— Meu filho, isso é o primeiro mandamento da Lei de Deus. Qualquer garoto do catecismo sabe isso!

O coadjutor olhou-o sério, torturado:

— Padre, pense bem em minha pergunta: o senhor sabe o que é amar sobre todas as coisas? O que significa "sobre todas as coisas"?

— Bem, eu sou um simples padre, sem instrução, já faz muito tempo que não abro um livro, e já estou longe de meus estudos. Aliás, fui um aluno medíocre, estudei porcamente a filosofia, e, quanto à teologia, aprendi e procurei guardar o necessário para não fazer feio. Depois, vieram os compromissos, a paróquia, as necessidades materiais do culto — não tive tempo nem vontade para me ocupar com esses problemas. Mas acredito que sua dúvida é infundada, o mandamento é claro, bem enunciado, qualquer criança entende isso. Já dei milhões de aulas de catecismo e, quanto a este mandamento, nunca nenhuma criança me interrogou.

— Mas eu não sou uma criança. Sou um padre. E acabei de descobrir que não sei o que é amar a Deus sobre todas as coisas. Os demais mandamentos são óbvios, simples, envolvem terceiros, configuram um comportamento social ao mesmo tempo que um comportamento religioso. Veja: não furtar, não matar, não pecar contra a castidade, honrar pai e mãe, não levantar falso testemunho — são mandamentos explícitos, simples, basta o enunciado para se compreender a sua finalidade e o seu sacrifício. Mas o primeiro mandamento, que venho repetindo desde o catecismo, maquinalmente, da boca para fora: Amar a Deus! Que que é amar a Deus? E o resto? O "sobre todas as coisas"?

Pe. Lucas olhou o coadjutor com ódio. Tanto trabalho para realizar, tantas ocupações e preocupações, e vinha aquele rapaz, mal saído da adolescência, levantar um problema inútil e ridículo!

— Pe. Mateus, recebi o senhor em minha casa como auxiliar. E não como aluno. Se existem ainda tantas dúvidas em sua consciência, fale com o cardeal, peça para voltar ao Seminário, estudar mais teologia, aprofundar-se nos livros e mestres. Não sou mestre nem teólogo. Sou um padre, um humilde vigário, minha função, minha obrigação, é lutar contra o demônio, impedir que ele me roube as almas que me foram confiadas. É assim que eu entendo a minha missão de sacerdote e de homem. Deus destinou-me a isso, e para isso aqui estou, com minhas fraquezas e limitações. O resto não me interessa.

— Padre — o coadjutor era teimoso, insistia —, o senhor já absolveu algum penitente do pecado de não ter amado a Deus sobre todas as coisas?

— Todo pecador contra qualquer mandamento da Lei divina ou natural é um violador desse mandamento. Não há necessidade de ninguém se ajoelhar aos meus pés e confessar: "Pequei, padre, pela falta de amor a Deus!" É uma decorrência, uma dedução. O pecado, em si mesmo, é um ato consciente e voluntário do desamor a Deus.

Lucas resolveu encerrar a questão:

— Escute, padre. Não estou aqui para ensinar o rosário a ninguém, muito menos a um sacerdote mais culto que eu, mal saído do Seminário, que deve ter na cabeça, recente, toda a ciência necessária para vir enfrentar, aqui fora, o inimigo. Mas saiba: se o senhor tem tantas dúvidas, o remédio é reestudar a sua vocação. Vai ver que o senhor entrou para o nosso clero, de forma equivocada. Não era isso que sua alma pretendia. Pois ainda há tempo. Qualquer Ordem religiosa teria prazer em receber um padre já ordenado, pronto para assimilá-lo em sua comunidade. Nos conventos, um padre secular será sempre bem-aceito, e lá o senhor teria tempo para dedicar-se exclusivamente a esses problemas. Aqui fora, não. Não somos contemplativos, padre. Vivemos em contato com o mundo, com a miséria dos homens, com as ciladas do demônio, com os perigos, com as necessidades. A santificação de nossa alma é quase secundária. Somos destinados a salvar — às vezes com grave risco de nossa própria salvação. Isso fica por conta de Deus. Ele acertará contas conosco e levará tudo isso em consideração. Portanto, não vejo onde me preocupar. Faço o que posso, cumpro com meus deveres, dou esse duro danado para manter e completar a minha igreja. Arregacei as mangas da batina, entrei rijo na luta e já estou nisso há trinta e tantos anos. É muito tarde para mudar de vida e de estilo. Mas o senhor é moço; se acha que o seu lugar é uma Ordem contemplativa, ainda há tempo e modo, é só falar com o cardeal, com o seu diretor espiritual, o seu confessor. De minha parte, não colocarei embaraço algum. O senhor é livre.

— Obrigado, Pe. Lucas, mas o senhor não me entendeu. Não vou entrar para convento algum. No fundo, admiro o senhor. Mas ninguém poderá me ajudar.

— Deus pode ajudar, meu filho. Deus pode. Reze e trabalhe. *Ora et labora.*

— Padre, ouça bem: ninguém pode me ajudar. Sobre todas as coisas, isso: ninguém pode ajudar realmente a ninguém.

III

Padre Lucas ouviu passos pelo corredor. Sabia que era Ismael, a avisar que o jantar estava pronto. O empregado deslizava mansamente pela casa, não fazia ruídos, parecia uma ave pousada no chão. Subia a velha escada de madeira e não se ouvia um rangido. Pe. Mateus, quando subia aqueles degraus, fazia o barulho normal, um peso compacto sobre os degraus mal fixados e velhos. Ele, Pe. Lucas, não gostava de subir por aquilo. Era um símbolo de seu fracasso, de sua miséria física. Os ossos da bacia e do fêmur doíam então, e ele se apoiava com ferocidade na bengala. A escada toda rangia e rugia, como se possuída por uma legião de demônios.

A batida na porta, mansa também.

— O jantar está pronto.

— Já vou descer, Ismael. Chamou Pe. Mateus?

— Ele vai comer no quarto. Pediu que levasse o prato mais tarde.

Ismael não ouviu a praga que Pe. Lucas soltou. Mais uma! Ele, trinta e tantos anos enterrado ali, e só mesmo por doença séria pedia que lhe servissem no quarto. Tinha da mesa uma noção sagrada, laço de família, centro de comunidade, odiava comer sozinho, como um réu ou um anacoreta. No início, pensou que Pe. Mateus evitasse a mesa por causa de suas garras, a mão aleijada devia repugná-lo. Mas logo se habituou, todos os seus auxiliares, mais dia menos dia, se habituariam com aquela mão disforme e agressiva. E havia também o olho furado de Ismael, vazado; a pálpebra escura caída sobre a vista não dava para impedir que se adivinhasse a monstruosidade. Talvez Ismael afastasse Pe. Mateus das refeições, repugnando-o também.

E mais uma vez amaldiçoou-se de estar cercado de aleijados — ele mesmo um aleijado, o maior de todos, o mais repugnante de todos. Ismael com seu olho furado, Pe. Mateus com seus ataques de epilepsia e suas angústias de adolescente — qualquer dia teria de comunicar o caso ao cardeal. Não sabia como deixaram ordenar-se um rapaz com aquela moléstia infernal. E a própria igreja, inacabada, caindo em ruínas, a torre pela metade — era uma ruína maior e colossal que abrigava ruínas menores e dolorosas.

Deu um pulo para firmar-se novamente à mesa, apanhou a bengala, e agora, com mais embaraço, chegou-se à janela. Afastou o fiapo de cortina esgarçada e olhou.

O vento continuava, feroz, as palmeiras agitavam-se, e havia no ar um cheiro violento de terra molhada. As nuvens escuras passavam, pesadas e baixas, como gigantes deitados, silentes. Para os lados da cidade, um clarão contínuo denunciava trovões e relâmpagos.

— Se ao menos Pe. Mateus quisesse ir lá em cima, ver o telhado da torre!

Abriu a porta e enfrentou o corredor. Passou pelo quarto do coadjutor, notou a luz acesa; o outro, em vez de ajudar, de participar com ele na tarefa de comer todos os dias, em espírito de comunidade, preferia isolar-se, com egoísmo, e ler livros perigosos ou suspeitos, e perseguir dúvidas e perplexidades.

Agora, a escada. Subir, embora mais cansativo, era mais fácil. Bastava fazer força para cima, e o corpo todo, rangendo e protestando contra a violência, conseguia deslocar-se. Mas para descer era preciso apoiar-se totalmente no corrimão bambo. Qualquer dia levaria outro tombo: na curva dos degraus, pouco mais abaixo, o corrimão estava praticamente solto. Era preciso, então, jogar-se contra a parede e resvalar como um réptil, a bengala fazendo as vezes de uma terceira perna. E qualquer descuido, se não fosse vigilante na contenção do peso do corpo, perdia o equilíbrio e rolava.

No dia em que foi descer com pressa, Pe. Mateus tivera um ataque em plena escada, rolara espumando; ele ouvira o barulho e veio socorrê-lo. Na hora esqueceu-se das cautelas, na altura do segundo degrau perdeu o controle do peso, e o corpo despencou-se, rolou também, e os dois ficaram estendidos e feridos, à espera de que Ismael, pálpebra escura sobre o olho apostemado, viesse socorrer tanta miséria.

Afinal, a mesa. Junto à sua cadeira, havia o lugar especial para deixar a bengala; precisaria dela para levantar-se.

— Esta carne não é de ontem?

O aspecto do assado motivou a pergunta. Ismael trazia a terrina com a sopa requentada do almoço.

— O açougueiro mandou a conta ontem. Enquanto não pagarmos, não haverá novas entregas.

— O miserável! Lá para a Ordem manda toneladas de carne, fiado, os portugueses pagam quando querem e exigem abatimentos e comissões nas faturas. Para nós não há contemplações, é tudo no dá lá e toma cá. A conta é alta?

— Mais ou menos. Uma semana apenas.

— Amanhã vejo isso. Você me lembra, logo depois da missa.

— E veio também o homem do vinho. Trouxe um barril cheio e levou o vazio. Amanhã vou começar a engarrafar. Mas o homem disse que voltaria para o pagamento. O preço das novas remessas aumentou.

— Bem, para o vinho há dinheiro; graças a Deus nunca me faltou dinheiro para o vinho, não brinco com os fornecedores, pago até adiantado, o que é do culto está em dia. Não sou que nem o Peçanha. No tempo do Hugo, a paróquia andava a esbanjar, o dinheiro sobrava. Hugo tinha até automóvel e chofer. Depois veio o Peçanha, formado em Roma, cheio de ciência, e deu no que deu. Até vinho faltou para a missa; veio aqui, correndo, me pedir emprestado uma galeta. Nunca cheguei a isso. Para Deus — tudo. O que sobrar, e como sobrar, para nós.

Ismael servia a sopa, habituado às mesmas conversas, aos mesmos assuntos; se Pe. Mateus ali estivesse, Pe. Lucas aproveitaria a oportunidade para atacar os colegas, homens perdidos e corrompidos pela excessiva cultura, pelos estudos infindáveis. Tanta sapiência terminava como o Peçanha, de mãos postas, pedindo vinho para a missa. Ele não. Quando se ordenara, fizera imprimir uns cartões que serviriam de convite e recordação ao mesmo tempo. Escolhera uma frase que era o seu lema, a sua missão: DEUS SUPER OMNIA. Deus acima de tudo.

A igreja estava aos pedaços, a torre mutilada e apodrecida, os sinos nunca soaram ali, anunciando as alegrias do culto, a voz de Deus. Mas tudo o que era essencial, nunca lhe faltara. E saíra do nada, sem ajuda de ninguém, celebrando atrás de um açougue. Erguera a sua igreja. Em algum canto da sacristia, abandonada e suja, havia ainda a maqueta em gesso do que seria o seu trabalho. Um verdadeiro santuário, com batistério do lado de fora, capela mortuária subterrânea, salões, cinema, um ambulatório, uma escola, aquilo tudo fora previsto no gesso e nos seus sonhos, o corpo principal chegara a ser levantado.

Até que veio a cisma com a torre. Bem que podia iniciar outras obras mais importantes, que ampliariam o serviço paroquial. Mas uma igreja sem torre é como um padre sem batina, um altar sem luzes, um púlpito sem voz. Começou a torre, houve a queda, a tragédia, seis meses no hospital; quando voltou, era também uma ruína ao lado de outra ruína.

E as duas ruínas envelheceram juntas, ele perdera o entusiasmo em continuar, trabalhava apenas para a sobrevivência do culto, para a assistência espiritual de seus paroquianos.

A igreja, abandonada e triste, entrou em decadência. Pela Páscoa do ano passado resolvera ir lá em cima, ver os sinos. Foi com mágoa que viu o carrilhão vindo da Bélgica, gosmento de limo e sujo de pássaros, encostado e mudo num pedaço inacabado de laje. Com a ponta da bengala tentou despertar um som naqueles sinos, mas as bocas tampadas pelo chão impediram o eco. Tentou com mais força, até que obteve o som abafado e surdo, que não eram apenas a solidão e a inutilidade dos sinos, mas a sua própria solidão, a sua própria inutilidade. O seu fracasso.

Ismael recolhia os pratos e trazia um pedaço de pudim como sobremesa.

— Foi D. Mariana quem mandou para o senhor.

— A Mariana? Aquela megera?

Se pudesse, evitava comer daquilo. Mas não podia negar a si o pouco de prazer; afinal, a comida ali, em sua casa, era quase intragável, o suficiente para mantê-lo em pé. Sobremesa era coisa rara, só mesmo quando algum paroquiano aflito ou agradecido decidia agradar aos padres.

Sabia que aquele pudim não fora feito para ele. D. Mariana jamais mandaria doces para Pe. Lucas. Aquilo era sobra do pudim que fora, inteiro e caramelado, para Pe. Mateus. O coadjutor roubara-lhe os melhores pedaços da paróquia. Todos passaram para o seu confessionário, para as suas missas, para os seus sermões. A ele ficara reservado o rebotalho, os enterros, os defuntos, os moribundos, os indigentes que vinham pedir batismo ou matrimônio.

— Ismael, tem mais um pouco de pudim?

— Não, padre, acabou, ela mandou um pedaço pequeno.

Pe. Lucas raspou com a colher o resto da calda e lambeu o que pôde.

— Hoje não preciso de café. Quero ficar com este gostinho.

Apanhou a bengala, foi dar uma espiada na sacristia, conferir as portas. Acendeu parte do lustre central da imensa nave, vazia e fria como o intestino de uma baleia oca. Arriou a lâmpada do Santíssimo e verificou se havia óleo para a noite toda; jamais, em seus trinta e tantos anos de vigário, aquela lâmpada se apagara; havia sempre óleo para iluminar o altar onde, encerrado e solitário, seu Deus persistia em não abandoná-lo.

Fez uma genuflexão pela metade, quase um cacoete com o busto, de há muito não podia realmente ajoelhar-se. Bocejou ao iniciar uma oração comprida e resolveu acabá-la em seu quarto. Persignou-se, apagou o lustre, bateu com a porta da sacristia e subiu.

IV

Ao atingir os últimos degraus, viu que a porta do quarto de Pe. Mateus se abriu. Lucas procurou firmar-se com mais dignidade à bengala — quando se sentia observado, fazia esforço para que ninguém percebesse a dificuldade dolorosa com que subia as escadas. Firmava a bengala com energia no degrau acima e tentava levantar o corpo, até que a perna aleijada se aprumasse no degrau vencido. Quando estava sozinho, livre da curiosidade ou da comiseração alheia, subia as escadas como podia, como Deus ajudava, como o diabo atrapalhava. Gingava como um touro enlouquecido — e a escada rangia, possuída pela legião de demônios que a subjugavam.

— Boa noite, padre.

Lucas passava pela porta do quarto aberta, e sabia que Mateus o esperava para falar qualquer assunto desagradável, ou qualquer coisa impossível. Apressou o passo para chegar ao próprio quarto antes que o coadjutor aparecesse. Uma vez fechado, protegido em sua cela, Pe. Mateus teria de vencer o constrangimento em bater à sua porta, e ele talvez ficasse livre da amolação.

— Pe. Lucas, uma palavra, por favor.

O vigário parou, locomotiva freada abruptamente, resfolegando por todos os poros. O rosto trazia vermelhidões terríveis pelo esforço de ter vencido a escada, mais uma vez.

— Às ordens, padre, às ordens.

Pe. Mateus veio de dentro de seu quarto. A batina bem-arrumada, vincada nas dobras, a faixa de gorgorão preta bem-ajustada na cintura, o colarinho branco, muito limpo, impecável. "No início são todos assim. Batina bem-arrumada, faixa, colarinho limpo; depois chegam os compromissos, e a gente nem tem tempo de botar a faixa; colarinho, só mesmo na hora da missa." Pe. Lucas olhava Pe. Mateus com desprezo, vendo-o arrumado, feito uma noiva.

— Pe. Lucas — a voz do coadjutor era fraca, alguma coisa que lhe custara sacrifício deveria ser dita —, já estamos na segunda semana do mês, e eu gostaria de dispor de algum dinheiro. Tenho contas a saldar, o senhor sabe, aqueles livros que andei comprando a crédito, o senhor é o meu fiador, pois o cobrador deixou hoje um bilhete malcriado com Ismael; se eu não pago amanhã, ele manda protestar. Já estou atrasado alguns meses, o senhor bem que podia acertar as contas hoje.

Pe. Lucas segurava a bengala de osso com as duas mãos. A cabeça baixa, preocupado ainda em recuperar o fôlego.

— Está bem, padre, é de seu direito, o senhor me desculpe, não é por mal, mas as coisas não andam bem, a situação é difícil; tirando o dinheiro para o culto, pouco nos sobra, já há alguns anos que não compro nada para mim, só mesmo comida — pois alimentar o celebrante da missa, o ministro de um sacramento, é também serviço do culto, segundo está em São Paulo. Mas fora disso, o senhor sabe, não me sobra nada. Mas o padre está com razão, devo-lhe atrasados, suas missas são suas, o senhor deixou que eu dispusesse delas para acertar algumas dívidas, mas o senhor tem também os seus compromissos, é justo, vou providenciar. Amanhã, depois das missas, e daquele batizado que foi marcado ontem, teremos algum recurso. Pois tudo será seu. O açougueiro que espere. E podemos passar mais uns dias sem carne.

— Algum problema com o açougue?

— Pois cortaram a carne, acabei de comer o mesmo assado de ontem, a conta parece que vai alta. Mas isso que espere, amanhã comeremos o que Deus e Ismael arranjarem para nós.

Pe. Mateus fez um movimento, e Pe. Lucas conseguiu ver, por trás dos ombros do coadjutor, a pequena mesa de estudos do quarto. Em meio aos livros, aos cadernos, à máquina de escrever portátil, Pe. Lucas viu o prato de pudim, sem o pedaço que descera para o seu jantar.

— Aquele pudim é seu, padre? Obrigado pelo pedaço que me mandou. Estava muito bom. Foi da Mariana?

— Foi. Ela me recomendou um parente afastado do marido, morto em Juiz de Fora, quis me pagar mas eu expliquei que aquilo não fora uma missa especial, simplesmente incluí o nome do parente no memento dos mortos, mesmo assim ela se achou obrigada a uma gentileza, mandou-me o pudim.

— E o senhor prolongou a gentileza, mandando-me um pedaço. Muito obrigado, padre, muito obrigado. A Mariana nunca me mandou pudim, e já rezei por toda a família dela, pais, irmãos, avós, parentes afastados e próximos, até por um cachorro de estimação ela veio me pedir que rezasse, enxotei-a como devia, mas acho que merecia, um dia, o pudim.

— O senhor quer levá-lo? Não ligo para essas coisas.

Pe. Lucas disse um não enérgico, mas Pe. Mateus já estava no pequeno lavatório, lavando um pires.

— Vou servi-lo de mais um pedaço, tem uma colher aí em cima, o pudim é muito grande para mim, vamos reparti-lo.

O pudim era grande realmente. Pe. Mateus trouxe o pires, malenxuto mesmo, e procurou um lugar em sua mesa para apoiar o prato. Fez Pe. Lucas sentar-se no espaço obtido, serviu-o um largo pedaço, com bastante calda.

— O senhor está escrevendo um livro?

Pe. Lucas apontou para as folhas datilografadas junto à máquina, os livros abertos, fichas de citações ao lado.

— Não, padre, eu preparo meus sermões assim, escrevo primeiramente, depois decoro algumas frases básicas, o resto fica por conta da experiência e da inspiração divina.

— Pois olha, padre, já fiz seguramente alguns milhares de sermões, e nunca preparei uma só frase. Leio o Evangelho, a epístola, o gradual, escolho uma frase que julgo apropriada à situação, ao momento, e deixo o resto por conta do Espírito Santo. Não sou nenhum Lacordaire, mas dou conta do recado. Converti muita gente assim. Regenerei gente má, padre. Olhe, não é para me gabar, mas já lhe contei a história de Ismael. Ismael tem um passado feio, até morte nas costas o homem tem, matou uma mulher, há tempos, por causa de ciúmes. Aquele olho furado é outra história suja também, não foi Deus quem fez aquele olho assim. Pois botei Ismael no bom caminho. Há dez anos está comigo, sossegado, não me deu um desgosto, um aborrecimento até hoje. Só não quis, até agora, foi confessar seus pecados. Volta e meia, pelo Natal, pela Semana Santa, lembro que a morte pode vir a qualquer momento; abriguei-o contra a polícia, contra o ódio de seus inimigos que procuram vingar o crime, pois o homem regenerou-se completamente, só não quer saber é da confissão, nem da comunhão. Na hora da morte, eu ou o senhor teremos de confessá-lo e absolvê-lo à força.

Pe. Mateus olhou surpreendido o vigário. Sabia que Ismael tinha um passado, mas não imaginava que Pe. Lucas abrigasse e escondesse um criminoso de morte que nem sequer fizera as pazes com Deus e com sua consciência.

— O senhor não exagera nesta complacência? Se Ismael fosse confessar o seu crime, o senhor teria de obrigá-lo a reparar o malfeito. Isso é coisa elementar na mecânica da absolvição.

— Ora, ora, Pe. Mateus, o senhor no outro dia não sabia o que era amar a Deus e agora vem me ensinar como se absolve um pecador! Pois aí está. Eu já absolvi Ismael, por conta própria, sem confissão mesmo. Se Deus quiser absolvê-lo, que lhe dê a graça, a misericórdia de merecer o perdão. É problema de Deus e de Ismael. O meu problema já está resolvido. Absolvi Ismael. É gente de nossa casa, de confiança, gosto dele. Não sou delegado nem detetive para andar atrás de criminosos e puni-los. Ismael é nosso irmão. Nosso filho.

— Nosso empregado.

— Não, padre, não exploro Ismael. Ele quis ficar aqui, no serviço da casa. Nunca forcei-o a nada, nem mesmo a freqüentar as missas. Quando fico sem sacristão, arranjo outro por aí, mas nunca pedi a Ismael que fizesse aquilo que ele não quer, jamais pediria que ele participasse de coisas que não entende, não crê, não respeita. Deixei-o ficar aqui em casa, tem quarto e comida grátis, algum dinheirinho quando há alguma sobra; ele gosta daqui, está livre e ao abrigo de uma porção de coisas que o incomodam lá fora. Trabalha, é verdade, em nosso serviço, mas quem não trabalha?

A censura do coadjutor estragou o gosto do pudim. Pe. Lucas abandonou o prato, com metade do doce ainda. Procurou pela bengala.

— Padre, amanhã, depois das missas, estamos combinados, darei o dinheiro. Vou deitar, este vento está muito forte, tenho medo pela torre, aquelas telhas que protegem os sinos estão frouxas, o senhor nunca foi lá em cima, é uma pena, os sinos são de primeira, vieram da Bélgica, custaram um dinheirão, um som maravilhoso, e está tudo apodrecendo. Enfim, é a vontade de Deus, que não quis me dar a graça de ver terminada a minha igreja. *Incipiam aedificare, non possum consumare*. Só peço que este temporal não me cause maiores prejuízos. Cada chuva forte é um despesão com os reparos. Na torre pode haver goteiras, mas dentro da igreja não, pois olhe, no mês de maio, fiz a coroação de Nossa Senhora sob um temporal, tinha uma goteira enorme em cima do altar, chovia em cima dos anjinhos.

Deu meia-volta, procurou pela porta que uma rajada de vento havia fechado atrás de si. Ao chegar em meio ao corredor, viu o vulto descendo a escada.

— Que que há, Ismael, alguma coisa?

O empregado parou no meio da escada.

— Vim apanhar estes jornais velhos, amanhã posso fazer um dinheirinho vendendo isso no açougue.

Pe. Lucas olhou o coadjutor com orgulho:

— Viu, padre? Tem crime nas costas mas anda catando jornal velho por aí, para a gente poder comer alguma carne amanhã.

Pe. Mateus achou pueril o elogio do vigário:

— Acho que ele ouviu a nossa conversa.

Pe. Lucas não deu importância ao pormenor. O coadjutor desejou boa noite, em voz seca, dura.

— Pois boa noite, padre, durmamos com Deus e livres do demônio que nos ronda, como o leão a rugir. Obrigado pelo pudim, mais uma vez. E vamos rezar para que o temporal respeite a igreja.

A bengala de osso bateu com força no chão e guiou Pe. Lucas até o quarto. Pe. Mateus fechou a porta e só então reparou que o vento, lá fora, fazia balançar as palmeiras. Mais ao longe, para as bandas da cidade, em meio às nuvens pesadas e escuras, os relâmpagos incendiavam o horizonte, como uma ameaça.

V

Não sabia se aquela era a pior ou a melhor hora de seus dias. Fechado à chave, desligado de todos os comandos que o prendiam à paróquia, Pe. Lucas tinha, então, o seu momento. Jogava a bengala embaixo da cama, não tão distante que não ficasse ao alcance de seu braço, pois podia haver uma emergência. Despia a batina, colocava um dos surrados pijamas que o acompanhavam há tempos, empurrava a mesinha do centro para junto do leito, e ali ficava, disponível, para fazer ou pensar o que bem entendesse.

O Breviário lá estava, jogado em cima da mesa, de há muito não rezado. Sim, sabia, era uma das obrigações de seu estado, desde o subdiaconato que era obrigado a rezá-lo todos os dias. Mas isso era uma invenção de teólogos e canonistas do passado, que nada entendiam dos deveres e dos compromissos de um pároco moderno. Como arranjar tempo material e concentração espiritual para rezar naquele livro grosso, de douradas folhas? Muitos padres chegavam a ter devoção pelo Breviário. Outros, os mais numerosos, logo se habituavam, recitavam mecanicamente aqueles salmos e cantos e hinos, com o pensamento em outras coisas. Ele não. Não se tapeava, nem procurava tapear Deus. Não tinha tempo para entoar loas aos mártires, hinos às virgens, responsórios aos confessores, preces aos doutores. A sua vida sacerdotal ali estava, limpa, honesta, sacrificada, uma dedicação de trinta e tantos anos; um dia acertaria contas com Deus e não se apresentaria de mãos vazias. Fizera o possível, tentara até o impossível. Dedicara-se com lealdade a seu apostolado. Mais, não podia — e agora nem queria — fazer.

Por precaução, e porque ouvia o vento assobiar cada vez mais forte, foi dar uma espiada na torre. Pela janela, distinguia a silhueta mutilada daquela construção quadrada e escura, erguida contra o céu como um escárnio. — Junto, as palmeiras vergavam ao açoite do vento, as palmas quase roçavam os sinos.

A chuva, o vento a levara para longe, as nuvens inchadas passavam velozes e em silêncio sobre o estilete da torre. Lá para os horizontes, relampejava forte, incendiando-se o espaço com um fogo azulado e sinistro.

Voltou ao leito.

Quando havia dinheiro, Pe. Lucas dedicava aqueles momentos aos planos e às contas. Mas há muito que o dinheiro escasseava, mal dava para o culto e para o pão de cada dia. Evangelicamente pobre, não tinha com o que se preocupar agora, desde que houvesse dinheiro para o óleo da lâmpada do Santíssimo, para as velas do altar, para as hóstias, para o vinho, e para um pouco de comida — tudo ia bem, *Deus providebit*.

Mas havia um rancor novo contra Pe. Mateus. Livros! O miserável queria consumir livros e livros, e para quê? Para aumentar suas dúvidas e criar outras! Aquela do primeiro mandamento, o que é amar a Deus sobre todas as coisas? Isso na boca de um padre nem fazia sentido! O jeito era ir ao cardeal, aturar o desprezo do superior que não o conhecia ainda — pois o outro havia morrido —, agüentar o seu nariz torcido de aristocrata, a velada censura pelo desleixo de sua batina rota, de suas unhas sujas. Mas era preciso ir. Pedira um coadjutor que o auxiliasse na paróquia, e não um rapaz cheio de dúvidas e espantos, que nem sabia o que era amar a Deus!

Melhor, talvez falar francamente com o próprio Pe. Mateus. Repetir aquela insinuação da ordem regular. Pe. Mateus devia ser uma vocação equivocada, não nascera para o duro apostolado das paróquias. Pois que se recolhesse a um convento, a qualquer Ordem religiosa, lá teria de tudo, mestres e doutores para explicar suas dúvidas, bibliotecas fartas, comida excelente, e tempo de sobra para pensar e tratar da salvação da própria alma. Ele, humilde vigário jogado no mundo, sem voto e sem obrigação de ser pobre, mas pobre, quase miserável, velho já e lutando ainda com ferocidade pelo pão de cada manhã, não podia mudar mais de vida — nem queria. Amava aquilo tudo, aquelas ruínas que ele fizera nascer do nada e que ao nada voltavam, independentes de sua vontade. Não tinha culpa da fatalidade, a mão de Deus fulminou-o em seu orgulho, justamente quando queria competir com a Ordem — DIABOLUS — conforme estava no mapa da arquidiocese, em pleno Palácio Arquiepiscopal. Não fora ele quem chamara a Ordem de DIABOLUS, fora o próprio cardeal, o que morrera há oito anos. E, para espanto seu, vira o mesmo cardeal, diversas vezes, ir almoçar com os ricos provedores, os portugueses endinheirados que faziam caridade e pompa — mais pompa que caridade. Ao ruminar a digestão dos vinhos caros, o cardeal na certa olharia para as ruínas inclementes de sua igreja, e talvez algum provedor apontasse a torre, "foi dali, daquela altura, que o Pe. Lucas caiu, castigo de Deus, quem mandou roubar cimento da Ordem?"

Fora uma denúncia também, essa, a de que ele, Pe. Lucas, roubava material da Ordem. O grandioso hospital estava em final de construção, e havia um largo alpendre de tijolos, de telhas, de canos, de sacos de cimento. Uma noite, Pe. Lucas tirou dois sacos de cimento, precisava deles para rodar uma laje já iniciada, o dinheiro faltou subitamente, e sem o cimento o trabalho ficaria estragado, a laje perderia consistência e segurança. Em desespero, foi ele mesmo, em meio à noite, tirar os dois sacos. Para o fim do mês, haveria a Festa do Precioso Sangue, o dinheiro entraria mais fácil, e ele reporia os sacos no lugar, não fariam falta, a Ordem esbanjava, para mostrar riqueza e jactância.

Mas a Ordem soube, ou adivinhou. O vigia da noite correu-lhe atrás com uma espingarda, deu tiros para o ar, foi um escândalo. O cardeal chamou-o ao Palácio, ameaçou-o de suspensão das ordens. E foi tanta a praga, que dias depois veio o desastre, a queda no andaime, os provedores viram Pe. Lucas chegar carregado pelos operários na improvisada maca, enxotaram o padre dali, ladrão de cimento, que mãos profanas e sem respeito fossem cuidar de suas feridas e aleijões.

A raiva foi tanta que Pe. Lucas virou-se na cama, como se enxotasse, após tantos anos, mais que uma recordação incômoda, porém um companheiro desagradável que ali estivesse, compartilhando seu leito pobre e solitário.

Procurou pensar em coisa mais agradável mas ouviu, pelo corredor, passos apressados e aflitos.

— "Lá vem outra vez o Pe. Mateus!"

Mas a força com que o coadjutor bateu à porta assustou o vigário. Jogou a batina pela cabeça, catou a bengala e, mal abriu a porta, viu o rosto congestionado do outro, sufocado já, de fumaça e de desespero:

— Padre, a igreja está pegando fogo!

VI

O corredor estava tomado pela fumaça, pesada fumaça que ardia nos olhos e queimava o rosto, como um vapor d'água, muito denso e próximo. Pe. Lucas tentou alcançar a escada, mas o coadjutor travou-o, com energia:

— Não, padre, o fogo começou pela sacristia, lá embaixo deve estar tudo em chamas, um inferno!

— Mas não posso deixar isso tudo ir embora assim, tenho de fazer alguma coisa!

— O melhor é tentarmos pular a janela. Eu o ajudo. Daqui a pouco deve vir socorro, olhe lá fora!

Pe. Lucas então olhou. O vento parara, as copas das palmeiras eram balançadas agora por uma leve brisa, pareciam incandescentes. A torre, a mutilada torre, estava oculta pela fumaça que saía aos rolos da nave principal da igreja. Labareda, não via nenhuma, ainda. Mas agora sentia, sob os pés, o chão do corredor estalar, espatifado pelo fogo que queimava a carne de madeira.

Pe. Mateus não chegou a vestir a batina, estava de pijama, e abriu a janela que dava para os fundos da cozinha.

— Onde se meteu Ismael numa hora dessas?

— Tenho de ir lá embaixo, padre, tenho de ir, a minha igreja não pode desaparecer assim, tenho de lutar por ela e com ela!

— Mas é impossível, Pe. Lucas, impossível! Não podemos fazer nada, é salvar o que pudermos, pela janela jogaremos fora as roupas, os livros, depois tentaremos sair, corremos perigo também. A igreja está perdida!

— Perdida uma merda!

Pe. Lucas soltou-se das mãos que o agarravam e jogou-se pela escada, sem bengala. Pe. Mateus viu o vulto enorme e disforme do vigário rolar pela fumaça que já avermelhava em alguns pontos, denunciando a proximidade das chamas. Logo ouviu o baque surdo, o estalar de madeiras apodrecidas, o peso de um corpo tombado sobre o chão esbraseado. Tentou acercar-se do início da escada mas a fumaça já era forte demais, o calor insuportável.

— O louco! Que que aquele louco foi fazer lá embaixo!

A janela estava aberta. A altura não era muita. Com sorte, Pe. Mateus poderia alcançar o telhado de um pequeno quarto anexo à casa paroquial, que servia de depósito para uns bancos e móveis imprestáveis. Pensou em voltar atrás, apanhar objetos seus, salvar o que fosse possível. Mas imaginou Pe. Lucas estendido no chão, sem poder mexer-se, a ser devorado pelo fogo. Tomou coragem e saltou.

Bateu primeiramente no telhado, não conseguiu firmar-se. Escorregou e logo caiu ao chão. Mas a queda fora amortecida e, apesar de nada ter sentido quando tocou a terra, viu que as mãos sangravam, embora não sentisse dor alguma. Ferira-se ao tentar se agarrar no telhado do depósito.

Deu a volta pela casa paroquial, depois de ter percebido a pequena multidão que se formava pela parte da frente. Impossível que, àquela hora, já não tivessem providenciado socorro. Pensou em Ismael. Com o empregado, poderia arrombar a porta dos fundos, que ligava a sacristia ao outro lado do terreno.

Seu grito varou a noite:

— Ismael! Ismael! Ismael!

O estalar do fogo abafava o grito. Foi quando ouviu o barulho de vidros que se partiam. Olhou para cima, um dos vitrais esfacelava-se, estilhaçado. Pela cavidade aberta, viu as labaredas que já atingiam o teto da igreja.

A altura não era muita. Com algum esforço, conseguiria segurar nas bordas do nicho. Tomou distância e saltou, com a energia possível. As mãos chegaram a segurar as bordas, mas havia restos de vidro ali, os dedos entraram fundos pelos estilhaços, a dor foi mais forte que tudo, escureceram-lhe a vista e o coração, Pe. Mateus largou a borda, escorregando pela parede, até cair ao chão, ensangüentado, sem fôlego.

— Machucou-se, padre?

Na escuridão, distinguiu um rapaz que pulara a grade da frente e viera ver os estragos na parte de trás.

— Já chamaram os bombeiros?

— Telefonaram lá do botequim, daqui a pouco chega socorro.

— Mas o vigário está lá dentro, deve estar morto, tenho de ir lá também!

O rapaz tentou impedir mas o padre tomou impulso novamente, jogou-se como um búfalo ferido contra a parede, conseguiu agarrar-se a uma pequena borda sem vidro. Vendo-o pendurado, o rapaz empurrou-lhe o corpo pelas pernas, até que o padre conseguiu firmar-se e colocar-se de joelhos sobre o nicho do vitral.

Tudo era fogo. O altar já estava destruído, tombado e retorcido, como se um demônio o houvesse espremido, reduzindo-o a um bagaço de ferro e mármore. Pe. Mateus escolheu um trecho do piso onde pudesse pular, já a fumaça o tonteava, sufocando-o. O calor queimava-lhe os olhos e os cabelos.

Pulou a esmo, em qualquer lugar o perigo seria o mesmo. Às tontas, cego pela fumaça, tentou orientar-se, mas o altar tombado impedira as duas saídas laterais que davam para a sacristia. Para atingir a casa paroquial, teria de atravessar aquela muralha de fogo e passar pela sacristia, que já devia estar reduzida a cinzas.

Procurou outra saída. Era dar a volta pela nave e atingir o altar pelo lado oposto, talvez houvesse uma pequena saída que o livrasse do fogo e o levasse ao local onde deveria estar Pe. Lucas.

Tateou, tossindo, os olhos molhados, até conseguir um ponto de referência: o enorme lustre central que caíra ao chão, ao peso das chamas. Ali era o centro da nave e de toda a igreja. Bastava agora fazer inversamente o mesmo caminho e chegaria ao outro lado do altar. Pulou um banco retorcido pelo fogo, tropeçou nos degraus que subiam ao altar e viu, incólume ainda, mas negra pela fumaça negra, a abertura que dava para a sacristia.

Não distinguiu, a princípio: parecia um gemido, mas devia ser o estalar do fogo, o gemido do fogo devorando as colunas do altar. Entrou pelo corredor de fumaça, sentiu o ar mais quente, a sacristia estava realmente em cinzas, uma fornalha. E isso o deteve. Ouviu novamente o gemido e procurou orientar-se outra vez, para retroceder. Jamais alcançaria a sacristia, e a única salvação que lhe restava era voltar, tentar sair com vida pela porta principal.

O gemido foi mais forte, e Pe. Mateus encontrou a pequena trilha imune às chamas: o piso de mármore que rodeava o altar-mor. Chegou-se o mais perto que pôde e encontrou, estendido no chão, o braço preso por uma coluna que tombara, o corpo de Pe. Lucas. Pelos pés, puxou o vigário, o gemido aumentou mas o corpo não saiu do lugar.

Foi quando ouviu o estrondo. Pensou que o teto da igreja havia caído, sepultando tudo. Mas fora a porta. Os bombeiros chegavam e arrombavam a entrada principal. O estilete de água jorrado pelas mangueiras evaporou-se no meio da nave, ao contato com o calor da fornalha.

— Aqui! Aqui! Um ferido!

Dois bombeiros chegaram, conseguiram levantar a coluna e livrar o braço de Pe. Lucas. Pe. Mateus puxou-lhe o corpo. O calor queimara o rosto do vigário, era um monstro que ali estava. Com o outro braço, o da mão mutilada, Pe. Lucas agarrava-se a uma coisa, apertando-a contra o peito.

— Que loucura, Pe. Lucas, que loucura!

Pe. Lucas gemia, torcendo-se. Os bombeiros molharam-lhe o corpo com o poderoso jato de suas mangueiras e o retiraram, suspendendo-o como um cadáver. Pe. Mateus seguiu o vigário tateando por entre os escombros incendiados. Lá fora, os bombeiros pediram uma ambulância, deitaram Pe. Lucas no chão.

— Salvamos o padre, mas a igreja está perdida!

Pe. Lucas pareceu ouvir aquilo e ameaçou dizer alguma coisa, mas estava sem forças. Pe. Mateus chegou mais perto, tomou-lhe a cabeça, o sangue brotava na testa, escorrendo pelo rosto enegrecido pelas chamas. Sentiu que o braço de Pe. Lucas — o braço são — estava deslocado, desgrudado do resto do corpo. E completamente queimado.

— Padre, o senhor está bem?

Pe. Lucas fez mais um esforço e deslocou o outro braço. As duas garras sanguinolentas surgiram. E, entre elas, o cibório com as hóstias consagradas.

— Toma, padre, fui ao sacrário, não pude salvar a igreja, mas salvei o mais importante.

Pe. Mateus apanhou o cibório: estava vazio. As hóstias haviam caído, haviam sido devoradas pelo fogo.

Pe. Lucas gemeu ainda:

— Eu creio, padre, eu creio!

VII

O secretário abre a porta e afasta a pesada cortina de veludo vermelho. Pe. Lucas penetra na sala de audiências do Palácio: o cardeal, sentado na escrivaninha, faz um movimento com o dorso para saudá-lo. Mas à vista do padre, escorregando na bengala de madeira que mais parece um guarda-chuva velho, levanta-se e ampara-o, até ajudá-lo a sentar-se na cadeira em frente.

— Como é, padre, já teve alta?

— Sim, Eminência, tive alta. Oito meses de hospital, mas aqui estou, para receber suas ordens.

— O senhor é forte, Pe. Lucas, um touro! Outro qualquer não teria resistido ao desastre.

— Carne ruim, Eminência, Deus não me quer lá em cima, ainda, tenho de penar por aqui mesmo.

O cardeal deu a volta por trás do padre, fixou aquela cabeça onde tonsura e calva se misturavam. Em torno das orelhas, o cabelo era grisalho ainda. Uma das orelhas enegrecera. A face correspondente trazia também os estigmas do fogo. E a manga da batina, daquele mesmo lado, pendia inerte, vazia, sem o braço que fora amputado. A outra mão, segurando a bengala, estava escondida, agora permanentemente, pela luva preta.

Para aquele escombro de homem, o cardeal não tinha o que ordenar.

— Padre, é a primeira vez que o vejo no Palácio. O senhor nunca me procurou antes, e já estou aqui há alguns anos.

— Não iria incomodar Vossa Eminência com os meus problemas e os meus fracassos. O seu antecessor recebeu-me algumas vezes, pedia-lhe coadjutor, era o meu único pedido. Isso sem falar no pedido inicial, quando quis ter a minha própria paróquia. Mas já vai tempo, e muita coisa aconteceu então.

— Bom, acredito que o senhor agora, com os sofrimentos por que passou, esteja mais resignado e aceite qualquer solução. Paróquia, o senhor sabe, não podemos nem pensar nisso.

— Mas eu tenho uma paróquia, Eminência. O que será feito dela?

O cardeal indicou, na parede contrária, o novo mapa da arquidiocese. Não era mais o mesmo mapa de seu antecessor. Coisa nova, colorida, com as ruas bem desenhadas e atualizadas.

— O senhor enxerga bem, padre?

A curiosidade foi mais forte que a cautela, e Pe. Lucas fez esforço para levantar-se. O cardeal ajudou-o mais uma vez, levantando-o pelos ombros.

— Veja, padre, tivemos de reformular — a palavra está em moda — toda a nossa jurisdição eclesiástica. Novas paróquias, novos bairros, grandes concentrações de operários pelos subúrbios, enfim, a arquidiocese tinha um sistema complicado e inadequado às nossas atuais necessidades. Nomeei um grupo de trabalho para elaborar os planos, a sua paróquia foi extinta, por insuficiente e insignificante. E, além do mais, o senhor perdeu o seu navio, padre, perdeu a sua igreja.

— Mas o que vai ser dos meus paroquianos, da minha gente?

— Fique descansado, tudo foi providenciado. Aliás, nunca entendi a existência de sua paróquia. Mandei que fosse absorvida pela paróquia de São Joaquim...

— A do Peçanha?

— Não, o Peçanha não é mais vigário lá, mandei-o a Roma, especializar-se em línguas orientais, estamos precisando de um professor no Seminário. Peçanha tem jeito para a coisa, é forte no grego e no hebraico, mandei-o ao Instituto Bíblico de Roma, um curso de cinco anos. O novo vigário é o José Maria, sobrinho do monsenhor Hugo, a paróquia de São Joaquim é o que é devido ao Hugo.

— Sei, sei, uma espécie de capitania hereditária. O seu antecessor, Eminência, desmembrou minha paróquia da do Hugo, deu-me algumas ruas, havia conflitos com a Ordem...

Instintivamente, Pe. Lucas procurou no mapa a zona de vermelho, a palavra destacada: DIABOLUS. Precisou orientar-se com a mão enluvada, percorreu várias ruas até atingir o local. Não viu nenhuma zona em vermelho. Deu com uma cruz, caprichosamente desenhada. Sob a cruz, em caracteres góticos: HOSPITAL DA VENERÁVEL ORDEM TERCEIRA.

— O diabo é venerável agora!

— Como?

— Nada, Eminência, lembrei-me de uma anedota que o antigo cardeal gostava de contar, mas não importa.

Procurou também pela sua igreja. Nenhum vestígio dela no mapa. A cor azulada, que nascia no núcleo da igreja de São Joaquim, invadia todas as suas ruas.

— É. Acabou!

— Sim, padre, a sua paróquia acabou. Mas o senhor ainda não acabou, precisaremos arranjar qualquer coisa para o senhor. Sabe, a conta do hospital foi tremenda!

— Fiquei na enfermaria geral, Eminência, não tenho nem fiz luxos, não sou de exigências, aceitei esta caridade de Vossa Eminência, mas não tenho recursos para pagá-lo. O senhor deve saber disso.

— Não se incomode, padre. O seu coadjutor — Pe. Mateus, não? — arranjou coisa melhor. Não tinha inimizades com a Ordem, deram-lhe um quarto confortável, e a despesa foi mínima, só mesmo os medicamentos. Já o senhor, apesar de ter ido para uma enfermaria geral, saiu-me caro, padre, saiu-me caro...

Lucas abaixou a cabeça. Consumira sua vida num sacerdócio pobre e honrado, não tinha nada, nada de seu, afora suas chagas e estigmas.

— Mas, Eminência, ainda posso ajudar, quero fazer qualquer coisa.

— Não, padre, o senhor já não pode ajudar. E há um assunto que precisamos deixar bem claro. Chamei-o aqui mais para isso. Sente-se, padre, eu o ajudo.

O cardeal levou Pe. Lucas até a cadeira e o sentou. Deu volta à escrivaninha e arriou-se em sua poltrona de damasco vermelho:

— Padre, a Câmara Eclesiástica moveu um processo contra o senhor e sugeriu uma punição: o senhor terá as ordens suspensas.

— O quê?!

Sob a luva, o cardeal percebeu que o coto dos dedos tremeram de surpresa e raiva.

— Mas, Eminência, não tenho nada a pesar em minha consciência!

— Sei, padre, sei, tranqüilize-se, não há nada contra a sua virtude, contra o seu comportamento pessoal. Fizemos um levantamento completo de sua vida, e nada foi dito ou provado contra sua conduta sacerdotal. Apenas o seu desleixo foi considerado quase criminoso...

— Criminoso?!

— Espanta-se, padre? O senhor sabe por que a sua igreja pegou fogo?

— Não. Ainda não sei. Ventou muito naquela noite maldita e talvez o vento provocasse algum curto nos fios...

— Não, padre, não foi por acaso que sua igreja pegou fogo. Os bombeiros fizeram a perícia, e a polícia anda à procura do criminoso. O senhor sabia que abrigava em sua casa um assassino?

— Sabia. Dei-lhe abrigo. Parecia-me uma pessoa recuperável. Usei-o como empregado em minha casa, era de absoluta confiança, nunca duvidei de Ismael.

— Pois é esse mesmo Ismael que a polícia anda procurando. Foi ele quem botou fogo em sua igreja, padre. A perícia provou isso. Fez uma fogueira com jornais velhos na sacristia, jogou querosene nos bancos da igreja. Não podemos correr certos riscos, padre, o seu desleixo custou-nos muito, e foi um péssimo exemplo, quase um escândalo. Imagine se todos os padres abrigarem todos os criminosos! Por isso, tendo em vista o seu estado, a sua idade, o senhor é quase incapaz para o apostolado, anda com dificuldade, perdeu um braço, a outra mão...

Pe. Lucas recolheu abruptamente a mão de cima da mesa, colocando-a fora das vistas do cardeal.

— ... por tudo isso, padre, aprovei o relatório da Câmara Eclesiástica e suspendi o senhor das ordens. O senhor continuará celebrando; afinal, nada contra a sua virtude pessoal foi provado ou suspeitado. Poderá celebrar regularmente, mas ficará impedido de confessar, casar, batizar, enfim, o senhor deve saber o que o Direito Canônico prescreve para casos assim.

— Quer dizer, Eminência, que, depois de quase quarenta anos de sacerdócio, sou enxotado do clero, sob opróbrio, para passar fome na rua?

— Não exagere, padre, isso não chega a ser um opróbrio. Veja o seu estado, o senhor está incapacitado para o exercício regular do sacerdócio. E não precisa se preocupar tanto com as coisas materiais. Preocupe-se com sua alma, procure acertar suas contas com Deus, mais dia menos dia o senhor será chamado, não por mim, que sou um pobre homem como o senhor, sujeito aos mesmos pecados e misérias, mas por Deus, que é misericordioso, sim, mas é justo, e saberá cobrar os talentos e as graças desperdiçados ou mal aproveitados.

— Mas vou passar fome na rua do mesmo jeito, Eminência.

— Já disse para não se preocupar tanto com as coisas do mundo. Nós não deixaremos o senhor desamparado. Conheço um asilo de velhos, lá precisam de um padre para as missas, o senhor poderá morar lá, terá casa e comida, companheiros da mesma idade, enfim, essa será a sua messe, a sua seara. Um padre não pode escolher muito, em qualquer canto encontrará o que salvar. O senhor não irá como indigente. Irá como padre, mesmo. O resto, dependerá de seu comportamento. É o máximo que poderemos fazer pelo senhor.

Pe. Lucas olhava o chão.

— Esperava coisa melhor, padre?

— Não. Estava lembrando uma coisa. Onde anda o Pe. Mateus?

— Dando cabeçadas por aí. Ficou bastante ferido com o incêndio, esteve internado no Hospital da Ordem, encrencou-se lá, parece, não consigo penetrar naquela alma estranha.

— Pois ele costumava dizer: ninguém pode ajudar ninguém, padre, ninguém pode ajudar ninguém.

— Deus pode, padre. DEUS FORTITUDO NOSTRA.

— Eminência, o senhor sabe o que é amar a Deus sobre todas as coisas?

O cardeal riu, da pilhéria, e levantou-se para ajudar Pe. Lucas, levando-o até a porta.

VIII

Padre Mateus atingiu o último degrau do Asilo Santo Agostinho e parou para olhar a paisagem. Lá embaixo, a cidade. O sol da tarde refletia-se nos pára-brisas dos carros, acendendo pontos luminosos nas ruas opacas. À direita, o pavilhão dos asilados. Em frente, depois da porta encimada por uma cruz, a casa da administração.

— Venho visitar o Pe. Lucas.

— O dia de visitas é aos domingos.

— Mas Pe. Lucas não é um asilado, é o capelão aqui.

— Capelão? Desculpe, padre, mas o Pe. Lucas é um simples asilado. O nosso capelão é o Pe. Valter, vem aos domingos, para a missa e as confissões. Pe. Lucas perdeu a autorização para celebrar. No início, veio realmente como capelão, mas criou tantos casos que o diretor queixou-se ao cardeal.

— Tenho algumas coisas dele, fui seu coadjutor há tempos, houve um incêndio em nossa igreja; na confusão, mandaram-me livros e objetos que devem ser dele. Gostaria de vê-lo.

O porteiro telefonou para o administrador. Pe. Mateus não ouviu a conversa, mas o porteiro fez um gesto tranqüilizador e, logo após o telefonema, decidiu acompanhá-lo.

— Eu o levo, padre, os asilados estão no pátio, fazendo hora para o jantar.

Pe. Mateus acompanhou o homem pelo comprido corredor, primitivamente branco, agora encardido e sujo. Passou por uma porta trancada, o porteiro fez um gesto respeitoso:

— Aqui é a capela.

Desembocaram no pátio, grande e malcuidado. O capim nascia pelos cantos, só a área central estava coberta de pedrinhas. Havia lama das chuvas recentes. Agrupados num banco, alguns velhos conversavam, curvos, as cabeças brancas tremiam ouvindo um ancião de cachimbo contar uma história. Mais para os fundos, outro grupo olhava uma árvore no terreno vizinho.

A chegada do padre e do porteiro não alterou a postura e o comportamento de ambos os grupos.

— Acho que o Pe. Lucas está lá para os fundos, cismou agora de construir uma gruta de pedras.

Atravessaram em diagonal o pátio e fizeram a curva no canto do alpendre que abrigava a comunidade nos dias de chuva. Junto ao muro dos fundos, inacabada, malfeita, frágil, havia uma gruta, ruína já.

— Lá está a gruta! Pe. Lucas não encontrou ajudantes. No início, os velhos cooperaram, gostam de novidades, mas logo desanimaram. E ele, com aquela perna, aquele braço, não podia fazer muito.

— Pe. Lucas?

— Sim.

— Uma visita para o senhor.

A bengala saiu primeiro e fincou-se, sólida ainda, enérgica, no terreno empedrado. Depois surgiu a mão enluvada. Enfim, o resto do corpo, o braço do pijama balançando contra o vento, oco, sem forma.

— Pe. Mateus! Bondade sua incomodar-se com este velho!

Pe. Mateus esperava que o encontro fosse afetuoso, mas, diante daquele rosto congestionado, um lado completamente queimado, o braço amputado, aquela perna rastejando como um apêndice mal fixado ao corpo, sentiu voltar toda a animosidade antiga.

— Vim trazer objetos seus, padre. Depois do incêndio, recolheram muita coisa nossa e guardaram tudo em meu nome. Estive internado também, e foi custoso saber notícias suas.

Para se justificar da visita, apresentou o embrulho malfeito, amarrado por uma tira de pano velho.

— Sim, sim, dei por falta do Breviário, mas agora, que estou suspenso de ordens, acho que já não estou obrigado a rezá-lo todos os dias.

O porteiro se despede:

— Deixo-os sozinhos. Daqui a dez minutos a sineta tocará o jantar, e a visita deverá estar terminada.

Mal o porteiro sumiu, Pe. Lucas esticou o beiço em sua direção:

— Uma boa bisca esse aí! Não vale a comida que come!

Mas logo esqueceu o porteiro e voltou-se para o antigo coadjutor:

— Então, padre, que que tem feito? Já é vigário?

— Não, Pe. Lucas, ainda não sou vigário. Nem coadjutor. O cardeal me arranjou uma capelania, estou descansando uns tempos; sabe, aquela doença piorou, fiquei bastante ferido com o desastre. E também estive ameaçado de suspensão de ordens.

— Sei, sei, imagino a conversa do senhor com o cardeal, e tudo por causa daquele caolho do Ismael. Mas a culpa é só minha, o senhor não tinha nada com a história.

— Não, padre, meu motivo era outro. Estive numas encrencas por aí, qualquer dia voltarei aqui para conversarmos melhor. Talvez precise de alguns conselhos...

— Quem sou eu, Pe. Mateus, para dar conselhos? Um pobre padre, coberto de opróbrio, ridicularizado em todo o clero, um incapaz... não sirvo nem para aconselhar esses infelizes daqui!

Com a ponta da bengala, afastou um pedregulho próximo ao sapato de Pe. Mateus.

— Pois olhe, padre, nem ajuda tive para construir esta gruta. A capela lá de dentro é muito fria, muito nua para estes velhinhos. Pensei numa gruta, para reunir a comunidade nos meses de maio, aos sábados, para o terço dos domingos. No princípio me ajudaram, mas depois desanimaram. E eu também desanimei. Com os meus aleijões, já não sou mais aquele. Mesmo assim, para o maio do ano que vem, espero terminar a cobertura. Já arranjei pedras por aí; e cimento, quando posso, roubo da administração. Tinha um velho que me ajudava, era meu braço, mas fugiu pelo Natal, não suportou isto aqui, preferiu ir passar fome e vergonha na rua a viver nesta miséria.

A sineta tocou na tarde, e os diversos grupos de velhinhos se reuniram sob o alpendre.

— Muito obrigado, Pe. Mateus, pela visita. Estou sem braços para segurar o embrulho. Pode deixar na portaria, mais tarde colocam em minha cama.

Caminhava junto do antigo coadjutor, em busca do alpendre.

— E o senhor ainda pensa em fazer-se frade?

— Não, Pe. Lucas, nunca pensei nisso. Lamento ter dado esta impressão ao senhor.

— É que havia tantas dúvidas... bem, o senhor era mais moço, menos sofrido, menos vivido, agora talvez compreenda o que Deus realmente quer de nós.

Pe. Mateus fez um gesto para travar o passo rastejante de Pe. Lucas:

— Alguma coisa, Pe. Mateus?

— Não. É que eu queria dizer uma coisa, mas perdi a coragem.

Pe. Lucas olhou com carinho o seu antigo auxiliar. Mas logo encaminhou-se para a fila dos velhinhos, deixando atrás de si, imóvel e sofrido, o seu antigo coadjutor.

A sineta tocou novamente e a fila moveu-se, desordenada e ridícula, até sumir pela porta do refeitório. Sozinho no pátio, Pe. Mateus contemplou a gruta inacabada e teve vontade de rezar. Mas não pôde.

II

Não Tomar o seu Santo Nome em Vão

Orígenes Lessa

I **II** III IV V VI VII VIII IX X

Jeová de Souza

— E o seu relógio dá a hora de Deus? — perguntou ironicamente o novo pensionista.

O velho Antero, a voz tropeçada e humilde, uma vaga censura no olhar manso, demorou-se em responder. Tirou do bolso o *Roskoff* pesado, muito sério:

— Não. A hora do homem... Atrasa. Adianta. Pára.

Estava habituado aos remoques da pensão inteira, em especial da rapaziada.

— Como é, Antero, o diabo hoje parece que anda solto...

— Eh! Eh! — fazia ele assustado.

E convicto, os olhos grandes:

— Anda... Anda, moço... Pede a Nosso Senhor que te proteja...

— Que senhor?

Antero olhou-o com pena (a cena quase diariamente, sem variantes, se repetia):

— Você não tem, moço?

— Tempo da escravidão já passou, Antero. Há mais de vinte anos. Eu nunca fui escravo.

— Eu quase fui. Nasci na Lei do Ventre Livre. Mas hoje ainda sou servo...

O rapaz sorriu, fingindo adivinhar-lhe o segredo:

— Já sei: de Deus!

— Limpa antes a boca, menino! "Não tomarás o nome do Senhor teu Deus em vão..."

E com o pano úmido recomeçou a limpar a poeira dos móveis, paciente, sereno, cabisbaixo.

— Que horas são, Antero?

— Eu não disse inda agorinha?

— Ué! Continua a ser nove e meia?

— Era nove e trinta e um — corrigiu Antero.

— Continua nove e trinta e um?

Impassível, Antero puxou o relógio, examinou com a vista fraca:

— Nove e quarenta... e três... não... dois e pouco... quase três.

Alarmou-se o rapaz.

— Ih! Vamos correr. Está quase na hora...

E já a caminho do quarto, onde ia apanhar os livros, zombeteiro de novo:

— Tenho de sair às nove e quarenta... e sete.

Esfregando com mais força uma pequena mancha insistente no meio da mesa ("só o sangue de Jesus lava realmente as manchas do pecado...") Antero sentiu que os seus lábios iam se abrir numa expressão de ternura — "Vai com Deus!" — mas apenas formulou mentalmente o desejo, em muda oração.

Deus aflorava a cada passo em seus lábios. Raramente saía. Por que proferir o seu Santo Nome com seus lábios impuros?

A mancha saíra. O rapaz já voltava. Foi à janela, procurou a torre da matriz, voltou-se grave:

— Antero...

— Diz, Seu André.

— Agora é que é nove e quarenta. Acerta esse *Roskoff*...

Antero olhou também para o relógio da torre. E horrorizado:

— Pela hora do Diabo, Seu André? Deus me livre!

E como se a mancha ainda continuasse na mesa, o pano molhado ia e vinha, Antero numa grande tortura. Manchara os lábios pronunciando o nome do *mais que maligno*. Profanara o nome do Senhor com seus lábios impuros.

Para D. Isaura, Antero representava um desses milagres vivos do Evangelho. Era o mais antigo empregado da casa. Entrara com o primeiro pensionista quando, ao despertar da viuvez recente para a realidade, viu, como único meio de sobrevivência (duas filhas por educar), a necessidade de transformar a casa em pensão. Que outra coisa podia fazer sem montepio, sem economias deixadas pelo marido que a febre amarela roubara?

— Caminho de viúva é pensão — sentenciava sempre sua velha tia, amargurada com a impontualidade dos pagamentos e o eterno ir e vir de caras novas.

Caminho de pedras, não havia outro. Deus a ajudaria. Tomou as providências, fez um pequeno empréstimo, comprou novos móveis, mobiliou os quartos — bacia, jarro, vaso noturno em cada um — e passou a anunciar no jornal a sua pensão familiar.

No começo, cozinharia ela mesma, as meninas arrumariam os quartos; aceitara como garçom, por indicação de uma vizinha, um rapazola de cor. Bom de jeito, vivo de cabeça, diligente. Apenas um pouco amigo de caninha, sujeito a repentes de fúria, se a caninha subia.

D. Isaura teve o seu momento de hesitação, quanto ao rapaz.

Não ficava bem à presidente da Sociedade Auxiliadora de Senhoras, professora da classe *Débora*, na Escola Dominical, ter em casa um negro dado ao mosto, meio brigão e analfabeto. Mas não havia outro, Antero tinha experiência de várias pensões. Os hóspedes chegavam. Deus atendia as suas orações, mandando novos pensionistas. Não poderia Deus fazer o milagre, converter o Antero, desviá-lo do mau caminho, transformá-lo em modelo de *garçons*?

Cheia de confiança e de fé, aceitou o risco. Suas orações incluíam agora um pedido especial e constante em favor do negro de modos bons quando não bebia.

O fato é que o milagre não se fez esperar.

— Você já conhece o Evangelho? — perguntou ela certa manhã.

Anos depois Antero ainda ria muito, recordando que, na sua ignorância, julgava ser o Evangelho algum novo pensionista. Mas estava escrito, desde o começo dos tempos, que Antero seria um dos escolhidos, estava predestinado para a salvação. Porque ao perguntar em que quarto iria ficar *Seu* Evangelho, no do fundo, ou no da frente, e ao responder ela que Evangelho era, não um mísero pensionista, mas a própria Palavra de Deus, que devia habitar no seu coração, o negro Antero amou, de amar imediato e sem explicação, aquele nome. Nunca ouvira palavra tão linda.

— Domingo à noite você pode ir à igreja comigo. O reverendo Vicente vai pregar...

Trinta anos mais tarde ainda Antero sorria, também, ao reviver aquela nova confusão.

Pregar o quê?

O tempo tornaria familiares as expressões estranhas, a língua nova falada naquele mundo cujas portas se abriam inesperadas aos seus olhos.

E o Evangelho, pensionista para sempre do seu coração, ia entrar luminoso e triunfante na sua vida. O Espírito Santo o movia. No domingo seguinte, ao sair D. Isaura para a igreja, hinário e Bíblia na mão ("Parece mentira, eu tinha esquecido o convite!" —

dizia depois D. Isaura), teve ela uma surpresa. Antero a seguia, poucos passos atrás.

— Posso acompanhar a senhora, D. Isaura?

Ela se voltou, sem entender.

— Eu quero conhecer o Evangelho, D. Isaura...

Três meses depois, Antero fazia profissão de fé. E nunca mais houve caninha nem brigas nem confusão de palavras. Tinha o coração aberto para compreender os caminhos de Deus, os descaminhos do homem.

Realmente a graça divina descera sobre Antero, iluminando-lhe a vida. Um novo homem nascia. Resmungo de negro não se ouvia mais, agora só mansidão e doçura. A repentes de raiva ninguém mais assistiu. Perdão e sorriso era Antero ("Perdoa as nossas dívidas assim como nós perdoamos aos nossos devedores"). Cachaça? Apenas o cálice de vinho na comunhão do primeiro domingo de cada mês, lembrando o sangue de Jesus ("que nos purifica de todo pecado").

E a antiga linguagem impura das conversas mundanas desapareceu de seus lábios, agora desabrochando em citações humildes da palavra divina.

Aquele, um dos mais vivos aspectos do milagre operado. Como nas páginas virgens de um livro aberto se registravam os versículos e os capítulos da Bíblia. Capítulos inteiros. Salmos e profecias. Ouvidos na igreja. Ouvidos em casa. No culto doméstico da manhã, no culto doméstico da noite, quando D. Isaura reunia as filhas, um pensionista crente (os outros eram todos *romanos*...) e o seu *garçon* regenerado, a leitura da Bíblia, feita pela dona da casa, em voz contrita, ia fixando em seu espírito a mensagem de paz. E em poucos meses, sem que a vaidade manchasse a pureza do seu coração, o reverendo Vicente, o presbítero Joaquim Honório e os demais irmãos se maravilhavam do espantoso conhecimento do Evangelho revelado por aquele preto analfabeto.

Não sabia ler, mas tinha a sua Bíblia, que acariciava com ternuras de mão comovida:

— Mostra aqui o Salmo 46, D. Isaura.

D. Isaura abria a Bíblia lá no meio. Estava perto. Ia passando as páginas.

— É por aí... é por aí mesmo — ia acompanhando o Antero.

Na página certa ele identificava, rápido, o belo Salmo. E como se lesse, os olhos no Salmo, trêmula de emoção a voz, ele começava:

— Deus é o nosso refúgio e fortaleza, socorro bem presente na angústia. Pelo que, não temeremos, mas ainda que...

D. Isaura ouvia e conferia, sorridente. Ela também sabia quase tudo de cor.

— Nunca vi memória igual, Antero. Você tem uma cabeça formidável...

Antero sorria, modesto, em silêncio. Cabeça, não. Era dura. Sempre fora. Guardava era na memória mais de baixo, na do coração. E orava mentalmente, pedindo a Deus não permitisse que aquele saber inesperado o enchesse de orgulho. Por isso, evitava, quanto possível, exibir sua nova ciência. Apenas a utilizava quando necessário, ao dar o seu testemunho, ao tentar evangelizar os que ainda caminhavam nas trevas. E ao falar com os *ímpios*, parte para que não pensassem que ele estava sacando, parte para que a atenção da ovelha tresmalhada não fosse desviada para uma admiração quase pecaminosa dos seus conhecimentos, ele, sem querer, com a maior humildade, causava espanto ainda maior. Quase sempre sabia o texto e conhecia o capítulo e o versículo onde se achava. E, procurando salvar um pecador das garras do *mais que maligno*, entregava-lhe a Bíblia.

— O senhor mesmo pode ler a mensagem do Senhor. Procure aí o livro de São João... Não, não é no começo. Eu lhe mostro.

Tomava da Bíblia, abria quase no lugar exato.

— Veja aí o Evangelho de São João, capítulo três. Achou? Leia apenas o versículo 16.

O pecador, desinteressado, começava a ler:

— Porque de tal maneira amou Deus ao mundo que deu o seu Filho Unigênito — continuava o negro — para que todo aquele que nele crer não pereça, mas tenha a vida eterna.

Era a pressa de transmitir a mensagem.

Um dia, Antero percebeu que estava mentindo. Ou quase. O interlocutor acreditou que ele estava lendo. Ele não podia dar essa impressão. Seria falsa. Nem queria ostentar memória, tentação para cair em pecado.

Por isso e para não depender dos outros no sedento contato com a Escritura, Antero resolveu aprender a ler. Estava com 35 anos. ("Ajuda, Senhor, o teu servo"...) Aprendeu, rápido. A ler, somente. Nunca se interessou pelas alegrias do escrever.

— Tudo o que precisa ser escrito o Senhor já deixou na Escritura Sagrada...

Os anos passavam, Antero crescendo em humildade e gratidão. Surpreendia-se às vezes, pano úmido ou vassoura na mão, ou mesmo o prato ou talheres que levava à mesa, parando a meio do corredor, olhos cerrados. Estava agradecendo ao Senhor o ter se lembrado do seu servo, descendo até o abismo de ignorância em que chafurdava (palavras bonitas, ouvidas nos sermões, povoavam agora o seu pensamento). Despertava da meditação extemporânea ("há tempo de rir e tempo de chorar, tempo de ajuntar pedras e tempo de espalhar pedras" — dizia o Eclesiastes), penitenciando-se diante de Deus por estar reagradecendo a sua salvação em tempo alheio, de D. Isaura, que lhe pagava, para isso, uma enormidade: cinqüenta mil-réis por mês. O sentimento da responsabilidade tomava cada vez mais vulto na sua vida. Cristo o salvara. Estava purificado diante de Deus. Nem por isso podia abusar da misericórdia divina. Antes não conhecia a verdade. Agora conhecia. Antes desconhecia a lei. Agora conhecia a lei e os profetas. Não tinha mais desculpas. Não podia prevaricar. Precisava obedecer ao preceito do Apóstolo das Gentes: "viver de glória, de claridade em claridade, refletindo, como num espelho, a imagem do Senhor". Mas seria refletir a imagem do Senhor o roubar tempo ao trabalho, a desatenção nas tarefas? Sua gratidão a Deus não podia entrar em conflito com a obrigação por fazer. Não queria ser ingrato ao Senhor, mas não podia, pela alegria de ter sido salvo, se arriscar a quebrar um prato que não lhe pertencia, ou atrasar o serviço que lhe fora entregue.

Com isso atingira a quase-perfeição no trabalho, torturado sempre pelo terror de ser achado em falta e nunca satisfeito por não ser achado. Estava no Evangelho: "apenas fizeste o teu dever".

Por tudo isso, era um constrangimento constante o louvor de D. Isaura, a cada passo.

— Mas eu não fiz nada, D. Isaura. É o Evangelho em mim. Por mim, eu estava prevaricando (palavra de sermão dominical), acordando tarde, relaxando no serviço, dizendo palavrão, procurando essas mulheres por aí. É a misericórdia de Deus que não deixa.

— "Vós me roubais, diz o Senhor dos Exércitos. Em quê? Nos dízimos e nas ofertas alçadas."

Desde sua conversão o negro Antero se fizera dizimista escrupuloso.

Roubar? Não roubava D. Isaura, pecadora como ele; iria roubar o Senhor que derramara o sangue de seu único Filho para salvar os pecadores, dos quais o maior era Antero, Antero Pimenta, empregado na Pensão Esperança? Jamais! Todos os meses os cinco mil-réis do dízimo eram entregues ao diácono, um velho lusitano cujo orgulho era ter a voz mais forte da congregação, insuperável no cantar dos hinos.

Pouco depois, Antero compreendeu que ser dizimista era pouco. Apenas cumprimento de uma obrigação, preceito imperativo de Deus. Mas onde estava a sua gratidão? Dinheiro pra quê? Não tinha roupa bastante? Pagava aluguel, por acaso, ou comida? Tinha mulher para sustentar? Ou filhos? Egoísta vinha sendo. E desde esse dia passou a dar quase todo o ordenado. Houve muitos meses de ordenado inteiro.

Num desses meses, o velho diácono, particularmente feliz aquele domingo, porque vira no regente do coro um brilho de olhos que era despeito pela voz altissonante, não se conteve: — Meus parabéns, irmão Antero! Eu já comentei com o reverendo... Você é o maior contribuinte da nossa igreja. Dá até mais que o Dr. Isolino, que é capitalista...

(Dr. Isolino era o regente do coro.)

Daí por diante Antero se limitou a entregar-lhe o dízimo, simplesmente. E o diácono, não dos mais brilhantes, "embora muito piedoso", garantia o pastor, nunca entendeu por que razão o cofre das ofertas anônimas, que antes só recolhia moedas de cobre, passou a aparecer recheado de notas de um, de dois, de cinco e de dez...

Os anos continuavam rolando. Ia governo, vinha governo, caía governo. A cidade crescia. Vinha italiano, casava italiano, trabalhava italiano, italiano enricava, italiano nascia. E turco e alemão e toda espécie de nação de gente. Progresso marchava. Automóvel chegava, automóvel rodava, automóvel atropelava, as ruas cada vez mais cheias de povo. Povo com pressa, povo em delírio, povo em pecado, sem respeito pelos mandamentos do Senhor.

Já não havia aquela decência dos tempos de dantes. Na própria rua onde a igreja ficava, antigas casas de famílias andavam enjaneladas de mulheres muito brancas, de braço gordo no peitoril, os seios de bola, piscando com olhar de abismo para quem passava. Passava Antero, rumo ao templo, de olhos baixos, muita vez fechados. Era tempo seu, não de D. Isaura. Tropeçar, não tropeçaria. Deus guiava os seus passos. Vira uma ou outra vez o grande braço branco na janela, chamando ao pecado. Pedia perdão a Deus por ter visto, orava caminhando na rua, todas as noites orava para que a dona do braço-reclame se convertesse dos seus pecados e se refugiasse arrependida no seio amantíssimo do Senhor Jesus.

E quando ouvia, dos homens nas esquinas ou dos jovens diante das janelas, palavras imundas ou gargalhadas obscenas, refugiava-se nas palavras do salmista: "Bem-aventurado o varão que não anda no conselho dos ímpios nem se assenta na roda dos escarnecedores..." E pelas mulheres por arrepender e pelos homens por salvar seguia orando, pensamento humilde, coração penando, sem entender os descaminhos do mundo. Bem-aventurado era o momento de entrar no porto seguro da velha Casa de Oração! Mulheres de braço magro, homens de escuro, olhar de bondade, e um sorriso para o Antero. Os anos faziam dele, pouco a pouco, um velho negro, tão diferente do jovem idólatra do passado que adorava imagens de escultura da África ou de Roma, e que se apascentava nos campos do mal. Ali, no aprisco do Senhor, respirava feliz, na comunhão dos Santos. O próprio pastor dissera, no culto de ação de graças pelo seu trigésimo aniversário de profissão, ser ele um príncipe em Israel. Chorava Antero. Os irmãos choravam. "Louvai ao Senhor porque ele é bom e porque a sua benignidade dura para sempre." Já fora eleito oficial da Igreja, presbítero de palavra mansa, mas ouvida até nos sínodos com respeito, modelo de servo de Deus.

Já na pensão não se dava a mesma coisa. Honesto era, e como tal reconhecido. Irreprochável, sim. Mas os pensionistas viam, na sua integridade intransigente e no seu ardor proselitista, motivo para a chacota de todos os dias, chacota em geral inofensiva, mas pretexto para a eterna risada irreverente, que ele sofria, com paciência cristã. Estudantes e caixeirinhos, impiedosos, estavam-lhe, sempre, na cola:

— O senhor conhece algum remédio para gonorréia, Seu Antero?

— O temor de Deus, meu filho, o temor de Deus...

A resposta soava como a pilhéria do século, rapazolas a rolar de riso. Antero não se abalava, pensamento nas palavras de Jesus no Calvário.

"Pai, perdoa-lhes, porque não sabem o que fazem."

E continuava impassível, prato sujo para a copa, prato limpo para a mesa, feijão, arroz, carne assada, farinha.

O telefone tocava.

— Se é comigo, diga que eu não estou.

Antero atendia, trêmulo. Telefone era novidade...

— Quer falar com quem?

Voltava-se para o rapaz:

— Com o senhor, Seu Hélio.

— Já disse: eu não estou!

Pisava em brasas.

— Com o senhor, Seu Hélio!

— Eu já disse: não estou!

Não hesitava mais:

— Ele mandou dizer que não está!...

Mentira não entendia.

— Viu minha mulher, Seu Antero?

— Vi sim, senhor.

— Onde?

— Eu não posso contar.

— Como assim? O que é que você está querendo dizer, seu cachorro?

— Eu não estou querendo dizer. Eu disse que não posso falar.

— Não pode? Você é mudo?

— Posso, mas não quero.

— Você está insinuando que minha mulher...

Antero suava, angustiado.

— Eu não estou insinuando, Seu Anacleto. Eu estou varrendo a sala. O senhor não deixa... começa a fazer perguntas.

Gente chegava. O marido preferiu calar-se. Minutos depois, recomeçava.

— Antero...

O preto baixou a cabeça.

— Antero... Eu sei que você é crente. Crente é incapaz de mentir. Responda! O que é que minha mulher estava fazendo? O que é que você viu?

Antero calado, os olhos úmidos.

— Vamos! Fale!

— Seu Anacleto, eu estou varrendo a sala. O senhor me deixa cumprir a minha obrigação?

— Mas você não percebe, seu idiota, que está me torturando... me fazendo suspeitar de minha própria mulher, talvez cometendo uma injustiça criminosa?

— Não, Seu Anacleto. Pode ficar descansado... O senhor não está cometendo injustiça...

Pela terceira vez, o nome honrado da Pensão Esperança ia figurar nos jornais como cenário de sanguinolento drama conjugal. Por aquela e por outras, a vida interior do velho Antero era uma tortura contínua, de miserável pecador, indigno da misericórdia celestial. Salvo sabia estar. Dúvidas não tinha. Pois não descera Jesus dos céus à Terra e pagara por ele na cruz ensangüentada do Calvário? Do inferno com ranger de dentes, bicho que rói e nunca morre, dos horrores eternos não tremia. Derramado fora o sangue do Cordeiro. Mas pensar que D. Elvira fora morta em flagrante, sem tempo de aceitar a Jesus, projetada no inferno pelo sem-fim, moía miudinho seu coração. Poderia ter evitado? Poderia ter mentido? Que parte de culpa teria no caso? Culpado ou não, sofria. Sofria de pensar em D. Elvira envolta, por todo o sempre, pelas chamas infernais. Mesmo quando fosse chamado pelo Senhor e subisse para contemplar a glória celestial, o gozo da visão do Altíssimo seria sempre envenenado pela recordação de D. Elvira.

E não fora a primeira! Mas por que perguntavam? Que provação era aquela que o Senhor lhe mandava, de tempos em tempos, a tentação de mentir para salvar uma vida? A verdade é trágica, muitas vezes! Do remorso de mentir não penaria. Mas do remorso de não ter dado o alarma, de não ter advertido a infeliz, de não a ter arrancado das garras do mal com seus conselhos, sofreria sempre. Ah! Por que não a chamara ao bom caminho no tempo oportuno?

Confuso ficou sempre, inexplicável para muitos, o estranho episódio.

Um dia um funcionário da Drogaria Barnel deixou intempestivamente a pensão, com a esposa, dando-se ao luxo de não pagar os atrasados. Estendido na sala fora encontrado, pela manhã, o velho Antero, moído de pau. Várias semanas capengou, servindo a mesa.

— A dona se queixou ao marido. Parece que o Antero andou levantando falso... — disse alguém.

— Será? Pra mim, o Antero também quis arrastar a asa para o lado dela, sabendo que ela faz os seus favores...

Ele não disse palavra. Dos males, o menor. Pancada, calúnia, não tinha importância. Cristo sofrera muito mais pelos pecadores. Por ele, por ela... Que Deus a desviasse do caminho do mal e lhe desse o perdão, como o dera a Madalena arrependida.

Para não escandalizar os irmãos ou ter de dar explicações descaridosas contra a infeliz, por duas semanas Antero deixou de ir ao templo. Depois voltou à rotina de sempre. Mas agora suas orações se prolongavam noite adentro, menos por ele, já salvo, que pela humanidade por salvar. Agora compreendia a extensão do pecado no mundo. Difícil era pregar o Evangelho a toda criatura, como Cristo ordenara. Os homens escarneciam. As mulheres também. Os homens continuavam adorando os seus ídolos de barro, de madeira ou de pedra. As mulheres continuavam enganando os maridos. E todos se divertiam, quando Antero chegava.

— Recita um salmo, Antero.

Só lhe restava a oração. De joelhos Antero clamava, das profundas de sua angústia:

— Oh! Senhor Deus, tem compaixão dos pecadores! Toca no coração de Seu José, que pregou aquela mentira a D. Isaura. Lava com o sangue de Nosso Senhor Jesus Cristo a pobre da Sinhazinha que anda fazendo aquelas poucas-vergonhas... Olha para o seu namorado que não respeita a própria esposa que vai ter... Ilumina o seu coração... Faz que eles se arrependam de seus caminhos e aceitem a palavra do Evangelho... Desperta a consciência de Seu Mota, que anda gastando em pândegas o ordenado e há dois meses não paga à pobre da D. Isaura. Faz com que ele se converta ao Evangelho de Jesus... E cura, se assim for a tua vontade, a doença do fígado de D. Isaura. Olha pelas filhas dela, para que cresçam no temor do Senhor...

Por todos da pensão orava e pedia. E, a seguir, pelos encarcerados e pelos enfermos. E pelos grandes deste mundo, enganados pela vã ciência. E por que não pelos padres, que não só erravam, praticando a idolatria, mas levavam os outros ao erro?

— Sê clemente com os deputados, os senadores, os políticos. Desce o teu Santo Espírito sobre o pobre Presidente da República, ilumina o seu coração, converte o coitado ao Evangelho, para que ele possa dar o seu testemunho.

Continuava orando, pelos grandes e pelos pequenos. Pelos conhecidos e desconhecidos. Às vezes já estava deitado, erguia-se e se ajoelhava de novo, junto à cama. Tinha deixado de rezar pelo Papa, tão ilustre, tão poderoso e tão ímpio, adorando imagens de escultura...

Claro que nem olhava para a velha matriz, nas vizinhanças da pensão. Estava cheia de ídolos. Deus proibira no segundo mandamento o culto das imagens. Estava no Êxodo, capítulo 20, versículos 4, 5 e 6. Os *romanos* fugiam da verdade, modificavam os mandamentos.

Por isso não queriam que o povo lesse a Bíblia. Para não ver o seu erro, conhecer a sua impiedade. Os romanos não somente desobedeceram aos mandamentos. Mudavam, a seu feitio, o texto sagrado. O terceiro mandamento não fora também modificado? Não era nada daquilo! "Não jurar o seu santo nome..." Nada disso. Moisés escrevera nas tábuas da lei: "Não tomarás o nome do Senhor teu

Deus em vão, porque o Senhor não terá por inocente aquele que tomar o seu santo nome em vão..."

Por que tamanha ousadia? Como se atreviam a modificar a palavra do Senhor? Como ousavam mudar-lhe um *j* ou um *g*, quando o Senhor o proibira expressamente?

Por isso nem olhava. Era o Templo do Mal, a Casa da Iniqüidade. Passando-lhe à porta, muitas vezes ao dia, sentia sempre um frêmito de horror, pensando nas imagens criadas pelos homens, nos demônios que as guardavam. Para não olhar, mesmo sem querer, puxava do bolso o velho *Roskoff*. Estava sempre, ou muito adiantado, ou muito em atraso. Não tinha importância. Acertá-lo pela hora do Diabo, aquele grande relógio no alto da igreja, de jeito nenhum!

Lá vinha o padre saindo da igreja. Estendia a mão sorridente ao "bença, meu padre" dos inocentes. "Deixai vir a mim as criancinhas" — dissera Jesus. Doía no coração de Antero aquele espetáculo. Em vez de irem a Jesus, corriam ao beija-mão de um homem como os outros homens. E até adultos se descobriam reverentes, osculando (outra palavra dominical) a mão pecaminosa de um sacerdote idólatra que distribuía imagens de santos, acreditava no purgatório, na infalibilidade do Papa e noutras heresias de arrepiar o cabelo.

Muitas vezes Antero sentia a tentação de interpelar, de Bíblia em punho, aquele varão de iniqüidade. Era quase analfabeto, bem o sabia. Mas com a palavra de Deus não se arreceava dos grandes deste mundo. Havia de enfrentá-lo, indagador.

— Me mostre onde é que o Evangelho fala no purgatório, me mostre!

Ou indagar em que versículo da Bíblia se apoiava a Confissão. Ou o celibato dos padres... Para eles viverem naquela pouca-vergonha? E ainda saírem dizendo que filho de padre tinha sorte na vida? Sim, porque aquela abominação tinha sido espalhada por eles... Para as mulheres caírem mais facilmente, enredadas nas tentações do Confessionário tenebroso...

— E por que é que os senhores não deixam o povo ler a Palavra de Deus?

Formulava às vezes a pergunta em voz alta, na exaltação de seus pensamentos, e até a gente da pensão julgava que Antero andava com uma telha de menos.

Grande, em verdade, era a paciência divina.

Antero a aceitava com humildade.

"Misteriosos são os caminhos do Senhor", dizia tantas vezes o reverendo Vicente em seus sermões.

Misteriosos e impenetráveis, em verdade.

Sodoma e Gomorra haviam sido destruídas pelo fogo do céu. As águas do dilúvio tinham submergido a impiedade dos homens primitivos.

No entanto, Roma continuava de pé.

E Pirapora.

E Aparecida.

— Deus que me perdoe, mas no lugar dele...

Nem concluiu o pensamento profano. Quem era Antero, vil pecador, para...

De joelhos, Antero, de joelhos!

Mas que dava ganas, dava! De interromper o beija-mão de todo dia. De abrir os olhos àquelas crianças que iam crescendo nas trevas do erro. E quem sabe, mesmo, de trazer ao conhecimento da verdade o próprio padre... Sim, porque não era por ser padre, sacerdote de um falso representante de Cristo, que ele não merecia compaixão. Pelo contrário. Merecia, talvez, mais do que os outros. Porque o seu castigo deveria ser muito maior. Não só errava, mas induzia outros ao erro. A salvação era para todos, grandes e pequenos, brancos e negros. Até para o Papa. ("Tem compaixão do Papa,

Senhor, salva aquele infeliz no seu trono de ignomínia...") E no seu íntimo Antero se acusava de ser a sentinela que não guardava a cidade, o soldado que não tinha ânimo de gritar em voz alta a presença do inimigo. Importava derrubar as muralhas de Jericó. Bastava tocar a trombeta. Mas ele se acovardava, a trombeta ficava silenciosa, e os homens continuavam nas veredas do mal, porque Antero, amedrontado, não clamava:

— Vinde a Jesus, pecadores! Afastai-vos de Roma! Roma é a mentira! Roma é o pecado! Roma é a idolatria! Roma falseia a Escritura. Roma suprimiu o segundo mandamento, que manda não adorar imagens de escultura! Roma deturpou o terceiro mandamento...

Mas, eis que, numa das ocasiões em que assim meditava, de súbito se abriram os olhos de Antero para uma verdade inesperada na qual nunca, antes, pusera atenção. E Antero viu desfilar diante do seu espírito toda a sua vida anterior.

E eis que sua vida outra coisa não fora que um permanente pecar, só agora descoberto aos seus olhos.

Ah! pecador envaidecido pela salvação que não merecera!

Ah! pecador ingrato, de mil pecados de todos os instantes, que só agora conhecia toda a extensão do seu pecar!

Não, matar, não matava. Furtar, também não. Não levantava falso testemunho contra o seu próximo. Não fornicava. Não adorava imagens de escultura, do que há em cima no céu, ou embaixo na Terra. Nem em pensamento. É verdade que, vez por outra, incorria nos outros pecados, nos inesperados do seu coração propenso ao mal. "O espírito está pronto, mas a carne é fraca" — proclamava o próprio Apóstolo dos Gentios... Muitas ocasiões se via, horrorizado, a olhar, quase com ódio, os inimigos da fé, os escarnecedores, dos quais falava o Rei Davi, num de seus salmos favoritos. Pecado, por certo, que logo reconheceria com humildade, penitenciando-se diante de Deus. Mas só agora percebia que um dos mandamentos do Senhor ele o desrespeitava a cada passo, justamente o terceiro. Com atos, ou melhor, com palavras. "Não tomarás o nome do Senhor teu Deus em vão..." Não seria pecado, a cada instante, nos momentos mais inoportunos, diante de profanos, a propósito de coisas sem a menor importância, estar usando o nome de Deus? Claro que jamais chegara ou chegaria à blasfêmia. Só de recordar Seu Pasquale, a esbravejar o *porco Dio*, o *Dio cane* ou *porca la Madona*, de todas as suas explosões peninsulares, Antero tremia de horror. Mas seria justo que seus lábios imundos pronunciassem, a cada momento, o nome de Deus? Não seria isso o "tomar em vão" do mandamento que estava ali bem evidente, na velha versão bíblica de João Ferreira de Almeida? (Não gostava da tradução de Figueiredo, aceita pela Igreja de Roma.)

O que lhe chamou a atenção para a gravidade da coisa, porém, fora o fato de ser aquele um dos mandamentos modificados. No catecismo católico estava "não jurar, etc." Em Almeida estava: "não tomarás em vão". O mandamento dado a Moisés no Monte Sinai exigia muito mais que o não jurar. Deixava bem claro o rigor do mandato divino, o respeito que o Senhor exigia pelo seu nome, não para estar em todas as bocas. E como era freqüente vê-lo mal-empregado (Graças a Deus fiquei completamente bom do "esquentamento", vira um pensionista dizer ao colega, como se o nome de Deus pudesse andar misturado com "doença do mundo"). Afinal Antero compreendia ser aquele, talvez, o mais desrespeitado de todos os mandamentos divinos, porque infringido até pelos eleitos, pelos crentes, pelos mais religiosos. Não era preciso ir tão longe quanto o *porco Dio* ou a *porca Madona* de Seu Pasquale (Antero não adorava Maria, sabia que ela só fora Virgem ao conceber o Salvador, teve outros filhos depois, mas amava a que fora abençoada em seu ventre pela vontade de Deus). Sim, não era preciso ser blasfemo irreverente para pecar. Bastava usar "em vão", tomar em vão o nome de Deus!

Desde esse dia uma revolução se operou na vida do velho

Antero. Agora os seus lábios tremiam ao pronunciar o nome sagrado. Crescia nele e se aguçava o sentimento da indignidade dos seus lábios, da grandeza do nome divino. Para ser pronunciado no templo. Para ser cantado nos hinos. Nunca para entrar na vã conversa de todos os dias, entre palavras ociosas e ouvintes profanos. Para ser murmurado em tom reverente nas dobras do coração, nunca para pasto de lábios afeitos aos juízos temerários, aos venenos da inveja, aos conceitos descaridosos e, principalmente, acompanhando palavras de ódio e desejos de vingança.

O temor de reincidir no erro desorientava o seu espírito conturbado:

— Se Deus quiser...

(Em geral coisas que Deus não podia querer de forma nenhuma...)

— Seja feita a vontade de Deus...

(O mais das vezes, queriam apenas a *cumplicidade* do Senhor...)

— Deus permita...

(Quando devia ser "que me perdoe"...)

De qualquer forma, expressões levianas de todos os momentos, de todas as bocas. De bocas impuras, de crentes ou não. Em muitos casos, profanação legítima, por certo.

— Deus é grande, sabe, Genoveva? Deus é grande... Imagine você... O Venta de Porco apareceu, quis me tomar dinheiro outra vez. Botei o berro no mundo, veio um guarda, prendeu ele. Veja minha sorte: a polícia andava atrás do safado. Vai pegar dois ou três anos de xilindró. É por isso que eu digo: com Deus ninguém pode.

(Conversa ouvida certa noite na rua do templo, quando se dirigia para o culto.)

— Você tem algum palpite pra hoje, Dorotéia?

— Um que não falha. Sonhei com Seu Eulálio do armazém batendo na mulata dele....

— Dá o quê?

— Vaca!

— Será que dá?

— Se Deus quiser, minha filha... Já fiz a minha fezinha...

(Misturavam sempre o nome sagrado com os assuntos mais torpes.) Noutros casos, porém, apenas o abuso, em que mesmo os evangélicos mais sinceros caíam, ele mais do que todos, porque o temor do Senhor habitava no seu coração. Cumpria evitá-lo, de ora em diante.

Mas como?

Deus irrompia, a todos os momentos, de seus lábios.

Havia que vigiá-los, policiar as expansões naturais do seu amor transbordante. E vivia desnorteado. Uma transgressão chamava a outra. Quando o "graças a Deus", por qualquer pequena alegria, lhe escapava, pecado se desdobrando em pecado, lá vinha em seguida um "Deus que me perdoe", sem ninguém lhe entender a perturbação inesperada.

É evidente que Deus não podia nem devia abandonar o seu pensamento. Imperativo do Evangelho era viver "de glória em glória, de claridade em claridade, refletindo, como num espelho, a imagem do Senhor". Mas não profanando o seu nome. A imagem divina transbordava, porém, a todo instante, do seu coração. E ele procurava usar expressões que atenuassem o desrespeito da divindade nos lábios pecaminosos.

— Graças ao Senhor...

— Se o Senhor permitir...

E os pensionistas riam com vontade (ah! a roda dos escarnecedores de que falava o salmista!) quando Antero, num gaguejo de quem segura, ainda em tempo, a palavra que ia sair, desejava que o Senhor dos Exércitos amparasse D. Isaura nas suas constantes enfermidades.

A tal ponto se disciplinou que agora o Nome só lhe brilhava nos lábios quando citava trechos da Escritura, porque emoldurados na palavra divina, agora, mais do que nunca, seu consolo e refúgio.

Jeová, Elohim, o Deus dos Exércitos, todo-poderoso, o Deus de misericórdia, todo amor...

E nas próprias orações, quando por direito, privilégio e glória pronunciava o santo nome, ao pronunciá-lo, sua voz baixava um tom, mais humilde e mais comovida.

Seu mundo, fora da igreja, era a pensão. Tudo fizera por dar o seu testemunho, por trazer aquelas almas aos caminhos do Senhor.

Ah! os mistérios insondáveis! Que alegria podia ter Antero, sabendo que Seu Medeiros, tão blasfemo, e Seu Zacarias, tão bom, não aceitavam a salvação oferecida pelo Evangelho e que a espada divina pendia sobre as suas cabeças? Tinha pena dos ímpios, mais compaixão, ainda, dos bons... Porque sem o sangue de Jesus uns e outros estavam perdidos. Havendo céu e inferno ("Duvido que alguém me prove, pela Escritura, a existência do purgatório!"), e não aceitando eles a salvação como estava na Bíblia, o inferno era o destino de todos. Pobres pecadores a quem Antero perdoava as ironias, com pena — mas com pena mesmo — da sua cegueira, tão iludidos a ponto de ter nos lábios, a todo momento, o Nome que ele tremia ao pronunciar...

Eis que um dia, porém, velho, corpo cansado, as mãos já trêmulas (estava perto o dia de contemplar o Senhor, na Glória Eterna...), Antero viu, na sala de estar, um grupo de rapazes reunidos à volta de um novo personagem.

Da copa ouvia as gargalhadas. Correu-lhe um arrepio pela espinha. Só podia ser obscenidade. Conversa de iniqüidade, com certeza.

Palavras soltas chegavam, abafadas pelo riso grosso. Palavras? Não. Palavrões. Cada palavrão doía-lhe na carne como chibatada. Baixou ainda mais a cabeça, encolhido de horror, pedindo perdão a Deus por estar ouvindo. O estranho falava cada vez mais alto. A roda dos escarnecedores parecia embriagada de gozo. E lá vinha novo palavrão. E mais outro... Seria possível? Como não descia fogo do céu, para acabar com tamanha impiedade? Como se atrevia aquele estranho a desrespeitar as paredes de uma casa onde habitava o temor do Senhor? Não sabia aquele servo do *mais que maligno*, que era preciso respeitar os noventa anos de D. Isaura e os já bisnetos de D. Isaura, que brincavam pelos quartos e corredores?

Foi quando, no meio de uma anedota grosseira, se ouviu a voz desconhecida:

— Foi um Deus nos acuda!

... e logo a seguir dois ou três palavrões.

Então Isaías, Jeremias, Ezequiel, Daniel, Oséias, Joel, Amós, Abdias e todos os profetas maiores e menores pareceram descer sobre Antero, que irrompeu na sala como um raio divino e ficou, por um momento, imóvel, enquanto as gargalhadas do final da anedota sacudiam as paredes.

Depois, todos foram tomando conhecimento da presença de Antero, transfigurado, o olhar fulminante, as gargalhadas parando no meio.

Quando o silêncio baixou — Moisés no Monte Sinai, Cristo enfrentando os vendilhões — Antero encarou o desconhecido, sua voz estalou:

— Quem é o senhor?

Ainda houve um silêncio de constrangimento. Um rapaz o quebrou, informando, pálido:

— É Seu Jeová...

Ao ouvir o nome divino, Antero não quis acreditar. As mãos em garra, o peito ofegante, o olhar em chama. Afinal, sua voz trovejou:

— Quem?

— Seu Jeová — repetiu o rapaz.

Houve uma rápida peleja interior. E então, como quem procurava se convencer do que acabava de ouvir:

— Jeová? Mas Je-o-vá?

Mulato grosso de ombros, faltava-lhe um dente.

— De Souza — explicou ele.

A chicotada fora em pleno rosto.

— De Sou-za? Jeová de Souza?

E inteiramente fora de si, avançando, o braço acusador, o dedo em riste:

— De merda, entendeu? Jeová de merda! De mer-da!

Dias depois a febre cedeu, o delírio passou. Os olhos de Antero reconheceram, com doçura, o pastor que passara a noite ao seu lado.

— Está melhor, Antero?

Foi juntando as idéias, viu sobre o criado-mudo sua velha Bíblia, companheira de meio século, pediu ao pastor que a abrisse em João, capítulo 3.

O reverendo Vicente, com um sorriso, pôs-se a folhear o livro que ambos amavam. Quando ia iniciar a leitura, Antero, como nos tempos em que ainda não sabia ler, mas já tinha o Evangelho no coração, começou a recitar, em voz trêmula:

— Porque de tal maneira... amou Deus ao mundo... que deu... o seu Filho Unigênito... para que todo aquele... que nele crer... não pereça... mas... tenha... a... a...

Não terminou. No rosto do negro a paz voltara...

III

Guardar Domingos e Festas

Marques Rebelo

I II III IV V VI VII VIII IX X

CONTO À *LA MODE*

Zulmira escancarou as janelas que eram molduras para o céu azul — uma, duas, três janelas, grandes, de correr, os trilhos levemente empenados pela ação da maresia, que corroera a televisão e o ar-condicionado do quarto do casal, e foi um dinheirão de reforma — um dinheirão! Escancarou as janelas, a brisa salgada entrou varrendo o ar confinado como fresca vassoura, e ela deu uma espiada lá para baixo com os esbugalhados olhos, tristes e submissos. Sete horas eram, o sol de verão já forte se mostrava, e os banhistas seminus começavam a encher a estreita e tão promovida faixa praiana, suja pela demasiada freqüência algo suburbana aos domingos e que aumentaria a cada instante, fazendo com que, ao meio-dia, não restasse um palmo livre de areia, extenso e afrodisíaco molho de coxas, de espáduas, de seios e nádegas malcontidas nos maiôs e nos biquínis, pintalgado pelas cores vivas das barracas, enquanto pela pista do asfalto, sem sombra de árvore, as filas de automóveis se alongariam, vagarosas, entre buzinadas, estampidos de motores e agressivos e estúpidos escapamentos abertos, que a inerte Inspetoria de Veículos não conseguia coibir. Escancarou as janelas e foi apagar o abajur que deixaram aceso toda a noite, indiferentes ao racionamento, como se ele nem existisse, um abajur de canto, sobre a mesinha antiga que um antiquário empurrara por alto preço, abajur branco, de opalina, e quase privativo da poltrona de leitura de Dr. Fifinho, leitura aliás escassa, resumindo-se à do vespertino reacionário com a sua página de histórias em quadrinhos, aventuras e humorismo importados, que satisfaziam plenamente as suas necessidades mentais.

Zulmira, que já fora à missa na sombria e feia igreja da praça, cheia de ecos côncavos e de mofo, sem missal, pois não sabia ler, vestido escuro, véu na carapinha e confessando-se e comungando, como diariamente fazia, já temperara a carne para o obrigatório assado dominical e preparara os desjejuns da família, frutas descascadas para uns, suco de laranja para outros e, para Dr. Fifinho, se alinhavam os apetrechos para o clássico chá genuinamente inglês, era a única pessoa que acordava cedo naquele apartamento de décimo andar, com sancas, vestíbulo de mármores, banheiros de cor, soalho vitrificado, elevador social privativo e, em cima da porta de entrada, o azulejo florido com o dístico: "Deus está nesta casa", dístico que Dr. Fifinho, sem se externar, desconfiava estar errado — nesta ou nessa? Era a única que acordava cedo, como era a única empregada que resistira ao estouvamento e concupiscência juvenil dos rapazes, à implicância e alopração da mocinha, às impertinências de madame, inconsolável com a cega impertinência dos anos, pois só Dr. Fifinho era morador que não aborrecia nem destratava empregados, gastando, quando na pior das hipóteses, uma distante e senhorial superioridade com alguns deles. Há mais de quinze anos que ali estava, desde que viera da roça em Minas, perto de Paraopeba, e nunca mais soubera dos pais, agregados dum velho fazendeiro mais interessado na política municipal do que em agricultura ou pastoreio, gozando de algumas considerações, especialmente da parte de Dr. Fifinho, que não escondia de ninguém a sua confiança: — "Com a Zulmira a gente pode deixar ouro em pó!" — confiança que imensamente a desvanecia. Não vira as crianças nascerem, mas as encontrara bem pequenas, necessitando de cuidados, dada a indolência materna, e vira uma centena, ou mais, de empregadas desfilarem pela copa e pela cozinha. Fora babá, fora arrumadeira, fora cozinheira, fora lavadeira, e como as crianças sujavam roupa! Agora era um pouco de tudo, até enfermeira, até eventual confidente dos ciúmes fundados ou climatéricos de madame — pau para toda obra.

Dr. Fifinho — Rufino Osório da Silva Costa, neto de um senador pelo Piauí, latifundiário de sesmarias, falecido em 1936 e não antes de arranjar muito satisfatoriamente os filhos, os genros e até os netos — era quem mais cedo saía da cama (de baldaquim) entre os membros da família e, às dez horas, aparecia de roupão de seda e pantufas de pelica preta, a espessa barba por fazer:

— Zulmira, o meu chá!

Assim era todos os dias e, num piscar de olhos, estava servido, saboreava a beberagem com unção, vício que herdara do pai, que borboleteara na Inglaterra quando moço, entremeando-a com uma prosa sem conseqüência, como se desta forma exercitasse matinalmente o uso da palavra:

— Foi à missa, Zulmira?

— Fui sim, senhor.

— A das seis?

— A das cinco, Dr. Fifinho! Como sempre.

— Estava bonita?

— Então não havia de estar, Dr. Fifinho? Uma beleza!

— Confessou-se direitinho?

— Confessei sim, senhor. Confessei e comunguei. — E ela esfrega as mãos ásperas, negras e quadradas no avental imaculadamente branco.

— Muitos pecados? — e o patrão piscou o olho esquerdo, que parecia maior que o outro.

— Alguns sim, senhor — riu confusa.

— Os para o gasto, não é? É bom ficar livre deles... Muito bem. Pecado é fogo!

Pecados tinha ele muitos, sabia, mas era bagagem que acumulava sem se preocupar, como não o preocupava ainda, senão vagamente, o medo da morte, descendente que era de gente longeva. O colégio de padres fatigara-o de práticas religiosas — caramba, a quantas missas agüentara caindo de sono, e quantas novenas assistira de joelhos dormentes, quantas hóstias papara de boca salobra pelo longo jejum! Ademais a padrecada... Bem... — e pousou os olhos na Ceia adquirida em Florença e douradamente emoldurada — era uma reprodução decente! Acendeu o cigarro de filtro — só fumava cigarro americano, comprado no contrabandista, no qual adquiria também o seu uísque e o seu chá — levantou-se:

— Ótimo, Zulmira!

— Deus o ouça!

E, em sendo domingo — o dia mais chato da semana! —, substituíra a leitura do divertido vespertino pela de um matutino menos patusco, mas também conservador, e gordo pelas vinte páginas de anúncios graúdos e miúdos, que lhe proporcionavam uma agradável e segura sensação do progresso da oferta e da procura. Deu uma olhada no artigo de fundo, que atacava rijamente o governo pelos perigosos caminhos em que se despencava sem atender aos sentimentos cristãos do nosso povo — é isso mesmo! do jeito que vamos, estaremos com o comunismo às portas... Deu uma olhada na crônica social, na esperança de encontrar o seu nome, coisa que, quando acontecia, tocava singularmente a sua vaidade, mas só havia o da besta do Fagundes, que recepcionara no novo apartamento da Avenida Rui Barbosa decorado pelo tal marquês italiano — vai ver que o carcamano não é marquês coisa nenhuma! Deu uma olhada na seção esportiva — o Fluminense não ia lá das pernas... também com aquele técnico!... E cansou-se, e depositou o jornal mal dobrado na papeleira, limpou no roupão as mãos sujas da tinta de imprensa, e acendeu outro cigarro, e ficou pensando no prejuízo da noite passada — cinqüenta e quatro mil bagarotes! — no pif-paf na casa do cunhado promotor — vão ter sorte assim nas profundas do inferno! E não fora o único do sábado — contabilizava. A amante, que começara naturalmente como secretária na companhia de seguros que presidia, tomara-lhe, assim na bucha, oitenta mil pratas para a reforma do guarda-roupa, reforma que estava se tornando exageradamente semanal — quem acabaria precisando de uma reforma de base era ele! Prejuízos... prejuízos... Felizmente — e foi tomado insensivelmente por um senso de eqüidade — a companhia era uma mina. Aquela bolação dos seguros contra batidas de automóveis fora genial! Uma coisa mesmo de se tirar o chapéu! Criavam tantas e tantas dificuldades jurídicas que o freguês acabava recebendo mesmo metade, ou um terço, do conserto, nem mais um tostão! e ainda saía satisfeito... E esses alentadores, confortadores cismares foram interrompidos pelo aparecimento de Rufininho e Heitor, de sunga e sandálias japonesas, caras esgrouviadas, cabelos enormes, e Heitor tão queimado de sol que não se conteve:

— Puxa, você parece um zulu!

Os jovens não lhe dispensaram a menor confiança. Tascaram um biscoito, despejaram pela goela abaixo o suco de laranja, acenderam o cigarrinho da moda, iam meter um banho de mar no Castelinho, onde tinham as suas rodas certas — deram no pé. Mas não seria nos calcantes, e Rufininho avisou:

— Vou pegar o seu carro, pai.

— O meu? E o de vocês?

— Pifou. Deixei ontem na retífica. Oito mil, sabe?

Ficou sabendo, franziu a testa de dois dedos — mais uma parcela para a soma dos prejuízos de sábado. Enfim, o mundo é assim, Seu Serafim... como dizia o avô senador — conformou-se. Conformou-se, mas ainda abriu o bico:

— E quando voltam, poderia saber? Tenho de sair.

— Antes das duas estaremos aqui.

— O almoço é às duas.

— Estamos fartos de saber.

Foram-se muito lampeiros. Tinham-lhe dado algumas dores de cabeça os filhos — filho é fogo! Rufininho fora reprovado três anos seguidos em exame vestibular, armara encrenca em tudo quanto é inferninho e, não contente, atropelara um velho aposentado na Avenida Nossa Senhora de Copacabana, desgraça que rendeu e ainda bem que o velhote não morrera com a trombada, bicho duro que era! Heitor, que gostava de entornar o copo, dera vários escândalos, abusara duma garota, e o advogado da firma, um bocado velhaco, tivera de se virar para provar que o broto dava sopa! Agora, com a graça de Deus, estavam mais calmos, mais acomodados. Rufininho desistira da escola superior e auxiliava-o mais ou menos satisfatoriamente na companhia, mas com muito vale na caixa — não sabia onde ele gastava tanto dinheiro! — e Heitor conseguira se meter num curso de Economia — uma carreira de grande futuro! — e funcionava de contrabaixo num conjunto amador de bossa-nova — uma música de encher o saco! — mas que o psiquiatra achara um bom derivativo e realmente parecia que estava dando resultado. Ana Lúcia é que era o problema grave de então — muito grave e para o qual não via solução, salvo a de um bom casamento, coisa porém duvidosa e nada imediata. Não quisera estudar, parara no ginasial feito aos pontapés, vivia em cabeleireiros, em modistas, em passeatas, em namoricos, cada semana saindo com um coca-cola diferente a tiracolo. Uma vez, chegando em casa de repente, encontrara-a atracada no divã com um louraço... Desgrudaram-se rapidamente, disfarçaram o quanto puderam; ele ficara sem saber o que fazer ou o que dizer, refugiara-se no quarto, abalado e confuso. O rapaz deu logo o fora. Podia ser que estivesse enganado, podia, mas era capaz de jurar que boa coisa não estavam fazendo.

E é Ana Lúcia que surge, de roupão de praia, muito curto, biquíni vermelho, cabelo escorrido, as pernas firmes e esguias lembrando as da mãe quando era moça e tomava banho no Flamengo, só que não nua daquele jeito.

— Alô, pai.

— Alô, minha filha.

Ela chocha, ele mais caloroso um pouquinho, e ficaram na telefônica saudação como se um mútuo constrangimento os impedisse de ir além. E aquela era a sua filha, mas que distância sentia existir entre eles! Distância que via crescer a cada hora, formando um arenoso deserto, sem caminhos e sem oásis, ilimitado horizonte que acabaria por tornar impossível qualquer gesto de aproximação e entendimento. Como se fosse filha de outra pessoa, embora traços fisionômicos comuns logo identificassem a filiação; como se fosse estrangeira, outra língua falasse e nenhum laço os unissem. Tinha culpa? Assistira-a convenientemente? Sentia-se perturbado — sempre tratara os filhos com tolerância e paciência, procurando que nada lhes faltasse, sempre atendera-os e os perdoara nas suas confusões — e ele também não as tivera na sua mocidade? — mas talvez não fosse o certo e o bastante, e faltasse um óleo, que desconhecia, capaz de azeitar as rodas da emperrada máquina familiar, talvez lamentavelmente falhasse como maquinista, e as fugas para os negócios, para a vida social, para as viagens ao estrangeiro, para o jogo e para os escondidos e complicados amores fossem barreiras que ele próprio levantara contra a perfeita aprendizagem da função, que a todos parece tão fácil e natural!

Ana Lúcia sentou-se à mesa, cruzou as pernas, beliscou uma fruta, os lábios polpudos, enfastiada:

— Não tem café?

— Tem. Já vou trazer. Tá no banho-maria — e Zulmira apressou-se, nas pernas varicosas, a ir buscá-lo.

— A Odaléia não está?

— É dia de folga dela, Ana Lúcia — e o tratamento das crianças sem senhoria era uma das suas modestas conquistas.

— Que folga tem essa gente!

Era coisa que Zulmira não desfrutava, caseira por natureza. Raro, raro, aproveitava um feriado e, infalivelmente, ia passar o dia em Sapicuruna com uma vaguíssima comadre, e da visita voltava com um embrulho de limões-galegos, que generosamente incluía no farto abastecimento da casa. E Ana Lúcia prosseguiu:

— Qualquer dia a gente é que vai para a cozinha, vai varrer a casa, vai tirar o pó, tem de servir a mesa...

Zulmira não compreendeu:

— A tia dela está doente. Muito doente. Teve um inchaço brabo na altura dos peitos. Está que não pode nem se mexer.

Ana Lúcia passou o guardanapo na boca sem pintura, levantou-se, ajustando o roupão felpudo e escarlate, ajeitando a larga fita de elástico que prendia os cabelos.

— Vou-me indo.

— Aonde você vai? — aventurou o pai.

— À praia, é claro.

— Vai sozinha? — e sabia o quanto era vaga e inútil a pergunta.

— Que idéia! Vou com o César Augusto. Ele vem me apanhar. Está combinado. Vou esperar na porta do edifício. (Ia dizer que ali estava chatíssimo, mas não disse.) Prometeu passar às onze e qualquer coisa. Onze já são. Não deve demorar.

Ela falava mais que de costume, inconsciente estratagema para encher um tempo de penoso contato, para esconder seus verdadeiros passos, suas verdadeiras intenções. César Augusto? Quem era César Augusto? — pensou ele em perguntar, quando nada para enfestar mais um pouco a conversinha; todavia Ana Lúcia já torcia a maçaneta após uns passos em que havia vestígios do *twist* aprendido na milimétrica pista de dança do *Black Horse*:

— *Ciao*!

— *Ciao*!

Repetia os cumprimentos dela como um eco — já bem notara, sem conseguir se conter, arrastado por impulso insopitável, o seu inconsciente estratagema para forçar a aproximação e a intimidade fugidias. A porta se fechou macia, o elevador foi chamado. Ficou só. A vida vivemo-la só — suspirou interiormente — e precisamos vivê-la... Esticou a perna dormente, manejou o isqueiro de ouro num golpe seco e decisivo. Ficara no ar um perfume, emoliente e caro, que tentou identificar, coçando o queixo fino, pois os perfumes traziam-lhe sempre pecaminosas e acre-saudosas lembranças femininas. Olhou a janela — o azul! O azul! E de azul, carregado azul, surgiu Iracema, as ancas largas, a face lustrosa de creme, que os tinha para todas as horas e precauções, a rede imperceptível contendo os cabelos pintados de um preto sem brilho, os anéis de diamante e platina pesando nos dedos, anéis que não tirava nem para tomar banho, o ar cansado:

— Zulmira!

A negra trouxe a dieta da patroa, *dieta científica*, isenta de hidratos de carbono, a derradeira a que se entregava com um entusiasmo exagerado e ridículo: pão de glúten, ovo cozido, queijo-prato, abacate e melancia, sacarina, só sacarina — calorias não engordam! — e a cada momento apalpando a cintura e os braços flácidos, conferindo nos espelhos a derrota da celulite, que se mostrava rebelde.

O marido abandonou o mutismo com que cercou a lenta refeição da mulher:

— Ana Lúcia saiu com um tal de César Augusto. Você conhece esse cara?

— Conheço. Muito distinto. É filho do Almirante Souza.

Os bordados do almirante serenaram as suas apreensões:

— Ah, não sabia.

— Pois é.

Houve uma pausa. Zulmira recolhia a louça, o avental molhado. Surdo, subia até eles o marulho das ondas, mais vivo, um vago vozerio esportivo, e o sol entrava até o tapete persa, outra impulsiva aquisição européia. E Dr. Fifinho voltou:

— Que apito toca?

— Quem? — inquiriu Iracema, aérea.

— O tal César Augusto, ora.

— Ah! não sei.

Dr. Fifinho sorriu — já esperava por aquela —; a mulher nunca sabia as coisas, senão pela metade, ou baralhava-as, ou confundia-as, irritando-o toda vez, a ponto de ele chegar a palavras bruscas, que ela não compreendia e retrucava com lágrimas fáceis. E Iracema, em tardos movimentos, dirigiu-se para a cadeira de balanço junto às janelas, onde o *ficus* italiano amarelecia e definhava — era o segundo que compravam:

— A *Página Feminina* está aí, Fifinho?

A *Página Feminina* era a ilustrada enciclopédia em que ela, semanal, mas não assiduamente, abastecia a sua cultura, recordando conselhos e receitas de variada espécie, que imediatamente perdia. O marido separou-a do corpo do jornal, foi entregá-la sem convicção:

— Toma.

Mas a esposa mudou de idéia com ar sofredor:

— Depois eu leio. Estou com os olhos muito pesados, ardendo. Parece que têm areia — e colocou o suplemento sobre a banqueta ao pé da cadeira. — Dormi muito mal. Malíssimo! Acordei não sei quantas vezes.

Era mania sua garantir, com a maior veemência e desfaçatez, que não pregara olho a noite inteira, quando o marido, melhor do que ninguém, sabia quanto seu sono era de chumbo, levemente roncado.

Nova e dilatada pausa, silêncio quase hostil, fruto do extremo cansaço a que chegam as longas intimidades não-ligadas pelo cimento do perfeito amor — casamento não-insensato, mas precipitado e de interesse, em que o viço da esposa, apenas engraçadinha, apenas graciosa quando, arrastando comprido véu, subiu ao altar da Candelária, tão rapidamente feneceu ao desgaste de três partos consecutivos, antes que a experiência os impedisse — silêncio que entre o casal cada dia mais se impunha, secreto e precavido recurso para que tudo não se desmoronasse, e guardadas fossem as necessárias aparências que a economia comum exigia. A mosca fazia importunas evoluções, ele enxotou-a mais uma vez:

— Será que não há *flit* nesta casa? (E a incerteza gramatical repetia-se: nesta ou nessa?)

Iracema não é nada sutil para as dificuldades do idioma, nem sabe mesmo o que é o idioma, e as raras cartas que penosamente escrevia com letra infantil, achas para manter a chama do convívio social, eram patentes exemplos de tal ignorância. Contudo, a reclamação na qual sentia um oculto espinho para feri-la, deixa margem a uma reclamação de autodefesa:

— Não me venha com histórias! Você sabe perfeitamente que isto não é comigo. É com Zulmira. Fale com ela. Cada macaco no seu galho. Não tenho tempo para essas coisas.

Dr. Fifinho agastou-se:

— Bem, você não tem tempo para coisa nenhuma, isto é o que é! Se não fosse mesmo a Zulmira, esta casa andava à matroca. Uma verdadeira bagunça!

— Nós pagamos empregados é para que nos sirvam.

— Exatamente! Exatamente! Não queira ensinar o padre-nosso ao vigário... Mas uma dona-de-casa tem a obrigação de supervisionar. (Supervisionar era verbo que largamente consumia no escritório.) Você sabe quanto se gastou este mês aqui em casa? Sabe?

— Não sei, nem quero saber. Dinheiro foi feito para se gastar!

— Isto estaria muito bem se fosse você quem o ganhasse.

Gostava a mulher de encher a boca com o dote que trouxera:

— Meu pai...

— Seu pai que vá para o diabo que o carregue! — interrompeu-a. — O que ele lhe deu, eu não meti o pau não! Multipliquei! Multipliquei por cem! E não é para atirar pela janela!

Iracema não era boa esgrimista verbal, na verdade era péssima, e visceralmente covarde. Vieram-lhe as lágrimas aos olhos, bateu em retirada:

— Abomino domingo! Maldito dia! Não há um em que você logo de manhã não venha com aborrecimentos, com destemperos, com reclamações. Que vida! — E levantou-se, refugiou-se no quarto, preparando-se para a fatal enxaqueca.

Dr. Fifinho mais uma vez ficou só. Só como numa prisão sem grades. Aves riscaram o retângulo azul. Gaivotas ou urubus? — sabe lá. Leve, um fiapo de arrependimento toca-lhe o coração — a mulher era idiota e idiota morreria. Pensou em ir vê-la, dissolver o desentendimento com palavras não muito precisas, tal como acontecera em outras ocasiões, porém não foi, que um peso mais forte prendia-o à estofada cadeira. Acendeu um cigarro, consumiu-o, depois foi é tomar uma drágea antidistônica, das quais, de tempos para cá, abusava. E enfiou-se no banheiro para fazer a barba e tomar a sua morna chuveirada — as torneiras estavam secas... Bufou de raiva:

— Zulmira! Ó Zulmira! A água já acabou?

Ela acudiu-o:

— Cortaram ela hoje mais cedo, Dr. Fifinho.

— E nem para me avisarem! Essa não!

A negra sentiu-se culpadíssima:

— Me esqueci, Dr. Fifinho. Me esqueci. Me adiscurpe! É tanta coisa na minha cabeça...

— Era só o que faltava!

— Eu enchi uns baldes para lavar a louça. Vou trazer um pouco para o doutor fazer a barba. Se quiser tomar um banho de cuia, eu dou um jeito...

— Que merda de cidade! — rugiu, furibundo. — Não aumentaram o preço da água, não. Aumentaram foi o preço da falta de água! Cinco mil por cento!

O escritório de Dr. Fifinho, na Esplanada do Castelo, reformado pela sensibilidade de um decorador afeminado mas encantador, recomendado pelo diretor do Banco Esperança — que ficara um estouro! — era refrigerado, atapetado em verde-garrafa, tinha poltronas cor de laranja, duma maciez de peito de moça, telefone JK também cor de laranja, cortinas de alumínio tendendo para o brique, e ostentava, em cima do divã de severíssimo castanho, um enorme óleo abstrato do paulistano Tzuku Nakaki, artista premiado aqui e além-mar, que fazia furor nas colunas da vanguardeira crítica especializada e que Heitor considerava o fino.

— Você compreende esta joça? — perguntara, quando o quadro chegou, à nova secretária, que tinha charme, inconfundíveis requebros, busto soberbo, maquilagem irrepreensível e não se esquivava a piadas entradeiras, nítida vereda para futuras e mais concretas intimidades.

— Eu não! — retrucou a beldade com calor e desenvoltura, o vestido de jérsei em cima da pele. — É arte de araque!

Compartilhava plenamente da abalizada opinião secretarial, embora que com outro fraseado:

— É duma burrice gritante! Uma empulhação! Só o Heitor é que gosta dessa bobagem. Bossa-nova...

Mas o amigo banqueiro, que lhe indicara o decorador, companheiro do *Country*, do *Jockey* e do almoço diário no Clube Internacional — somente para cavalheiros! — que estava por trás duma galeria moderna, facilitando com tabela *Price* o financiamento para os cristãos-novos da tal mercadoria artística, impusera-o como magnífico emprego de capital — valorização batata! — nesta época de rendosa inflação para alguns, e como estava também e, principalmente, de comparsa na companhia seguradora, e até ao conselho fiscal dela pertencia, fortalecendo pública e notoriamente a respeitabilidade da empresa, entregou o rabo à seringa — vá lá! — e foi uma rombuda sangria de um milhão! Mas serena e calculadamente espalhou que foram dois, "pois é preciso que até as asneiras rendam juros", como confidenciou ao contador-geral, que ficara boquiaberto quando a fatura da galeria, por sinal um luxuosíssimo trabalho gráfico, passou pelo guichê mais acostumado a receber do que a pagar.

O carnaval se fora, conquanto reminiscências dele ainda perdurassem nas revistas, que folheava nas horas de trabalho, quando sua mais árdua função era a de supervisionar, e no corpo da secretária, portador de equimoses suspeitíssimas, tanto se esbaldara ela nos bailes do Glória, do Copacabana e do Municipal, com um *sarong* de *lamé* que foi um sucesso. E via que as futricas políticas tornavam com mais inquietadora intensidade, as greves se multiplicando, o cruzeiro se aviltando, o dólar subindo estratosfericamente, as ações baixando, a demagogia roncando, e as esquerdas agindo aberta e ameaçadoramente, amparadas de longe pelo próprio Presidente da República de braço dado com a praga dos sindicatos, e sindicato constituía monstruosidade que nunca lhe entrara na cabeça — uma das malandragens de Getúlio! Era para fundados receios, sim, para justíssimos receios, receios que já externara superficialmente à secretária com palpitante decote, receios que ela imediatamente compartilhara, pois seu lema, aliás infalível, era agradar com ou sem decotes palpitantes. Na realidade, Dr. Fifinho não se interessava muito por política, como se com o avô senador, dos saudosos tempos das eleições à base da caneta, tivessem morrido as suas aspirações, vantagens e intuições partidárias; votava por votar, votava porque era obrigatório, aporrinhando-se cordialmente na fila eleitoral, e o fazia conforme restritas pressões de amigos e consócios, mas a onda revolucionária estava engrossando, e era preciso pôr um freio a ela, pôr um paradeiro nos agitadores profissionais da tranqüilidade pública, esmagar a hidra das ideologias exóticas, como muito bem classificavam os seus jornais preferidos. A entidade patronal a que pertencia apelara para a conjuração do perigo a que estavam expostos os sócios em particular e a sociedade em geral — não podiam ficar de braços cruzados, enquanto o inimigo avançava! Não se negara a cooperar para o extermínio do câncer — outro diagnóstico dos seus jornais, partidários de drástica terapêutica — seria até um suicídio não fazê-lo; contudo, volvido para outros lados e outras solicitações, enredado na sua preguiça e nos seus prazeres, não freqüentava as reuniões convocadas, não fiscalizava a utilização da sua contribuição e nem sabia, isto era positivo!, o que faziam do dinheiro que, mensal e pontualmente, fornecia à Ação Contra o Comunismo, organismo mais conhecido, nos muros, nas manchetes e na boca dos confrades, por ACC. E foi precisamente sobre a sadia instituição que o contador-geral, modesto escoteiro da sigla, veio lhe falar:

— A ACC rogou que aumentássemos a contribuição, Dr. Rufino. As coisas estão pretas. Precisam de cobre.

— Mas nós já não demos bastante?

— Pediram mais, Dr. Rufino. Precisam de mais. Sem combustível a locomotiva não anda... E tem de andar.

Não gostou da imagem, remexeu-se na cadeira de marroquim e molejo:

— Mais quanto?

— Mais trezentos mil, Dr. Rufino.

— Trezentos mil?! — e a voz saiu furiosa. — Não tem cabimento! É uma barbaridade! Uma loucura!

— Trezentos mil — confirmou o contabilista quase impassível. — Conta redonda.

— Mas eu não fabrico dinheiro, caramba! Quem fabrica dinheiro é o governo... E às pampas! Não há hora em que não ponha uma emissão na rua! — Transmudou a fisionomia para um ar de decepção: — Ora, com quem casei minha filha!... Assim acabamos abrindo falência!

O rosto envelhecido e ratoneiro do contador-geral era o mais autorizado a dizer que não. Dr. Fifinho compreendeu-o, acalmou-se — afinal era apenas uma sangria a mais, como a do quadro abstrato, como a do *Volkswagen* da amante. Mas um lutador. E lutou:

— Mas afinal quem é que pediu?

— O Dr. Vasconcelos.

— Ah, foi o Vasconcelos? Por que não me disse antes? Então, com mil diabos, não se discute, dê!

— Vou fazer o cheque, Dr. Rufino. Vai sair como propaganda. Como sempre.

— Isto é lá com você! Cada macaco no seu galho. Não tenho tempo para essas coisas. Tenho muito em que pensar. E vê se ficam nisto pelo menos por estes dois meses mais próximos. É só pedir dinheiro — ia dizer extorquir, mas não disse —, e de prático nada. É greve sobre greve, baderna sobre baderna, é confusão sobre confusão, é... — interrompeu-se, meio engasgado.

— Sim. Conversarei sobre as nossas dificuldades.

— Claro! Diga que são imensas. Só o novo salário mínimo...

— Tá bem — concordou o contador-geral com matreirice. E mais decidido: — A luta é de vida ou morte, Dr. Rufino. De vida ou morte! O senhor não compreende, não?

Aí as palavras do contador-geral foram o fósforo humilde que acendeu a flébil candeia do entendimento naquele cérebro refratário a certas realidades — era assunto de vida ou morte, sim! É que os lucros líquidos e certos da companhia, cujos balanços eram muito penteados para escapar aos assaltos do imposto sobre a renda, e mais os pingues dividendos que, sem o mínimo esforço, colhia em algumas sociedades nas quais depositara razoáveis capitais, além duma inata lerdeza para os problemas ditos sociais, que considerava abaixo do seu sangue e das suas prerrogativas de casta, faziam com que a elas se conservasse alheio e indiferente, recebendo-as com mais ou menos frieza quando consumadas. E eis que acorda do descansado letargo — vida ou morte! Encarou fixamente o contador-geral — aquele marreco! Tudo fazia para manter o subalterno em apagado lugar, envergonhado da própria falta de descortino e de malícia comercial, qualidades que o velho e calejado empregado possuía para dar e vender, mas tinha agora de reconhecer e agradecer-lhe a advertência, mais que advertência — verdadeiro alarme.

— Você tem razão. — Contudo, pelo arraigado costume, não pôde deixar de diminuí-lo, adjudicando também ao alto dirigente da ACC, seu amigo do peito e seu igual, a importância do aviso: — O Vasconcelos tem razão. É questão de vida ou morte!

E, subitamente, sentiu-se muito soldado, melhor, muito general, queria entrar logo em ação guerreira, aniquilar a politicagem mazorqueira, escavacar a canalha comunista e sindical, estraçalhar a pelegada de fancaria, produto desta porcaria chamada Ministério do Trabalho, que só servia para arrancar dinheiro e para indispor os operários contra os patrões, as classes obreiras contra os capitães de indústria, impedir a livre iniciativa, atrasar o progresso do País. E tocou, nervoso, a campainha chamando a secretária:

— Me ligue com o Vasconcelos. Quero falar com ele.

Ele dobrou-se, como de hábito, sobre a escrivaninha de tampo de fórmica, com o deliberado propósito de desvendar-lhe uma tentadora nesga das suas opulentas profundezas carnais:

— O Sr. Vasconcelos da Siderúrgica Nova Aurora, Dr. Rufino?

— Não, mulherzinha! O Vasconcelos da Organização Compre Tudo.

— Um minutinho!

Não foi um minutinho — seria milagre! Foram perto de quinze, de fone no ouvido, com brincos descomunais, e dedinho insistindo no disco, pois àquela hora da tarde as linhas da estação ficavam ocupadas que era um horror.

— São os danados dos bicheiros funcionando — resmungou ele, batendo com a esferográfica uns sinais Morse de impaciência. — É um inferno!

O contador-geral é típico exemplar da classe média:

— Com o dinheiro dos contraventores o Governador está construindo escolas. Escolas e hospitais.

— O homem é sabido.

— É um patriota, Dr. Rufino!

Resolveu chatear um pouco o prestimoso auxiliar:

— Mas enche demais na televisão. Fala pelas tripas do Judas! Parece que engoliu agulha de vitrola...

O homenzinho era um crente:

— É preciso esclarecer o povo, Dr. Rufino.

Mas uma alfinetada, parafraseando, sem saber, o colunista pertinaz agressor do governante:

— Mas também é preciso não mistificar os palermas, nem seduzir as donzelonas!

O subalterno espumou de cólera por dentro, mas não se atreveu a replicar. E, por fim, a ligação foi feita. Vasconcelos, porém, não se encontrava, nem voltaria mais ao escritório naquela tarde — tinha uma reunião importantíssima na Associação dos Produtores de Madeiras Compensadas, que não podiam manter o nível dos preços e exigiam um aumento imediato de 90%, sujeito a posterior revisão. E com o desencontro, o guerreiro esmoreceu:

— Está bem. Amanhã eu falarei. Não se esqueça, ouviu, pequena? Amanhã, logo cedo, me desencante o Vasconcelos.

— Ok! — e a moça saiu, rebolando acintosamente.

Dr. Fifinho ficou só, embalado pelo ronronar do aparelho de ar-condicionado. Mas foi por pouco tempo — a solidão o amargurava, punha em seu coração a opressão de um sentimento que não sabia ser de culpa. Consultou o relógio-pulseira — três e um quarto. Deu por terminado o expediente — aquela lida! — e rumou para o apartamento do Russel ruminando o justo relaxamento que o aguardaria no caloroso, perfumado e clandestino ninho, que tão dispendiosamente mobiliara. Guiava o *Impala* cinzento com excessiva velocidade e percebeu, com uma ponta de irritação, uns grilos na carroceria — quando os meninos botavam as patas no carro era aquela miséria!

Tinha a chave da porta, foi entrando:

— Aldete!

Ninguém respondeu e ficou de pulga atrás da orelha — ela não telefonara... Varejou a cozinha minúscula e escura, o quartinho de empregados, quase sem ventilação — a empregadinha também não estava. Sentiu-se roubado, ofendido, enganado — estava sendo passado para trás, não havia dúvidas! Entornou um copo d'água geladíssima, tirou o paletó, afrouxou a gravata, desabotoou o colarinho, despejou-se na poltrona-do-papai, uma brincadeira de Aldete, presente de Natal, que saíra de seu próprio bolso, é óbvio! Ficou entregue aos mais desencontrados e humilhantes pensamentos, os olhos atraídos para a biqueira dos sapatos. O barulho na porta dos fundos o despertou; era a empregadinha chegando, suada, com o saco das compras — fora ao mercadinho. Fez a cara mais feroz que pôde:

— Onde foi D. Aldete?

— Foi à costureira, seu doutor.

— A que horas saiu?

— Saiu logo depois do almoço.

— Depois do almoço?!

— Logo depois, Dr. Rufino.

— E não disse a que horas voltava?

— Não disse não, senhor.

Lógico que Aldete não iria dizer aonde fora — era um imbecil!, um imbecil chapado! E o olhar caiu na cabrocha, como já em tantas outras vezes — gostosa, cabelos pintados de louro, louro tisnado, gordinha, o narizinho petulante, o peitinho cheio tão apetecível! A amortecida chama guerreira reacendeu em flama lúbrica e vingadora. Tomou-lhe a mão, atrevido:

— Como é, você não tem namorado?

A escolada pombinha percebeu a manobra, negaceou, tomando logo liberdade de chamá-lo pelo apelido:

— Pra que namorado, Dr. Fifinho? Eu, hem!

O desejo era invencível — quem não tem cão caça com gato — e não teve mais hesitações, nem mediu conseqüências. Avançou, enlaçou-a, dobrou-a. Ela reagia frouxamente:

— Dr. Fifinho! Que é isto, Dr. Fifinho? Pode vir gente...

Estava cego, empolgado, tentando arrancar a calcinha de *nylon*:

— Dane-se!

— Não...

Acabou deixando — não era virgem. Tudo com rapidez de galo, no quartinho de empregados, atulhado, de porta aberta, cheirando a roupa usada, a sabonete barato, o pequeno rádio de pilha, mudo, na mesinha-de-cabeceira.

— Se viesse gente havia de ser muito bonito... — compunha-se ela, e, quando falava em gente, referia-se especificamente à trêfega patroa.

Ele fingiu que não compreendia, compôs-se também, largou uma abobrinha na mão dela, que não se fez de rogada, resolveu se mandar:

— Para todos os efeitos, não estive aqui, percebeu? Não se manque.

Ela devolveu-lhe um risinho maroto de cumplicidade:

— Boca-de-siri...

Saiu, sentindo-se desoprimido, leve de alma, desforrado. Somente na rua, e o carro custou a pegar, é que reconsiderou o seu ato, perdeu a momentânea euforia — que besteira! E se a danadinha batesse com a língua nos dentes? Não! A pequena não era boba, era até bem sabida, logo se via. Mas se começasse a achacá-lo? — estremeceu. Não, não tinha pinta de pistoleira a marafoninha. Em todo caso, de onde menos se espera... E arrependido, amedrontado, sentindo-se infeliz, entregou tudo a Deus, muito fatalista.

Um banho lava o coração! E havia água... Lavado, empoado, de roupa limpa, e desodorante nas axilas, afivelada a máscara para o carnaval doméstico, presidiu a refeição, servida meio à francesa com algumas palavras forçadas e vagas sobre o perigo de certos falsos avanços sociais, falsos porque contrários à formação brasileira, de índole pacífica e cristã, palavras às quais a família dedicou ouvidos de mercador, cada membro interessado nos seus particulares problemas, e todos ansiosos para que a refeição terminasse, como se intimamente lhes repugnasse o tom de comédia que representava. Reclamou, para dar impressão de zelo pela manutenção caseira:

— Que raio de café é este que vocês estão usando, Zulmira?

— O mesmo de sempre, Dr. Fifinho.

— Pois não parece!

Só após o jantar, e jantavam relativamente tarde, quando os filhos saíram para os seus respectivos programas e Iracema foi pegar uma segunda sessão de cinema em companhia duma vizinha da mesma idade e bitola mental — uma fita faladíssima! — Dr. Fifinho telefonou para Aldete. Poderia ter ido vê-la, como era freqüente, dando mil razões à esposa para as fugas noturnas; todavia não se animou a enfrentar naquele mesmo dia a presença da fácil empregadinha — seguro morreu de velho!, é cedo para o criminoso voltar ao local do crime...

Telefonou, desculpando-se por não ter ido de tardinha assinar o ponto, alegando assuntos urgentes, assuntos que entraram pela noite adentro — estava se safando deles naquela exata horinha...

— Eu estranhei, coração. Fiquei até aflita! Por que você não telefonou? Ficaria tranqüila...

— Foi impraticável, filhota. Pensei que seria coisa rápida, mas fiquei preso; a estopada rendeu, parecia que não acabava mais. Você sabe como são essas conferências...

— Pois fiquei esperando você, morrendo de saudades... (O coração dele bateu mais forte.) Saí, mas às cinco e pouco estava chegando, afobada, o tráfego estava de morte!

— Ah, você saiu? Por que não me avisou?

— Oh, querido!, cansei de telefonar! Estava sempre em comunicação. Desisti, pois ia sair por um instantinho só. Dei um pulinho na costureira...

Tinha de engolir a pílula:

— Mais vestidos, hem!

— Pudera! Estou quase nua! Ou você me quer maltrapilha? — e ela, sem esperar resposta, quis saber que assuntos tão urgentes o impediram.

— Política, meu anjo. Política.

— Uai!.. você agora anda metido nisto?

— Não! Não é metido. Deus me livre e guarde! Cada macaco no seu galho... Mas é que a situação, você sabe, anda meio velhaca, e o Vasconcelos precisava cá dos meus palpites e fomos discutir certas deliberações prementes na ACC.

— Que Vasconcelos é este?

— Você não conhece o Vasconcelos? — admirou-se, já que ela fora sua secretária durante mais de ano.

— Sei lá quem é! Há tantos Vasconcelos no mundo! — retrucou, um pouco grossa.

Teve de explicar, inventar, colocando nas alturas o democrático cidadão — um camarada de ação e coragem, o cérebro dos Armazéns Compre Tudo e da ACC, elogios que Aldete recebeu com suficiente desinteresse. Disse ainda que tinha de ler uns papéis que trouxera para opinar (do outro lado da linha a vampirozinho sorriu, tanto o conhecia) e estava morrendo de fadiga. Mas prometeu que no outro dia iria almoçar com ela, sem falta!

— Tá! Mas então vamos comer fora para ventilar a cabeça. No Chinês. Está bem? É infernal!

Dr. Fifinho detestava a comida do Chinês, uma porcariada sem nome!, porém ardilosamente aquiesceu:

— Boa idéia! Combinado. — E como sempre seria prudente dilatar o encontro com a empregadinha, propôs: — Eu telefono quando sair do escritório e você fica me esperando na porta.

— Certo. Então, uma beijoca e até amanhã! Se você não tiver mais assuntos urgentes...

Talvez houvesse alguma ironia nas palavras, mas encaixou-as direitinho, qual traquejado boxista:

— Ora, essas coisas não acontecem todos os dias, morena. Graças a Deus! E uma beijoca para você também.

Pousado o fone, tomou uma drágea sedativa e tratou de ir dormir — os ossos precisavam de cama — enquanto ela, livre e desembaraçada, em casa é que não ficou, uma ova! — foi dar a sua badalada com um aviador civil da sua privada corriola, com camarões fritos na Barra da Tijuca e duas horas desvairadamente recreativas no discreto apartamentozinho dele. E, no dia seguinte, Dr. Fifinho foi almoçar no Chinês, conforme o prometido, e achou-a tão alegre, carinhosa, faceira, gulosa e inocente — você não acha bárbaro nós podermos estar aqui, juntinhos, gozando a vidinha? Você não acha meu vestidinho lindérrimo? Você não acha que galinha com amêndoas é um prato divino? — que, tonto, não sabia se tudo não passara de pura impressão de traição ou se a perfídia feminina era matéria sem limites e sem remédio. E, sob os influxos do agradável *tête-à-tête*, teria se esquecido do admirável Vasconcelos se não fora a sofisticada eficiência da secretária, que adorava comunicar-se com pessoas importantes — *Vips*, como ela dizia.

Vasconcelos começara como ativo pracista duma firma atacadista de cereais na Rua São Bento, morando em ínfima pensão do Catete servida por banheiro único e infecto e esporádicos percevejos no estrado com colchão de capim; crescera como testa-de-ferro de amplos investimentos estrangeiros, nem todos muito limpos, habitando casa decente alugada em Botafogo, já casado e com numerosa prole; presentemente a eles aliava vantajosamente os seus amealhados capitais, desfrutava severo palacete de sua propriedade, em centro de terreno, no Jardim Botânico, participava aberta ou ocultamente de várias empresas e geria com mão do mesmo metal a extensa rede dos Armazéns Compre Tudo, que explorava o *slogan*

"Compre Tudo e Pague como Puder", e cuja propaganda na televisão era popularíssima pela série de programas humorísticos em legítimo estilo chanchada e por uma outra em que se sorteavam milhares de prêmios, automóveis inclusive! Enérgico, realista, mais duro do que pedra com os empregados e com os concorrentes, não tendo, em trinta e tantos anos de Rio, perdido de todo o simpático e pitoresco sotaque nordestino, distinguia-se ainda pelo supremo dom de encostar os interlocutores contra a parede, misturando convicção, arrogância, intrepidez e argúcia — uma lídima vocação de chefe. Facílimo foi, portanto, assustar o amigo e consócio com a tempestade bolchevista que via solta por aí, minando as instituições democráticas, ameaçando a propriedade privada, destruindo os alicerces da família, criando um furúnculo na América do Sul:

— Temos de espremê-lo, Rufino! Espremê-lo até sair o carnegão! E não pense que é tarefa fácil. Qual o quê! É preciso muito tutano! Os inimigos são perseverantes e traiçoeiros, não têm meias medidas, valem-se de todos os expedientes, são capazes de tudo! Se ficarmos frouxos, ouça o que eu digo, se ficarmos frouxos, acabaremos no paredão, meu caro, no paredão! Olha Cuba!

Viver, apesar de todas as mazelas e desilusões, é bom, e a perspectiva do paredão não é nada alentadora. Dr. Fifinho sentiu um leve calafrio percorrer-lhe a espinha, procurou tranqüilizar-se:

— Você não está exagerando, Vasconcelos?

— Exagerando, eu? — pulou. — Então você não me conhece? Sou lá homem para me assombrar com fantasmas? Você é que parece cego, Rufino. Não tem lido os jornais? Os jornais decentes, bem entendido. Não tem visto a propaganda subversiva que espalham com o maior desplante nas nossas barbas? Não tem visto a ação do governo cheio de comunas? Eles estão preparando um grande comício com o pretexto das reformas de base, você vai ver, para deflagrar oficialmente a desordem, como se já não fosse oficial a que lavra por aí desabaladamente. Eu não sou contra as reformas, ninguém de bom senso é contra as reformas, nossa estrutura precisa de uma cabal reformulação, mas queremos que sejam feitas dentro da ordem, da moralidade e dos preceitos constitucionais. Na Constituição não se mexe! É sagrada! Não é só a PETROBRAS que é intocável, não! Pois olhe, vão arreganhar os dentes no tal comício. Se estão blefando, pagaremos para ver!... Ah, ah, ah! E saberemos repicar o jogo com outro. Com outro, não, com outros! Que os deixarão de rabo quente! Com essa gente — e se tinha uma virtude era a da feroz sinceridade — não há que ter contemplação não! Precisamos nos unir, nos mobilizar e você também precisa estar conosco. Não é só dando dinheiro, não, é trabalhando, agindo, se dedicando, compenetrando-se do seu dever para com a sociedade e a Pátria — um por todos e todos por um! Deixa esta moleza, esta apatia! É com elas que eles contam para nos vencer. Mas não irão tê-las, posso jurar. Vão ter contra-ofensiva pela proa! Receberá seu dinheiro com juros, meu querido Rufino. Juros altos. Juros de tranqüilidade! Este país precisa trabalhar! Precisa de paz, porque só em paz se trabalha e se progride. Para que damos esmolas à Igreja? Não é pelos belos olhos dos padres, está visto. É para que ela se sustenha, subsista, vença a heresia e o materialismo, mantenha a ordem moral, sem a qual nada se constrói. É a mesma coisa. A mesmíssima! Gastamos para sobreviver! Para que nossos filhos sejam livres! Para que nossos netos sejam livres! Cada qual tem de entrar com a sua quota! E mandar brasa! — despediu-se.

O indeciso comandante de securitários reanimou a disposição belicosa:

— É isso mesmo. Conte comigo! É pra valer! Vamos pra cabeça!

E, para início do papel militante, tratou com ostensiva frialdade o calado contínuo, que servia o café, em quem pressentiu um inimigo embuçado — era o primeiro que desaparecia quando havia greves! — e traçou para a secretária um largo gráfico verbal, espinafrando galhardamente o Jango e a cambada que o cercava, da atual conjuntura político-social brasileira — delicadíssima! — que ela tresandando a *Miss Dior*, aprovava com a cabeça e com os brincos espaventosos e compridos de roçar os ombros. Decidido a enfrentar a empregadinha, fossem quais fossem as conseqüências, e nada aconteceu para seu alívio, pois ela havia saído a mandados, pregou um sermão em regra a Aldete, engastando as candentes palavras de Vasconcelos na peroração, como pedras preciosas, bisou-o em casa, ao jantar, enriquecido de mais contribuições pessoais, que espontaneamente lapidou. Aldete não só bocejou, tal como acontecia quando, por acaso, ele discorria sobre negócios, como refutou-o agilmente em duas ou três oportunidades, perturbando-o um pouco, porquanto os argumentos do aviador civil, absolutamente contrários aos do novo miliciano, tinham maior poder de persuasão, mais finura explicativa e mais machice nos intervalos. Os filhos acharam gaiato o intempestivo entusiasmo cívico, sem interrompê-lo, nem contrariá-lo, por não discreparem de tais idéias, e até convictos adeptos se declaravam do boquirrotismo do Governador, que era quem mais teatralmente esperneava contra os desmandos federais e explorando um pretenso mas frustrado atentado à sua pessoa. Iracema, esta sim, aprovou-o, benzeu-se, rebenzeu-se, colaborou com casos que a vizinha lhe contara horrorizada e até arrebatou-se com o calor marital, surpresa que o encheu de um certo orgulho, chegando a admitir que a idiotice da cara-metade não fosse realmente total.

Garantido por forças do Exército, três mil homens, diziam, o comício, com o comparecimento presidencial, foi de arromba — faixas, cartazes, archotes queimando petróleo nacional, oradores inflamadíssimos, povo a perder de vista na praça imensa, sob uma tarde maravilhosa e uma noite de estrelas, como se o tempo quisesse ostensivamente colaborar na manifestação popular, e o Presidente, do alto do palanque, com veemência, exigindo as reformas, ele que já encampara as refinarias particulares, sacudia diante do povo os decretos que assinara naquele dia memorável sobre a desapropriação de terras à margem das rodovias e ferrovias, como primeiro passo decisivo para a reforma agrária, e sobre o tabelamento dos aluguéis, que era um golpe de morte na exploração dos proprietários inidôneos. Os adversários tremeram nas bases — a profusa propaganda contra, as velas católicas mandadas acender, em sinal de protesto e luto, nas janelas indignadas, mais um ponto facultativo estadual decretado em cima da hora para esvaziar a cidade, o recurso da paralisação de certos meios de transporte na populosa Zona Norte e um que outro sino dobrando mais corajosamente a finados, tudo não parecera ter dado resultado, e a praça transbordara, febril, ululante, desafiadora. Dr. Fifinho não escapou à tremura e interpelou Vasconcelos, a quem elegera seu oráculo político na desorientadora emergência:

— Tinha gente que não era brincadeira, meu velho! Falaram grosso! Estou vendo as coisas feias. O decreto sobre os aluguéis é fogo! E prometem outros...

— Ora, não se afobe, homem de Deus! Os decretos que vão para aquela parte!... Tenha fé! Tenha esperança! Só peço que não tenha caridade na hora H... Com vermelhos não há que ter caridade. É fazer como eles fazem onde põem as garras. E acalme-se, repito. Não estamos dormindo de touca... O tempo da chupeta já acabou. Espere pela volta. Vai ter volta, já lhe disse e repito. E vai ser de lascar! — Riu: — Escolheram mal o dia... Sexta-feira, 13, é dia de azar... Vão pular que nem cabritos!

Dr. Fifinho era supersticioso, mas esperou arrefecido, algo desanimado, vendo o alvoroço bancário, o retraimento dos seguros, vendo o dólar subir a alturas nunca vistas, as cotações descerem aos trambolhões na Bolsa de Valores — ele que tinha um monte de ações próprias e conjugais! —, vendo o decreto sobre aluguéis ameaçando os seus quatro apartamentos alugados, e com os inquilinos passando dinheiro por fora do contrato, desânimo que transmitiu à secretária: — Vamos entrar pelo cano! — dando tratos à bola para o caso forçado de adesão, que tinha que ser honrosa. E reencetou o intercâmbio camaradesco com Oripes, o contínuo:

— As reformas são necessárias... Temos de vencer a barreira do subdesenvolvimento...

— É sim, senhor.

— As condições do povo têm de ser melhoradas sem delongas. Combater o analfabetismo, elevar o seu nível de vida, acabar com as favelas...

— É sim, senhor.

— Há muita miséria!, muita miséria mesmo!

— É sim, senhor.

— O Papa já definiu claramente a sua desassombrada posição no grave problema social, e os nossos bispos já estão trabalhando ativa e corajosamente em prol das classes menos favorecidas...

— É sim, senhor.

Dr. Fifinho desistiu — daquele mato não saíam coelhos! Seguramente fora ao comício... Quem não fora? Estava duro de gente! E ordenou:

— Um copo d'água, Oripes. Mas bem gelada!

A reação, porém, não dormia de touca, como Vasconcelos catedraticamente anotara. Passados os primeiros momentos do impacto, a confiança voltou, os ânimos se revigoraram e se arregimentaram, e um movimento redentor começou a ser freneticamente articulado — imensa passeata de repúdio cristão à penetração comunista na cúpula do governo, na administração em geral, nas autarquias, sindicatos e, pior que tudo, no seio da tropa, passeata cognominada um tanto extensivamente Desfile da Cruz e da Família pela Liberdade, no êxito da qual Dr. Fifinho não confiava nem um tico, apesar dos crescentes e públicos pronunciamentos favoráveis das mais ativas ou arquivadas personalidades:

— Não vai haver... Não há condições. É conversa fiada. Quem tem peito? — E acrescentou: — São uns poltrões! — como se fosse um poço de coragem.

A secretária corroborou nos reais temores:

— Estão com tudo, Dr. Rufino! Não vai ser mole, não... As armas estão com eles!

O contador-geral não é de idêntico parecer:

— Você se engana, menina! — mas, transparentemente, se dirigia era ao patrão tremelicante. — Pura ilusão! As Forças Armadas estão fiéis à Democracia. Mormente a Armada.

Dr. Fifinho irritou-se:

— Não vai me dizer que sabe de fonte limpa...

O contador-geral conhecia o seu degrau na escada:

— Perdão, Dr. Rufino! É uma questão de ponto de vista meu. E oxalá não esteja errado!

E na espera, a Semana Santa chegou, senegalesca e agitada. Logo na Quarta-Feira de Cinzas, a família dispersou conforme vinha sendo de praxe nos últimos anos. Ana Lúcia foi para a vivenda de uma amiguinha em Itaipava, com campo de vôlei e piscina — o filho do almirante iria para uma casa de campo ao lado; Rufininho bateu para Cabo Frio, muito em foco com a presença de Brigitte Bardot — andava começando a se interessar por pesca submarina e comprara alguns apetrechos caríssimos; Heitor aceitou o convite de um colega musical e guedelhudo, que tinha chalé no Alto da Boa Vista, para ensaios gerais do conjunto e composições de parceria; Iracema aproveitou a oportunidade para passar uns dias com a irmã viúva — Moema —, na Gávea, uma casa tão triste que, segundo Ana Lúcia, bastava a gente pôr o pé na porta para imediatamente chorar! Dr. Fifinho é que resolveu ficar no domicílio mesmo, advertindo que a hora era grave e de sacrifícios, pretextando obrigações contraídas com o Vasconcelos — para a boa causa, frisava —, e enfiou-se praticamente dia e noite no jeitoso apartamento de Aldete, que estreou uma bonita série de *baby-dolls*, já descuidado a respeito da empregadinha, que se mostrara nada vigarista, até rigorosamente discreta, chamando-o respeitosa e amiudadamente de Dr. Rufino — veja como a gente pode se enganar! E foi no adorável recanto, chupitando o seu uísque, que usava só puro com gelo, Aldete tão candidamente recostada no divã, lembrando-lhe um quadro que vira não sabia em que raio de museu!, foi naquela paz que a indisciplina dos marinheiros do Arsenal o apanhou. Desarvorado, procurou telefonicamente Vasconcelos, e não foi fácil localizá-lo. Afinal encontrou-o numa mesa de biriba a cem cruzeiros o ponto, na residência do Manuel Inácio, cavaleiro lusitano e um dos baluartes do truste dos antibióticos. O dínamo da ACC é vivo:

— Começou a derrocada! E inventada por eles mesmos. As Forças Armadas não podem aceitar de jeito nenhum a quebra da hierarquia e da disciplina. De jeito nenhum! É assunto basilar! Sem hierarquia nem disciplina não há Forças Armadas! Não há, aliás, nada! É o curinga que nós esperávamos para fazer a canastra...

Tranqüilizou-se, verdadeiramente tranqüilizou-se — ótimo! Largou o fone e virou-se para a amante, que se conservara na mesma doce e grácil posição:

— A inana vai começar!

A distinta não olvidara as compridas conversas politizadoras do impetuoso aviador civil — onde estaria o bacano àquela hora? — e sorriu:

— Vai...

— Se vai... — e Dr. Fifinho, em cuecas, as pernas finas e arqueadas, o suor escorrendo pelo peito com pêlos já grisalhos, ingenuamente principiou a explicar.

Na Sexta-Feira da Paixão, e Zulmira correra as sete igrejas da devoção para beijar o Senhor Morto, parecia tudo debelado; o Presidente viera de São Borja, para onde fora passar a Semana Santa, e resolvera a parada; a panela, porém, fervia por baixo do pano, tanto assim que se viu obrigado a recuar logo em seguida em determinadas decisões iniciais, o que equivalia a meia derrota ante os galões feridos das três armas. E no Sábado de Aleluia, Dr. Fifinho, encafifado com o desfecho da insubordinação da maruja, mas certo de que a inana continuava, foi levar à Aldete o seu ovo de Páscoa, sob a forma retangular e verde de um chequezinho nada desprezível:

— Está contente?

— Contentíssima! — e bateu palmas, quase que infantil. — Você é uma coisa!

— Que coisa? — riu.

— Um anjo caído do céu!

O varão mostrava-se generoso e estendeu à discreta empregadinha a sua liberalidade pascal — a virtude recompensada! — uma vistosa pelega, que ela empalmou com um compreensivo piscar de olho:

— Obrigadinha, Dr. Rufino. Boa Páscoa para o senhor também...

Era o seio de Abraão! Mas na segunda-feira houve a programada festividade dos sargentos, e o Presidente, finalizando a rumorosa solenidade — Manda brasa! Manda brasa! — abriu fogo com canhão de longo alcance e grosso calibre. Dr. Fifinho, já reunido com a família, embora não toda presente, assistiu à discurseira de cabo a rabo pela televisão e era tal o canhoneio que novamente sentiu-se perdido, mas não apelou para o famoso Vasconcelos; pelo contrário, invectivou-o — matusquela! tapeador! não sabe de nada! E para Iracema, que não pescava patavina daquele falatório sargental, grunhiu:

— A coisa engrossou! Dez mil sargentos não é brincadeira! É fogo! Fogo na roupa! O homem está forte!

Não estava, gastava apenas os seus cartuchos, que logo viu serem de festim. A guarnição de Minas Gerais se levantou, acorde com o manhoso poder civil montanhês, resultado de sábia conspirata em que entrou muita gente até insuspeita. E os tanques e carros blindados surtiram dos quartéis para as ruas cariocas com fragor e aparato, o Presidente no Palácio das Laranjeiras querendo resolver a embrulhada e embrulhando-se mais, o Governador, mudo e entrincheirado no Guanabara pintado de novo, com uma linha de caminhões de lixo e carros-pipa barrando as cercanias, e os seus auxiliares desfechando tiros de guerra psicológica, adoudada balística que acertava e que removia posições. Soldados avançavam e recuavam, as notícias eram desencontradas. Foi uma noite de vigília cívica, um torneio de emissoras de rádio e televisão, por onde desfilava a verborréia dos antagonistas. Dr. Fifinho em casa, preso ao noticiário, com a candura de quem tivesse nascido ontem:

— É a Guerra Civil!

Não foi. Em 24 horas tudo estava resolvido, com o II Exército dando o xeque-mate às margens do Ipiranga — é que o enigmático comandante, amigo pessoal do Presidente, entre a amizade e a Pátria, decidia-se pela Pátria! O Presidente retirava-se, primeiro para Brasília, logo depois para lugar ignorado. O Quartel-General do CGT foi desbaratado, poucos escaparam. Os Estados que não estavam na história se entregavam. Só no Rio Grande do Sul havia um foco de resistência, prontamente sufocado. Tudo acabou... Surgiu um novo Brasil, um Brasil zero quilômetro, conforme afirmavam os vencedores — sem um tiro, sem uma gota de sangue derramado, dentro da rotina brasileira. E de norte a sul, então, os sindicatos foram varejados, houve alguns incêndios e empastelamentos, as prisões não tiveram conta — o aviador civil, apanhado no sindicato dos aeroviários, ficou incomunicável, e Aldete desesperava-se, banhada em pranto de dor e raiva —, a denúncia passou a ser moeda de larga circulação, o medo instalou-se em milhões de corações, e já se falava em cassar mandatos e direitos políticos, e o Alto Comando é que regia tudo soberanamente. O Desfile da Cruz e da Família pela Liberdade, que andara para ser transferido ou cancelado, foi monumental, com chuvisco, céu pesado e Hino Nacional, meio milhão de salvadores da pátria, convictos ou aderentes, não importa, mas meio milhão, o que forneceu ótima panorâmica para as objetivas da reportagem — e tome sinos, tome foguetes, tome lenços brancos, tome buzinas e sirenas, tome chuva de papel picado tombando dos arranha-céus como na Broadway!

Dr. Fifinho recolocou Vasconcelos no trono da sua admiração — é um crânio! um cabra sarado! um bicho de visão! — e não queria deixar de ser visto, de participar, em carne e osso, da marcha da vitória:

— Todos nós temos de ir! — comandou em casa. — É um dia único na nossa História! Ficamos livres do comunismo. — E repetiu a frase de um líder direitista: — Deus é bom!

Pela primeira vez a família se uniu, obedeceu coesa à sua voz, acreditando piamente que ele andara a par de tudo e que muito eficazmente cooperara para o feliz resultado.

— Acha que devemos levar velas? — timidamente perguntou Iracema, contemplando o discreto herói e liberta da tremenda dor de cabeça que a assaltara na confusão.

— Não. É exagerado — retrucou como um perfeito mestre-de-cerimônias.

— É muito jeca! — acrescentou Ana Lúcia para fortalecê-lo.

— Tem toda razão, minha filha! — aplaudiu ele. — É muito jeca!

E foram todos, inclusive a curiboca Odaléia, dispensada com magnitude:

— Vá com Deus! Comeremos na rua. — E para os seus: — Hoje a função é no Bife de Ouro!

Somente Zulmira não foi. O apartamento não podia ficar sem ninguém — os ladrões andavam à solta, assaltando e matando. Fechou bem as portas, certificou-se de que estavam bem fechadas, esteve um pouco à janela vendo o povo passar, entre risos e aclamações, depois recolheu-se ao quartinho, onde a imagem de São Jorge, pavorosa, coitada!, tinha destacado lugar, e, mais cedo do que costumava, desfilou o rosário, que Dr. Fifinho trouxera de Roma, como era hábito noturno. E dormiu com o coração em paz — cedinho teria de ir à sua missa.

IV

Honrar Pai e Mãe

José Condé

Esta história é dedicada a
Homero Senna

I II III **IV** V VI VII VIII IX X

O Velho Norberto de Holanda Cavalcanti – Também Conhecido por Velho Nô – que Residiu na Cidade de Caruaru, Pernambuco, em 1927.

I

— Estás aí, filho? — perguntou o velho.

O rapazinho não respondeu.

Deserto, sob a madrugada, o Largo da Cadeia; nenhuma janela acesa, ruído nenhum, apenas o vento frio — carregado de resina e orvalho — agitando a folhagem dos *ficus*.

— Filho? Por que não falas com teu velho pai?

Sentado rente à parede, cachorro ao lado, dormindo, Almiro disse, por fim:

— Estou aqui. Que é que o senhor quer?

A janela gradeada da prisão ficava metro e meio acima da cabeça de Almiro. Mas a voz do velho parecia vir de longe:

— Tua mãe já sabe?

— Disse ao senhor há pouco que ela sabe — respondeu o rapaz, com certa má vontade.

— Ficou danada?

Desta vez não teve resposta. Insistiu:

— Sei que amanhã a velha vai dizer muitas e boas. O inferno de sempre. Talvez, até, me dê umas correadas, como aconteceu a semana passada. Não quero nem pensar.

Tudo acontecera por causa da rapariga Maria Mil e Duzentos. Gente muita na Pensão Riso da Noite: boêmios, funcionários da *Great Western*, caixeiros da Rua do Comércio, as mais cobiçadas rameiras da Rua das Mágoas — Nila Barra Branca, Joaquina Pão Doce, Júlia Peixe Boi, negra Filó, Zefa Romana, Lica Maleira, Amélia Taquara. Cerveja à vontade, todo mundo dançando ao som da sanfona de Natalício. Foi quando o clarinetista da Banda Musical Nova Euterpe, Eleutério de Souza, chegou acompanhado da mulata Maria Mil e Duzentos. Vendo-a de vestido vermelho com bolinhas brancas, laço de fita na cabeça, cheirando a extrato comprado na feira, Norberto de Holanda Cavalcanti — mais conhecido como velho Nô — já embriagado àquela hora, deu-lhe uma palmada na bunda:

— Estás um pirão, menina.

O clarinetista não gostou:

— Mulher que está comigo não serve de debique para ninguém.

O velho, alto e gordo, ergueu-se, garrafa na mão:

— Se é homem, venha.

Armou-se a confusão, com mulheres gritando, cadeiras derrubadas, o sanfoneiro Natalício se retirando às pressas para a cozinha; o pederasta Pedro Contente, garçom e alcoviteiro, agarrado ao braço do boêmio Zuzinha, dando gritinhos:

— Segurem o velho! Segurem o velho!

Chamado às pressas na Pensão de Maria Bago Mole, na casa ao lado, onde costumava fazer ponto todas as noites de sábado, Cabo Queiroz deu voz de prisão ao velho Nô:

— Me acompanhe.

Naquele mês de dezembro, era a terceira vez que Norberto de Holanda Cavalcanti pegava cadeia.

Alguém correra à Lagoa da Porta para avisar à mulher e ao filho do velho. Arrastando a perna direita martirizada pelo reumatismo, Dona apareceu à janela, na mão esquerda o candeeiro de querosene:

— Quem é?

— Seu Nô foi preso inda agorinha mesmo — informou o desconhecido. — Armou uma confusão dos diabos lá na Rua das Mágoas.

O rosto de Almiro surgiu por trás da cabeça da mãe, como uma aparição que subisse de dentro da luz do candeeiro:

— Vou falar com o delegado.

Vestiu-se correndo e, acompanhado de perto pelo cachorro Nero, atravessou a linha férrea (a máquina do trem cargueiro que, de madrugada, rumaria para o sertão, fazia manobra no girado), seguiu pela Rua da Matriz em direção à Cadeia Pública no Rosário Velho.

O delegado não estava, e o Cabo Queiroz o recebeu com os mesmos desaforos de outras vezes:

— Seu pai não toma vergonha, é um cabra safado, bêbedo descarado que vive por aí plantando desordens. Qualquer dia desses deixo ele mofar um mês no xilindró. Pra tomar tino de gente.

— Cabo — começou Almiro, que tinha quinze anos, a voz chorosa. — Solte o pobre do velho! Mãe ficou em casa, chorando.

— Quero conversa não: só deixo ele ir quando amanhecer o dia.

Almiro sabia que seria inútil qualquer pedido. Foi sentar-se na calçada do oitão, ao pé da janela da cela onde, tinha certeza, o pai curtia sua cachaça.

Como se adivinhasse a proximidade de Almiro — não era sempre assim que acontecia? — o velho Nô, após um acesso de tosse, gritou:

— Estás aí, filho?

O céu começava a clarear para os lados do rio Ipojuca. Era na cidade de Caruaru, no ano de 1927. Frio, apesar de dezembro. Carregados de caçuás, cavalos e jegues surgiram no começo da rua a caminho da feira semanal. Os homens montados nas garupas; as mulheres a pé, cabeças e ombros envoltos em grossos xales de lã. Cheiro de mato. Primeiros pássaros riscando o céu.

— Filho?

Cabeça curvada sobre os braços apoiados nos joelhos, Almiro abriu os olhos, resmungou qualquer coisa e afastou o cachorro que dormia em cima de seus pés.

— Filho? Ainda estás aí?

O rapaz estava com raiva. Quando seu pai tomaria jeito na vida? Quando deixaria de se meter com raparigas e cachaça, jogo do bicho e briga de galo? Quando arranjaria uma ocupação decente? Quem sustentava a casa era a mãe, pobre coitada, varada de reumatismo e, apesar disso, de pé o dia inteiro, fazendo a comida, lavando roupa para as famílias da Rua da Matriz, criando galinhas para vender nas feiras de sábado.

— Filho?

Almiro, de repente, teve uma pena enorme do pai. Perdoava-lhe os erros. Sofria pela sua prisão naquela cela fria de chão de cimento, paredes úmidas, sem um colchão sequer para repousar o corpo velho e gasto pelas farras.

— Que é, pai?

— Ainda bem que você está aí, filho. Pensei que tivesse ido embora, me deixando sozinho.

Tossiu:

— Tenho tanto medo de ficar só!

— Estou aqui, pai. Espero o senhor ser solto.

— Obrigado, filho; você é um bom menino.

Ao cabo de uns cinco minutos, tornou a falar:

— E sua mãe, hem? Que é que aquela peste velha vai me dizer? Sofro só de pensar nos desaforos que vou ouvir. Mas note bem: desta vez, se ela vier com aquela história de me dar correadas, vou reagir. Arrebento aquele corpo já quebrado pelo reumatismo.

Uma semana antes, somente porque surrupiara alguns tostões do pires colocado diante do santuário da casa, Dona partira para cima dele de correia e palavrões. De nada adiantara dizer à mulher que apenas tomara emprestado a São José um dinheirinho à-toa. De nada. Ao mesmo tempo em que lhe metia correadas, injuriava-o aos gritos:

— Velho safado, ladrão de santo, excomungado. Pra completar tanta miséria, só falta mesmo tu roubar cego de feira, desgraçado.

Gênio de cão daquela mulher. Por uma coisinha de nada, virava fera. E dizer-se que, em outros tempos — nos bons tempos da Rua da Perua, em Belo Jardim —, fora bonita, a mais bonita rapariga da zona, quando a conhecera e a amara com todo o amor que seu coração podia dar a alguém.

Nô escarrou no chão. Metendo a mão no bolso, não encontrou cigarro. Por que não amanhecia logo? Estava cansado, todo o corpo era uma dor só. Ainda por cima, aquela secura na goela, vontade desesperada de virar um líquido qualquer, um trago de aguardente, na pior das hipóteses um coco d'água.

— Filho?

Almiro pegara no sono novamente.

Nô recordava o filho, pequenino, brincando na rua. Tinha-lhe grande amor e sabia que ele o amava também, apesar de tudo. É verdade que não o via muito, pois estava sempre viajando de cidade em cidade, um dia em Pesqueira, outro em Rio Branco, sem pouso certo, arranjando e perdendo emprego, mas, onde estivesse, metido em bebedeiras com amigos feitos às pressas, irremediavelmente preso a qualquer rabo-de-saia que lhe surgisse pela frente.

Vez ou outra aparecia em Belo Jardim, com os braços carregados de presentes para Dona e Almiro. Botava o menino no colo, falava-lhe dos lugares por onde havia andado, das brigas em que se metera, exagerando muito nos detalhes, menos pelo desejo de contar vantagem que pela necessidade interior de colorir cada episódio com os recursos da imaginação. Dois ou três dias depois, no máximo, dizia a Dona que precisava partir.

— Me prometeram uma boa colocação em Vitória de Santo Antão, mulher — falava.

Embora soubesse que Dona não acreditava, partia satisfeito, prometendo voltar o mais breve possível, pois já estava em tempo de pensar na educação do menino.

Numa dessas vindas a Belo Jardim, Almiro, que já estava com dez anos, perguntou a Norberto de Holanda Cavalcanti:

— Pai, por que os meninos da rua me chamam de filho de rapariga e nunca querem brincar comigo?

Nô não respondeu logo. Subira-lhe o sangue à cabeça e teve um começo de tontura. Respirou fundo e afagou a cabeça do filho, dizendo-lhe, entre lágrimas que procurava esconder:

— É porque eles têm inveja de você, Almiro. Escute o que vou dizer, guarde isso para sempre: rapariga é a coisa mais linda do mundo.

Em 1927, obrigado a regressar a Belo Jardim e à mulher — uma febrezinha noturna vinha consumindo seu organismo havia já vinte dias seguidos —, lembrou-se da pergunta que o filho lhe fizera dois anos antes e, após longa conversa com Dona, decidiram os dois mudarem-se para Caruaru, cidade mais adiantada, com melhores possibilidades de vida, onde ninguém os conhecia, aí podendo levar existência sossegada, sem que a maldade humana os fizesse lembrar o passado.

Já estava impaciente:

— Filho?

Almiro despertou com o trote de um cavalo em disparada na direção da Rua do Comércio. Abriu os olhos mas tornou a fechá-los por causa da claridade. Amanhecera e o largo começava a movimentar-se.

— Filho?

— Sim, pai.

— Não está na hora de me soltarem?

— Sei não, pai; quem sabe é o Cabo Queiroz.

— Então, vá chamar a atenção desse desgraçado. Vá logo.

Almiro rodeou o prédio, subiu a pequena escada de tijolos que dava para o compartimento principal da cadeia. Sentado num tamborete e recostado na parede, pernas estendidas sobre uma mesa, papéis desarrumados, tinteiro sem tinta e caneta sem pena, Cabo Queiroz roncava.

— Cabo? — chamou, timidamente, o rapaz.

O homem virou-se, mas não abriu os olhos.

— Cabo...

Primeiro, espreguiçou-se; depois ele coçou a cabeça e fez uma careta. Por fim:

— Que diabo você quer, menino?

— Pai, seu cabo...

— Que tem o peste do velho?

— Solte o pobre, seu cabo.

Cabo Queiroz bocejou longamente. Erguendo-se, pegou o coco, meteu-o na jarra para apanhar a água, que bebeu, deixando-a escorrer pelo queixo, a molhar-lhe o paletó.

— Está bem — disse. — Vou soltar aquele gota-serena. Mas, veja lá: da próxima vez ele vai apodrecer aqui dentro.

Em seguida, foi abrir a cela:

— Dê o fora, velho; suma da minha frente.

Gordo, alto, barba enorme, branca, cobrindo todo o rosto,

cabelos em desalinho, Norberto de Holanda Cavalcanti — velho Nô para os íntimos — deixou o cubículo, esfregando as mãos, boca escancarada num sorriso sem dentes:

— Com os seiscentos, já estava com a bunda doendo. Eta chãozinho duro e frio.

— Vá-se logo! — gritou Cabo Queiroz.

Almiro agarrou o velho Nô, carinhosamente, pelo braço.

— Vamos, pai.

Já na rua, Nô parou um instante para aspirar o ar gostoso da manhã, viu os *ficus benjamins* iluminados pelo sol nascente, as casas com as janelas abertas, gente, cavalos passando.

— Manhã bonita, filho!

E, alisando os cabelos alourados de Almiro:

— Vamos dar uma chegadinha até ali na bodega do Viana. Estou doido por um trago.

II

Na Lagoa da Porta — depois da linha férrea — casa de porta e janela, salinha de frente, pobre, porém bem-arranjada, com quatro tamboretes, uma cadeira de balanço, aparador coberto com pano rendado, dois jarros de barro comprados na feira, cheios de flores de papel, retratos de santos nas paredes, cortina de chita na janela, a gaiola do azulão suspensa da esquadria. Do terreiro se avistava o Monte do Bom Jesus, bem como a igrejinha, o mirante e o cruzeiro.

Voltada para esse mirante, ao cair da tarde, Dona — cinqüenta e dois anos, embora parecendo uma velha e por *velha Dona* sendo chamada — fazia suas orações e pedia a Deus pelo filho Almiro, cujo pai era um mau exemplo. Nô não tinha mais jeito, sabia ela, como jeito não tinha mais aquele reumatismo — herança dos homens — que dia a dia lhe consumia as carnes e as últimas energias.

Além do mirante, a cerca viva dos aveloses seguindo a linha do trem, a cúpula de alguns túmulos do cemitério de São Roque, o pântano que gerava as muriçocas. Finalmente, as outras casinhas pobres da rua, casas mais pobres que a sua, de chão batido, habitadas por criaturas envelhecidas antes do tempo e crianças barrigudas, catarro escorrendo do nariz, rosto sempre sujo, assustadas.

Dezembro passara com algumas chuvas fortes anunciadoras de bom inverno. Em janeiro, exatamente no dia 18, quando Dona aniversariava, Nô apareceu em casa com um presente. Deixou-o escondido numa moita à margem da cacimba, nos fundos do terreiro, e, em seguida, foi procurar a mulher para anunciar a boa nova:

— Não me esqueci dos seus anos, minha velha. E sabe o que comprei?

Fez uma pausa, ante o espanto da velha Dona:

— Quero que adivinhe. Só lhe adianto uma coisa: é presente que vai trazer fortuna para todos nós, principalmente para você e o menino, pois sou homem sem vaidades, nada quero para mim, apenas para os meus.

Voltou ao terreiro e apanhou o embrulho. Ao lado de Almiro, a mulher continuava sem entender.

— Veja só — disse ele, desmanchando o embrulho. — Um galo de briga! Vamos ficar ricos com este bichinho.

Dona encostou-se à parede, com medo de perder os sentidos; Almiro afastou-se para o interior da casa, adivinhando o que iria acontecer.

— Que tal, minha velha? — perguntou Nô.

Já sentia a tempestade no ar.

— Não é mesmo uma lindeza?

Refeita do golpe, o primeiro gesto de Dona foi correr até o quarto, indo direto ao baú de couro onde guardava seus pertences mais queridos. Abriu-o, apressadamente, procurando, entre os retalhos de chitas, a caixinha de madeira, esconderijo de suas economias. Achou-a e destampou-a: vazia, como previra.

Quando voltou à sala, Norberto de Holanda Cavalcanti havia desaparecido. Dona correu ao terreiro. Ele também ali não estava. O galo de briga, porém, ciscava o chão. Vermelho, com manchas pretas e brancas, porte bonito, já parecia senhor de seus novos domínios. Senhor, sobretudo, das vinte e tantas galinhas que, à sua chegada, se alvoroçaram.

Só de madrugada Nô retornou a casa. Timidamente, bateu à janela:

— Sou eu, minha velha.

Não tendo resposta, tornou a bater:

— Abra. Nô está morto de cansaço. Abra logo, velha!

Quem apareceu foi Almiro que, candeeiro na mão, olhos pesados de sono, abriu a porta.

— Entro não, meu filho!

E, baixando a voz:

— E ela? Muito braba, ainda?

— Entre logo, pai; estou caindo de sono.

Olhando por cima dos ombros do rapaz, o velho passou a sala em revista. Depois, puxou ainda o filho pelo braço:

— Venha aqui fora um instante; quero ter uma conversinha com você.

Almiro relutou, mas acabou saindo.

Dirigiram-se os dois para uma pedra que havia defronte da casa. Nô deu um suspiro, coçou a barba, tossiu.

— Sabe, meu filho: a vida é uma coisa difícil.

Em torno, o cricri dos grilos. Um cachorro ladrou num quintal próximo. O cruzeiro do Bom Jesus, lá adiante, todo iluminado.

— Muito difícil — insistiu.

De repente, mudando de assunto:

— Quer saber a verdade, menino? Estou com um medo danado de entrar em casa.

Ante o silêncio constrangedor de Almiro:

— Seja amigo de seu pai e fale a verdade: a velha levou a correia pro quarto? Não minta. Um homem nunca deve mentir.

Num sussurro:

— Pelo menos ao seu pai.

Levou a mão ao bolso, onde guardava um vidro de xarope — que substituíra por aguardente — e tomou um gole.

— Ando com uma tosse dos seiscentos.

Nero veio para o terreiro, deitando-se aos pés de Almiro.

— Pai — pediu o rapaz —, não agüento mais de sono, vamos entrar!

Nô deu um pigarro:

— Um pouquinho só, rapaz, deixa primeiro tua mãe agarrar no sono.

Após um silêncio, descansando a mão no joelho do filho:

— Um conselho que te dou: nunca queiras saber de mulher. Todas elas são iguais; martirizam a vida de um homem. E é sempre uma despesa a mais. Mulheres foram feitas para jogar dinheiro fora. Como são injustas, santo Deus! É verdade que comprei o galo de briga com o dinheiro dela, não nego. Mas, e o trabalho que vou ter para amestrá-lo? O milho, os acertos para as brigas? Tudo um sacrifício. E para quê? Vamos, me diga, para quê?

Tornou a tossir.

— Penso no futuro dos meus e eis a paga que recebo.

— Pai, vamos entrar — insistiu Almiro, erguendo-se.

— Está bem, vamos. Mas, eu lhe peço, filho: meta-se entre nós dois quando ela partir de correia pra cima de mim. Afinal de contas, é humilhante um homem como eu levar pisa de mulher. Humilhante!

Entraram. Almiro à frente, candeeiro na mão; Nô, atrás, olhando para os lados. Houve um instante em que o cachorro esbarrou nas pernas de Nô. Mordendo o lábio para não gritar, o velho deu um pontapé no traseiro do animal. Depois, entre dentes:

— Estás de combinação com ela, peste?

O quarto, enfim. Dona dormia, boca aberta, olheiras, rosto amarelecido. "Pobre da velha", pensou Nô.

No quarto ao lado, Almiro voltou à rede, mas não conseguiu dormir. "Sabe, meu filho? A vida é uma coisa difícil." Virou-se para o canto e chorou, a ponto de molhar a varanda da rede.

Todas as manhãs o velho Nô era despertado pelo canto do azulão.

— Vou já, bichinho — dizia ele, saindo da cama, de ceroulas, a camisa de meia deixando à mostra grande parte da barriga cabeluda.

Velha Dona, já na cozinha, fazendo o café.

Da porta dos fundos, Nô olhava o terreiro, onde as galinhas ciscavam. O galo, imponente, desfilava com o peito estufado. A pimenteira vermelha, em rápido crescimento. A latada de coentro, duas roseiras mirradas, sem rosas.

Naquele dia, assobiando, retirava a gaiola do prego, limpava-a, mudava a água e o alpiste, prendia no arame a metade de um maxixe. Como o sol tivesse saído, levou o passarinho para a janela da rua.

Almiro estava sentado na pedra, mão no queixo, olhos pregados no chão.

— Pensando na morte da bezerra? — indagou o velho.

O rapaz calado.

— Que há, filho?

Ainda desta vez não obteve resposta. Almiro pensava na vida e tinha o coração inquieto. Como arranjar emprego para ajudar a mãe nas despesas da casa? Semana atrás procurara seu Dalton Arruda, proprietário da Loja Primavera, pedindo-lhe uma ocupação qualquer. O homem examinara-o com certa desconfiança:

— Você não é filho de Nô?

Almiro sentiu logo que nada conseguiria.

— Sou, sim, senhor.

Dalton Arruda voltou-lhe as costas:

— Deve ser a mesma bisca que o pai.

Às vezes pensava em ir embora da cidade. Voltar talvez para Belo Jardim, apesar das lembranças tristes que guardava da infância. Para o Recife, quem sabe? Mas a coragem acabava lhe faltando. Tinha pena de deixar a mãe; quanto ao pai... Bem, fosse lá o que fosse, não podia negar que o amasse. Lamentava o que ele fazia, as suas doideiras, mas sabia que ele era bom, nenhuma maldade no coração.

— Quer vir comigo, filho?

Almiro respondeu devagar, quase com raiva:

— Aonde o senhor vai?

— À casa do Elias tratar da briga de domingo; vou desafiar o galo dele.

O azulão abriu o bico. Por um instante, os dois ficaram a ouvi-lo, entretidos.

— Bichinho de talento, hem, Almiro?

Dona apareceu à janela para estender uma toalha:

— Venha tomar café, menino.

— Quero não, mãe — respondeu Almiro, afastando-se.

No seu passo apressado, Norberto de Holanda Cavalcanti já ia lá adiante.

Dona tornou ao interior da casa, mão no quadril.

III

Chegaram as chuvas de junho, pesadas, dia e noite, enchendo as ruas de poças de lama, levando o frio às casas e, especialmente, ao corpo da velha Dona, cada vez mais arriado pela doença.

No segundo domingo do mês, um sol ralo, indeciso, rompeu a crosta das nuvens e durante horas ficou enxugando os telhados, também a própria umidade agarrada no ar.

Nô foi sentar-se na pedra em frente à casa. Depois de semanas seguidas de aguaceiro, ele sem poder sair, Dona gemendo pelos cantos e o azulão de bico calado, encolhido no poleiro, era bom aquele sol. Tudo parecia novo e iluminado: a rua, o mato rasteiro à beira da linha férrea, mesmo as pessoas que passavam. E, na gaiola, lá estava o azulão como nos seus melhores dias, cantando como nunca, desforrando-se da longa temporada de silêncio e melancolia.

"A vida é linda", pensava Nô.

Mas o que alegrava realmente, naquele instante, não era o fato de o sol ter voltado. Havia motivo mais sério, sonho acalentado no travesseiro noite após noite, desejo mordendo o coração, ânsia e prazer de esperar. Agora, sim, tinha certeza: novos dias de fartura e bonança voltariam à sua casa. Dona, com dinheiro bastante para ir ao médico; roupa chique para Almiro; ele próprio, Nô, já escolhera algo: uma espreguiçadeira que vira na Loja Primavera, toda forrada com lona listrada de vermelho e azul.

O filho surgiu à janela:

— Mãe chama o senhor para tomar café.

Nô ergueu a mão num aceno:

— Venha cá, filho; tenho uma novidade para você.

— Ande, pai.

O velho ergueu-se, resmungando. Ao chegar junto ao filho, pôs-lhe a mão no ombro:

— Espere um pouquinho só.

Baixando a voz:

— Fechei o negócio com o Idelfonso.

— Que Idelfonso?

— Aquele mulato sanfoneiro que mora lá no Cedro.

Dona gritou lá de dentro:

— Vocês não vêm, não?

— Escuta, Almiro — insistiu Nô. — Idelfonso me vendeu seu canário de briga. É o bichinho mais valente que se possa imaginar.

Fez uma pausa e escarrou no chão:

— Desta vez fico mesmo rico.

Almiro deu um muxoxo:

— O senhor não toma mais jeito não, pai. Já se esqueceu do galo?

Nô irritou-se:

— Não me fale daquele filho da puta, não.

O galo de briga, Nô não gostava nem de pensar nele. Havia sido a maior decepção de sua vida: na primeira disputa que tivera, além de levar uma pisa danada, fugira da rinha como boi ladrão. Um fiasco! Ao anoitecer, regressando a casa, antes mesmo de atravessar a porta — o bicho debaixo do braço — fora gritando para Dona: "Mulher, bote este merda na panela!"

— Mas agora é diferente — disse Nô, com um sorriso forçado.

Almiro encarava o pai, ele também com vontade de rir.

— Escute bem o que lhe digo. O senhor vai arranjar mais aborrecimentos para a mãe e para o senhor mesmo.

— Pode deixar; sei o que estou fazendo.

E foram para a mesa, onde o café e o cuscuz de milho fumegavam.

IV

Melhor gaiola não podia existir, pois ele mesmo a fizera, com zelo e carinho. Era de taquara, com as duas portas de frente, de arrasto, testeira e oqueira, segundo a regra e tradição. No fundo, colocara uma tábua de pinho, que havia retirado de um caixote de querosene. Agora, ali estava o canário com *pena de pato*, prontinho para a luta já combinada, comendo gema de ovo seca, couve (alface tirava o *fogo*), alpiste e água cristalina, apanhada numa mina perto da pedreira de Alcepino.

— Só apanha se for safado — disse Nô, olhando com orgulho o bichinho amarelo, irrequieto no poleiro.

Almiro tomava banho de cacimba no fundo do quintal.

Dona apareceu, ar espantado:

— Onde botaram meu despertador?

Nô, devagar, voltou-se para ela:

— O despertador que estava no fundo do baú do quarto?

Mostrando maior surpresa:

— Como um troço grande daquele pode ter desaparecido assim, sem mais nem menos? Eu mesmo vou procurá-lo.

Afastando-se, disse ainda, demonstrando zanga:

— Precisa haver mais ordem nesta casa, Dona.

Almiro vinha se aproximando, enrolado numa toalha:

— Que foi, mãe?

— O despertador desapareceu.

Nô já entrara, dirigindo-se ao quarto. Abriu o baú, de um só golpe. Nada de relógio. Revirou trapos, um livro de missa, dois pares de sapatos velhos da mulher, as palhas bentas, secas, da última quaresma. Desistiu, voltando à cozinha, onde Dona e Almiro também procuravam.

— Não posso compreender. Como desaparece assim um objeto tão grande? Você já viu direito, mulher? Não estará debaixo da cama? E me acontece isso logo hoje, quando preciso estar calmo, porque amanhã é o dia da briga.

Revistaram a sala, o armário em cima do fogão, reviraram o colchão.

Nô estava indignado:

— Não posso entender; desordem demais nesta casa.

Apesar de tudo, foi apanhar o chapéu. Precisava sair. Um encontro marcado na bodega do Viana, onde iria fechar as apostas. Já na porta da rua, virou-se:

— Quando voltar, quero encontrar esse relógio. Não admito desordem.

Voltou depois da meia-noite. Todos dormiam. Sem barulho, tirou a roupa e deitou-se. Ao lado, Dona ressonava. Vinha do quarto vizinho o ronco do filho, na rede. Nô estava um pouco tonto e não demorou a adormecer. Adormeceu, aliás, embalado pela música de uma serenata que passava na rua, pois era noite de lua cheia.

Quando o sol despertou no domingo, foi encontrar o velho Nô já de banho tomado na cacimba.

Pedindo à mulher que apressasse o café, vestiu-se rapidamente. Irritado, gritou para o filho:

— Vamos, se avexe, rapaz, estamos atrasados.

Com seu melhor terno branco — o único, decente, que possuía — sentou-se diante da mesa, no maior nervosismo do mundo:

— Vamos, Dona. Bote o café, que o pessoal está esperando.

Lembrou-se:

— Ah, encontraram o despertador?

A mulher não respondeu.

— Faz mal, não. Amanhã lhe compro outro.

Dez minutos depois, ele e Almiro estavam a caminho da casa de Gumercino.

Manhã bonita, sol por todos os lados, gente passando para a missa das sete no Rosário, engraxates na calçada da Pastelaria Americana limpando sapatos domingueiros.

Passadas largas, a oqueira suspensa na mão direita, o velho Nô não escondia a emoção. Tinha o rosto vermelho, e o suor lhe escorria pela testa. Dia decisivo, este.

Já na Baixinha do Capitão Ioiô, um conhecido tentou abordá-lo.

— Agora, não posso não — gritou Nô. — Estou atrasado como os diabos. Apareça lá em casa, logo mais à noite, para comemorar.

— Comemorar o quê? — perguntou o conhecido.

Mas o velho Nô havia se distanciado. Era como se não pudesse adiar por mais tempo o encontro com a fortuna.

O terreiro da casa de Gumercino já estava cheio de gente que viera assistir à luta. Uns de cócoras, outros de pé, fumando e conversando sobre brigas de canários, contando vantagens, relembrando disputas antigas.

Nô foi recebido com gritos de saudação e pilhérias:

— Vais levar hoje uma *presa de oveira* — disse Ariostino.

— Qual! — retrucou o velho. — Aqui, hoje, vai ter canário *apanhado*, vão ver.

Ofereceram-lhe um gole de cachaça:

— Pra esfriar os nervos.

Encostaram as gaiolas e abriram as oqueiras.

— Agora! — gritou Gumercino.

Os dois canários atracaram-se, enfurecidos, ante a gritaria dos presentes. Não chegaram, porém, a lutar um minuto: Idelfonso surgiu, inopinadamente, aos berros, exigindo que interrompessem a briga.

— Está doido? — protestou alguém.

Idelfonso não deu atenção a nada: aproximou-se e, num arranco, ergueu a gaiola, nela metendo a mão para separar os canários. Depois, segurando o de Nô:

— O canário não é mais dele não — e apontava para o velho, rosto congestionado.

— O quê? — berrou Nô.

— Isso mesmo. Você não passa de um trapaceiro. Está desfeita a troca. Fique lá com seu despertador, que não trabalha, e eu fico com meu canário de briga.

Todos caíram na gargalhada, menos o velho Nô, que avançou sobre ldelfonso, tentando arrebatar-lhe o pássaro.

— Me dê o canário.

— Dane-se, velho ladrão.

— Ladrão é sua mãe. Negócio é negócio. Passe pra cá o canário.

Às gargalhadas, os presentes procuravam conter os dois. Em vão. Fora de si, Nô aplicou uma rasteira em Idelfonso, que, perdendo o equilíbrio, estatelou-se no chão, enquanto o canário se desvencilhava de sua mão e levantava vôo em direção a uma capoeira defronte. Almiro procurava separá-los:

— Deixe-se disso, pai.

Com uma pedra pontuda, Nô bateu duas vezes na cabeça de Idelfonso. O sangue jorrou.

V

Madrugada alta, Almiro escutou o pai dizer, entre gemidos:

— Os malvados deram cabo de mim, filho meu.

Voz rouca, arrastada e sofrida, que, atravessando as grades da cela, ia direta ao coração do rapaz, sentado na calçada ao pé da parede. Tudo fizera para que soltassem o velho. Pedira ao cabo; fora ao delegado. Respondiam a mesma coisa: "Este corno velho desta não escapa." Mais desumanos ainda: tinham-lhe dado uma pisa de virola. Almiro tapara os ouvidos para não escutar os gritos do pai. Seu desejo era entrar na prisão e passar a faca nos filhos da puta. Mas que podia fazer? Agora, lá estava o pobre, gemendo, contorcendo-se em dores.

Outra vez, a voz do velho:

— Filho?

— Sim, meu pai.

— Estou que não me agüento; os sacanas me massacraram.

— Tenha paciência, pai. Tudo vai acabar bem.

Mordendo a ponta do lábio, Almiro chorava. O pai era um perdido, mas gostava dele. Por que, em vez de procurarem entender o velho Nô, o espancavam? Ele era aquilo mesmo, jamais mudaria, surra de nada adiantaria. Era apenas ruindade, dureza de coração de quem não sabia perdoar.

Ia-se embora de Caruaru. Não queria mais viver numa terra assim. Do contrário, acabaria perdendo a paciência e faria justiça pelas próprias mãos. O que aqueles desgraçados mereciam era uma boa dúzia de facadas.

— E sua mãe, filho?

A lembrança da mãe fez crescer o desespero de Almiro.

— Responda, filho.

Engolindo um soluço, Almiro falou:

— Responder o que, pai?

— A pergunta que fiz sobre sua mãe.

— Mãe está em casa, já sabe de tudo. Foi falar com o prefeito, ele não a recebeu.

— Miseráveis! — gemeu o velho.

Almiro estava decidido: iria embora da cidade, ali não havia ambiente para ele, sobretudo por causa do pai, de seu constante desregramento. Pensando bem, o velho Nô era um estorvo na vida dele e na da mãe. Mas não negava que o amasse. No fundo, até o admirava. Mais que tudo: era seu pai.

De repente, começou a chover.

— Você ainda está aí, filho?

— Estou, sim, senhor.

— Está chovendo, não está?

— Está, meu pai.

— Escute, filho, não vá embora não. Não quero ficar sozinho. Meu corpo dói tanto...

A chuva molhava a calçada, a folhagem dos *ficus benjamins* e o oitão da cadeia. Fazia frio.

— Filho, estou sentindo tanta dor!

Almiro disse que ia em casa apanhar álcool canforado.

— Vá e não demore, filho; não quero ficar sozinho.

Quinze minutos depois, Almiro estava chegando em casa e viu luz pelas frestas. Antes de bater, percebeu que a porta estava aberta. Diante da imagem de São José, a vela acesa, Dona rezava.

— Que está fazendo acordada a esta hora da noite, mãe?

— Rezando pelo pecador.

— Vim buscar remédio, mãe.

— Pra quê?

Almiro demorou a responder:

— Deram uma pisa nele.

A velha suspirou:

— Miseráveis!

— Sim, mãe, miseráveis!

Dona ergueu-se:

— Você precisa ir embora deste lugar. Vou segunda-feira a Belo Jardim e falo com o Dr. João. Ele sempre foi bom para mim, naquele tempo; ele vai arranjar emprego pra você, meu filho!

VI

Dois dias depois, ao ser solto (e durante esse tempo Almiro só arredava pé da calçada da cadeia para ir comer qualquer coisa), o velho Norberto de Holanda Cavalcanti, chegando em casa, foi direto para a cama. Aí permaneceu uma semana, o corpo cheio de equimoses, rosto inchado, cabeça latejando. Dona tinha viajado para Belo Jardim, e era o filho quem cuidava do pai: levava-lhe a comadre para as necessidades, mudava-lhe a roupa, dava-lhe comida na boca.

— Me arrasaram, hem, filho? — gemia Nô, de quando em vez, mal conseguindo pronunciar as palavras.

Sozinho, mergulhado numa tristeza que não o largava, olhava a réstea de sol que, atravessando a telha quebrada, incidia sobre a cama. Procurava então colocar sua vida em ordem, pelo menos nos pensamentos. Estava no fim, e o que fizera desta vida? Não sabia explicar a razão, mas, ouvindo o canto do azulão, lá dentro, vendo os santos de Dona suspensos da parede, todos os objetos da mulher arrumados ali no quarto, sentindo a calma e o silêncio que impregnavam a casa, relembrava suas andanças antigas, as farras, as raparigas que passara no papo, noites de jogatina e bebedeiras, e, reconhecia, não sabia bem o que escolher. Estivera sempre certo ou errado? De que lado ficava a verdade? A verdade seria igual para todos ou variava para cada criatura individualmente?

"Com os diabos!", pensava. "Acho que não me arrependo não."

Por outro lado — refletia — seria covardia arrepender-se; estava muito velho, já no fim da vida, não ia agora, a essa altura, perder o caráter.

— Almiro! — chamou.

O filho botou a cabeça na porta:

— Alguma coisa, pai?

— Venha cá, filho; sente-se aqui ao meu lado, quero lhe falar.

O rapaz obedeceu.

— Seja franco, meu filho: que acha você do seu velho pai? Diga, com sinceridade.

Almiro estava acanhado.

— Não entendi o que pai quer dizer.

— É simples, meu filho. Eu perguntava a você: que acha do seu pai, sou bom ou ruim, estou certo ou errado? Vamos, diga.

Como Almiro continuasse calado, olhos fincados no chão, Nô prosseguiu:

— Às vezes fico pensando em sua mãe, que nunca foi feliz, coitada. Mas, diga uma coisa: serei eu o culpado pela infelicidade dela? Depende de outro a felicidade de alguém?

Suspirou fundo, e a dor nas costas respondeu forte. O velho engoliu o gemido, parou de falar, olhos postos tristemente na cabeça curvada do filho. Depois:

— Sinceramente, gostaria de que alguém me respondesse. Sei que não me levanto desta, e não quero levar peso na consciência.

— Vai ficar bom, pai.

— Vou não, filho; qualquer coisa me diz que desta não escapo.

O azulão estava com todo o fogo. Só o canto dele parecia existir agora dentro da casa.

— Bichinho bom de verdade, hem, filho?

De repente, um sono invencível pareceu baixar sobre seus olhos. O corpo amoleceu. Nem conseguia mais entreabrir os lábios. Assim mesmo, ainda pôde dizer:

— Vamos conversar amanhã, filho. Não posso morrer sem essa conversa.

Quase sem se fazer ouvir:

— Quando eu me for, não quero que pense mal do seu velho pai.

VII

A conversa de Nô com Almiro não houve. O velho não despertou daquele sono súbito que o invadira. Sozinho com ele, na manhã seguinte, sem saber que providência tomar, Almiro correu à casa vizinha e pediu a D. Marocas que o ajudasse. A velha foi ver Nô e disse:

— Estado de coma; vá ao hospital e peça uma ambulância. Procure o Dr. Lucena e explique o caso a ele.

Não permitiram, porém, que o rapaz ficasse ao lado do pai, na enfermaria. Almiro tentou reagir, mas viu que seria tolice. Assim, passou o resto do dia sentado na calçada do hospital, de vez em quando indo lá dentro pedir notícia à enfermeira. Se ao menos pudesse avisar a mãe! Mas, como, para onde escrever? Por outro lado, achava que Dona não tardaria a chegar. Dissera que não passaria mais de dois dias em Belo Jardim, embora já estivesse fora há quase cinco.

Ao cair da noite, Almiro foi em casa, comeu ligeiro um pedaço de bacalhau cru com farinha, e voltou ao hospital.

— Como está ele? — indagou da enfermeira.

— No mesmo.

Voltou à calçada, onde o cachorro o esperava.

Devia ter adormecido, pois ao dar acordo de si, novamente, sentiu que alguém o puxava pelo braço.

— Acorde, moço.

— Como?

Abriu os olhos e viu a enfermeira, que disse:

— Vá em casa buscar uma roupa para seu pai.

E seca:

— Morreu.

VIII

Amanhecia.

Seguido de perto pelo cachorro, Almiro voltou a casa. Antes mesmo de entrar, sentiu que sua mãe havia chegado, pois ouviu ruídos na sala da frente. Parou, sem coragem de bater à porta. Todo o corpo tremia, mas nos olhos nem uma lágrima. Queria chorar e não podia.

Por fim, fazendo um esforço desesperado, conseguiu chamar:

— Mãe!

Não precisou repetir, pois a velha Dona abriu a porta, ainda vestindo a roupa com que viajara; sobre a cadeira de palhinha, a maleta de madeira.

— De onde está chegando a esta hora, filho? E seu pai?

Almiro baixou os olhos; por um instante, julgou que ia cair.

— Vim buscar a roupa de pai.

— A roupa?

Encarou a velha:

— Ele morreu, mãe.

Dona não disse nada. Recolheu-se ao quarto, e Almiro ouviu o ruído do baú de couro sendo aberto.

Daí a alguns segundos estava de volta:

— Está aqui.

Depois:

— Eu vou com você.

Antes, porém, ajoelhou-se diante da imagem de São José e disse uma oração.

Almiro olhava-a.

Dona ergueu-se:

— Seu emprego está arranjado, meu filho.

— Sim, mãe.

Mas, pensou: "Daqui não arredarei pé. Meu lugar é nesta casa."

Sim, seu lugar e seu mundo, como fora o de seu pai, o velho Norberto de Holanda Cavalcanti, o velho Nô, simplesmente.

— Vamos, mãe?

— Vamos, meu filho.

De repente, o azulão pôs-se a cantar. Era um canto como não se fazia ouvir há muito tempo.

Instintivamente, mãe e filho se abraçaram e aí, juntos, começaram a chorar.

V

NÃO MATAR

Luis Fernando Veríssimo

I II III IV **V** VI VII VIII IX X

Meu Personagem Inesquecível

Esta história tem poucos personagens porque, naquele tempo, o mundo tinha poucos personagens. Eu criara a Terra, os bichos, as plantas e as coisas inanimadas, mas ao inventar o ser humano vi que tinha, talvez, superestimado meus poderes. Não o Adão, que desde o começo teve uma função definida na história. Era na sua visão que meu universo existiria. Sua percepção guiaria a narrativa, escrita, literalmente, na primeira pessoa. Através dos sentidos de Adão o próprio Autor se entenderia. Não, não o Adão. A Eva. Senti, no momento em que a introduzi na minha obra, que teria problemas. Ela seria aquilo que todo autor teme e nenhum autor resiste: o personagem que se apossa da história, e a leva em direções que ele nunca imaginara. O destruidor de sinopses.

Foi principalmente por causa de Eva que limitei meu elenco, e durante muito tempo não me animei a inventar outros personagens além dos estritamente necessários para minhas primeiras parábolas — e, mesmo assim, tendo que ceder à rebeldia de Eva a cada passo, tentando salvar um mínimo do projeto original. Sem Eva, a história teria sido outra. O que eu tinha em mente para Adão era algo na linha do "Robinson Crusoe", talvez com mais ênfase na metafísica — só ele e o Autor, num diálogo eterno sobre a Razão do Ser e o Conhecimento do Mundo, numa paisagem reduzida à sua especificidade, exata e dura como um poema do João Cabral, onde a luxúria se restringiria às plantas de folhas grandes. Havia a vaga idéia de eventualmente dar um companheiro a Adão, um semelhante inferior, um Sexta-feira "avant la date", e assim inaugurar uma das vertentes temáticas que pretendia explorar na minha obra posterior, a do Mestre e do Escravo, um pouco na linha de Nietzsche, sem qualquer conotação sexual. Mas não. Superestimei meus poderes e, talvez influenciado pela luxúria transbordante do cenário, que clamava por sangue quente em vez de árduas álgebras (Borges) existenciais e masculinas, inventei a mulher. E perdi o controle sobre minha própria criação. Fiquei tão marcado por aquilo, que só fui criar outro personagem feminino anos depois, quando precisei produzir uma mulher para Caim. Até hoje me perguntam de onde saiu essa esposa providencial de Caim, já que Adão e Eva eram o primeiro casal, e nenhum outro existia para gerá-la. Sempre respondo apontando para a minha cabeça com um sorriso superior, querendo dizer que sou duplamente onipotente, como Deus mas, acima de tudo, como Autor. Seria muito pobre a literatura se, entre o plausível e o poético, exigissem sempre dela rigor científico e coerência, virtudes de artes menores. A mulher de Caim foi uma exigência do enredo, e o enredo é a única moral do escritor.

Poucos figurantes, portanto. Apenas quatro, não contando os anjos. Ou cinco, contando o Autor. Atribua-se a esparsa população do drama à minha insegurança, na época. Eu estava recém-começando no metiê. Criar o céu e a Terra era nada, comparado com criar situações humanas e personagens convincentes numa narrativa fluente. Mais tarde minhas histórias envolveriam milhões, bilhões, e até outros planetas, mas nestes primeiros exercícios preferi escrever sobre o meu quintal. Dizem que todas as primeiras histórias são autobiográficas, e esta é. Em nenhuma outra, na minha obra, o Autor está tão presente, tão junto aos outros protagonistas. Só mais tarde Eu desenvolveria a técnica, imitada por Flaubert, de pairar acima dos meus textos, interferindo neles raramente e nunca menos que espetacularmente. Nesta história Eu ainda estava no chão, ainda era um Deus conviva. Leia-a com a indulgência devida a todos os contos de principiantes. Se a história é verdadeira? A literatura é sempre verdadeira. A verdade é que nem sempre é verdadeira.

Quatro personagens: Adão e Eva, os filhos Caim e Abel. Local: a leste do Éden. Mesmo depois da expulsão deles do Paraíso, Adão e Eva e Eu continuávamos nos freqüentando. Apesar da sua desobediência, Eu me sentia responsável por eles. Não os privara apenas da fartura à flor da terra e da despreocupação idílica do Jardim. Eu os arrancara do presente eterno e os lançara no Tempo. Precisava orientá-los. Afinal, eles eram minhas criaturas, dependiam de mim, e Eu sempre fui benevolente. A despeito do que Isaías escreveu a meu respeito, nunca fui vingativo. Além disso, éramos os únicos habitantes da Terra, e o isolamento cria laços fortes, como se sabe. Acompanhei o nascimento das crianças — primeiro Caim, depois Abel — e seu crescimento. Fui padrinho dos dois. Por falta de alternativas, certo, mas também porque o nosso convívio, meu com a família deles, era constante, e cordial. Não posso dizer que não havia ressentimentos de parte a parte. Eva não perdia oportunidade de me cobrar, alegando que Eu punira sua rebeldia mesquinhamente, mandando-a procriar e fazendo-a sofrer para procriar. Era como se Eu dissesse que, como ela trouxera o desejo e a vergonha para o mundo, estava condenada a padecer do sexo, e a sangrar no defloramento, sangrar a cada lua e sangrar no parto. O castigo pela sua indiscrição, segundo ela, tinha sido pior do que a danação da serpente, sentenciada a rastejar e comer pó por todos os dias da sua vida. Minha vingança tinha sido criar uma Natureza misógina, um claro abuso de poder do autor, pois não eram outra coisa senão vingança mesquinha o hímen, a ovulação hemorrágica e a bacia estreita. Discutíamos muito, e pouco adiantava Eu argumentar que criara Adão à minha imagem mas não tivera um modelo para criá-la, e errara por falta de familiaridade com a anatomia feminina. Ela não aceitava minhas ponderações. Adão mantinha-se distante das nossas discussões e muitas vezes advertia a mulher quando ela se exaltava demais, pedindo para ela se lembrar com quem estava falando. Eu fazia um gesto apaziguador, dizendo que estava tudo bem, mas não foram poucas as vezes em que, irritado com as acusações estridentes de Eva, tive vontade de, de... Eu não sabia o quê.

Eu não sabia o quê. Colocara um anjo com uma espada flamejante ao redor do Jardim do Éden, e suas ordens eram evitar que Adão e Eva voltassem para o Paraíso. Se qualquer pessoa tentasse entrar no Éden, o anjo deveria usar sua espada flamejante e... E o quê? Não importava. A espada flamejante era suficiente para dissuadir os penetras, ou qualquer idéia de volta do exílio de Adão e Eva, mesmo que o anjo não soubesse o que fazer com ela. Mesmo que ninguém soubesse para o que, exatamente, servia uma espada — nem Eu, seu criador.

Vivíamos bem no meu quintal, Adão e Eva com o suor do seu rosto, Eu com a minha onipotência, que também consistia em poder criar um prato de tâmaras e um copo de vinho do nada, para tomar no fim da tarde, se quisesse. Me entretinha projetando e produzindo frutas e legumes para alimentar meus personagens e bestas novas para ocupar a Terra, e são desse período o elefante, a girafa, o porco-espinho e o rinoceronte — se bem que, quanto a este, até hoje me pergunto se fui Eu mesmo. À noite, me divertia fazendo desenhos no céu com as estrelas, remexendo as constelações e inventando novas formas. O urso — isto poucos sabem — nasceu como constelação, e só depois virou bicho. Muitas vezes Adão caminhava comigo à noite, e conversávamos enquanto Eu mudava as estrelas de lugar ou experimentava com outras luas. Falávamos sobre os meninos. Adão comentava como os dois eram diferentes. Caim puxara a mãe, Abel era mais parecido com ele. Eu confesso que preferia Abel, que me adorava. Não era raro Abel dormir no meu colo, chupando o polegar de uma mão enquanto a outra encaracolava a minha barba preta (ela ainda era preta), e foi para ele que inventei a canção de ninar, a primeira música do mundo. Caim, como todos os primogênitos, era o favorito da mãe, e tinha o seu temperamento. E tinha os seus olhos, e aquilo por trás dos olhos que nenhum deus ou autor comanda. Gostava de mim, me respeitava, seguia os meus conselhos, mas desde cedo dera sinais de insubmissão. Foi ele que, com treze anos, me perguntou como seria a sua vida, em tom de cobrança. Respondi que sua vida seria como ele quisesse.

— Quer dizer — disse ele, me olhando de lado — que eu posso escolher?

— Claro — respondi.

— Hrmf — fez Eva, que estava por perto. Um som de desdém, que preferi ignorar, para não começar outra discussão. Continuei:

— Você pode fazer o que bem entender.

— Mas não é você o nosso autor? Não é você que decide as nossas vidas?

Dei tempo para ele se corrigir.

— Não é o senhor que decide as nossas vidas?

— Só até certo ponto. Veja.

Mostrei a fruta em que Eu estava trabalhando no momento, e que viria a ser a laranja.

— Eu faço o protótipo da fruta e coloco dentro as sementes. Meu trabalho termina aí. Na semente está o destino certo da fruta, mas o seu único destino certo é ser esta fruta e nenhuma outra. Destino não é biografia. Na sua semente está o seu destino final, mas a sua biografia é você quem faz. Onde estas sementes cairão, onde esta fruta nascerá e como crescerá, que uso farão dos seus gomos, nada disso é comigo.

— Eu, então, sou como essa fruta. Um invólucro de semente entregue ao acaso.

— Ao acaso, e à sua decisão. Pois, ao contrário da fruta, você tem vontade própria. Pode determinar sua vida, escolher seu caminho, mudar de rumo se for preciso. Só não pode mudar o destino que Eu implantei em vocês como uma semente.

— E qual é o nosso destino?

Mudei de assunto e perguntei o que ele queria fazer da sua vida.

— Quero ser agricultor — respondeu Caim, inventando a palavra.

Abri os braços e indiquei o mundo vazio à nossa volta.

— Terra arável é que não falta.

Naquela noite, Eva caminhou comigo sob as estrelas. Tinha ouvido minha conversa com Caim. Estava preocupada com ele. Caim começara a fazer perguntas cedo demais.

— Como a mãe dele... — comentei.

Mas Eva não queria discutir. Começou:

— Aquela história das sementes...

— Você acha que ele se convenceu?

— A questão é: o senhor está convencido?

— Como assim?

— Sei lá — disse Eva. — Toda esta situação. Nós quatro, aqui. Nós cinco. Sozinhos, neste mundão. Sem saber bem por que e para quê. Sem saber qual é o seu papel nas nossas vidas. Sem saber se o senhor sabe.

Fiquei em silêncio por alguns passos. Ela nunca me falara naquele tom, antes. Não era um tom queixoso, ou desafiador, como de costume. Ela estava pedindo ajuda. Parei e apontei para um ponto no céu.

— O que você acha de outra lua? Vermelha. Bem ali.

— O senhor não vai responder a minha pergunta?

— Acabei de responder. Você precisa entender que tudo isto é muito novo para mim também. Estou começando do zero. Nós estamos começando. Vamos com calma. Eu ainda não acabei de fazer o Universo. Sou onipotente mas não sou dois!

— Mas, e nós? O senhor decide tudo por nós, ou nós temos mesmo escolha? Quem somos nós? O que somos nós? O que será de nós, com o tempo?

— Calma. O tempo é um conceito novo. Com o tempo nasceu, também, o destino, pois o tempo tem que levar a algum lugar, a algum desfecho. Nada disso estava nos meus planos originais. Aliás, tive que mudar de planos por sua causa. Viu por que eu proibi que comessem do fruto da Árvore do Saber? Vocês trocaram a ignorância e a felicidade pela dúvida e a angústia existencial, um presente permanente por um passado culpado e um futuro misterioso, e... Bem, mas não vamos começar essa história outra vez. O que está feito, está feito.

— Eu preciso saber o que será dos meus filhos!

— Eles serão homens retos, tementes a Deus. A culpa dos pais não lhes foi transmitida, a semente que eles carregam, contendo as minhas determinações, é nova e forte e garantirá a sua retidão. Dei-lhes todos os sentimentos nobres, e eles crescerão e viverão, felizes, até... até...

Até Eu não sabia o quê. Eva voltou para casa, insatisfeita com a minha resposta, e Eu fiquei no campo, pensando nas suas perguntas. Passei o resto da noite no campo, sozinho, sem conseguir dormir, movendo as constelações e experimentando com planetas de tamanhos diferentes, e pela primeira vez me indaguei se não devia voltar ao plano original, só Eu e Adão numa paisagem neutra, dialogando sobre o Ser e o Nada, a criação como pura teoria, a criação como pura palavra, sem os outros e suas dúvidas, sem a ira e a paixão, e o tempo, e o sangue mensal. A criação como coisa de homem. Mas o que estava feito, estava feito. Não adiantava chorar. Quando amanheceu, vi que, sem querer, tinha inventado o orvalho. Anos depois, me dei conta de que o orvalho era apenas o primeiro prenúncio do Dilúvio com que eu tentaria apagar a história até ali e começar tudo de novo. E que naquela noite o que eu tinha inventado, mesmo, era a autocrítica. Embaraçosa para um deus, fatal para um autor.

Não era um mundão, era um mundinho. Eu também não me aventurava além do nosso pequeno condomínio, embora também tivesse criado o resto. Não ia atrás de outras histórias, não me arriscava a inventar outros personagens em outras paragens, já que mal podia com os que já existiam. Não podia desinventar Eva e os meninos, ou apenas Eva e Caim, os que tinham a rebeldia atrás do olhar, pois o dócil Abel jamais seria um rebelde. Abel e Adão seriam meus companheiros para a eternidade. Adão, Abel e Eu. Habitaríamos a leste do Éden, ou voltaríamos ao Éden, um mundinho ainda menor, a salvo do Tempo, e viveríamos nus, e pescaríamos, e Eu conjuraria tâmaras e vinho para todos, e seríamos a primeira e a última trindade. Mas estávamos lançados no Tempo, e o Tempo, descobri tarde demais, não tem volta. Salvo como o "ricorso", de Vico e Joyce, um conceito discutível. Eu podia tudo, menos poder de novo, Eu não podia desfazer o feito.

E Eva me desafiava, Eva me cobrava, Eva um dia me agarrou pela barba, mais mãe judia do que nunca, e exigiu que eu dissesse o que seria deles, me pediu o final da História, queria saber para onde o Tempo nos levava, qual era, afinal, o enredo. Não pude gritar "Não sei!" Um autor não se desnuda assim, diante das suas criaturas. Haja o que houver, ele deve manter a hierarquia. Personagens insubmissos podem fugir com a história, mas cedo ou tarde precisam devolvê-la ao autor, nem que seja para ele pôr o ponto final. Não há caso registrado de um personagem entregar o manuscrito ao editor, sem o autor saber. No meu quintal mandava Eu.

Como não podia voltar atrás, o Tempo passou. Os meninos cresceram. Um dia tomei coragem e dei uma volta ao mundo, com uma comitiva de anjos bajuladores, para finalmente ver o que tinha criado e conhecer a minha obra toda. Os anjos não mentiam, meu mundo era realmente uma maravilha. Uma obra-prima. Voltei decidido a deixar Adão e sua família e emigrar para o que mais tarde seria o Brasil. Uma casa na praia, alguns criados, criados na hora, e tempo para pensar, inclusive no que fazer com o Tempo. Eu ainda não pensara em ter um filho meu. Caim e Abel eram meus filhos, meus netos, meus afilhados, minha prole. Mas já começara a imaginar como seria minha obra, quando me livrasse deste conto inaugural, confessional como todos os primeiros contos. A idéia de outros personagens me atraía. Outras raças, outros cenários — era preciso encher o meu belo mundo de gente e de histórias. Sentia, em mim, a inquietação de um autor épico. Sim, fatalmente criaria outras mulheres. O risco de disseminar Evas pelo mundo existia, mas eu começava a ver sua rebeldia como um desafio. Mil Evas não arrancariam a criação das minhas mãos. Um milhão de personagens com a insubmissão atrás dos olhos não me desbancariam como autor do seu destino, como senhor do seu enredo. Eu faria isso: voltaria ao Leste do Éden apenas para avisar Adão, Eva e os meninos de que os estava deixando para sempre, para me dedicar a inventar gente e histórias, à beira-mar, do outro lado do mundo.

Mas, quando voltei da viagem, tudo estava mudado. Caim começara uma plantação de trigo, e Abel domesticava cordeiros. Mais importante: Abel descobrira para o que servia a espada. Abel cortava a garganta de cordeiros, deixando-os sem vida. Deixando-os sem vida! Ele me mostrou como fazia, com grande animação, com aquele seu sorriso inocente, o meu afilhado favorito, sem se dar conta do que fazia. Fiquei olhando o animal que eu inventara esvaindo-se em sangue aos meus pés, com Adão, Eva e os meninos à minha volta, Abel segurando a espada flamejante que o anjo-sentinela lhe emprestara e ainda rindo, e foi certamente a primeira vez que me viram de boca aberta. Eu não pensara naquilo. A vida se dá e se tira. Caim me imitava, criava vida como eu, plantando trigo, dando vida a fileiras de trigo. Abel tirava a vida dos cordeiros, como eu nunca fizera, como eu nem sabia que se podia fazer. A vida também se tira! Naquela noite, enquanto comíamos a carne do cordeiro assada, outra novidade, Adão comentou o meu silêncio. Nada, nada, disse Eu. Cansaço da viagem. Abel veio sentar-se no chão ao meu lado, e esperou que Eu afagasse sua cabeça, como sempre fazia, mas não consegui. Minha mão pairou acima da sua cabeça, alguém até poderia dizer que com reverência, mas não consegui tocar seus cabelos. De longe, Eva me olhava, e vi algo diferente atrás dos seus olhos, algo triunfal, como se o universo que Eu criara para atormentá-la, como se as dores que Eu inventara para ela procriar, estivessem de alguma forma vingados. Quando fui caminhar pelo campo depois do jantar, levei uma costela do cordeiro, mas por mais que tentasse não pude fazer, da costela, outro cordeiro. Não pude restituir a vida do cordeiro tirada por Abel. Num gesto de frustração, criei sete constelações novas. Não preciso dizer que naquela noite não dormi. Melhor seria se Eu tivesse feito o céu e a Terra para o meu deleite solitário, sem precisar do Homem para me admirar e obedecer. Por vaidade, troquei a paz da solidão pela conveniência de um interlocutor, de um espectador, de alguém para perceber meu gênio, e ainda lhe dei uma família. Sucumbi à tentação da literatura e o que ganhei foi a insônia.

No dia seguinte, Abel se aproximou e perguntou se me ofendera, pois eu não afagara seus cabelos na noite anterior. Respondi que não, e beijei-o ternamente na testa, mesmo sentindo o cheiro de sangue nas suas vestes. E Abel me deu a pele do cordeiro que sacrificara, para me agasalhar à noite. Caim, que estava por perto, viu a oferenda de Abel, e correu para a sua lavoura. Voltou com um feixe de trigo, que também me ofereceu, mas vi atrás dos seus olhos o que não vira nos olhos de Abel, o mesmo orgulho rebelde da sua mãe, e ouvi a frase que ele não disse, mas seu semblante disse: "Os filhos de Adão te desafiam, Autor, teu reino não durou uma geração", e recusei o seu presente insolente. "Mas aceitaste o presente de Abel!", protestou Caim. E respondi que Abel não me desafiara, que Abel tornara-se como um deus por distração, inventando a morte para nos alimentar da gordura dos bichos, pois era puro como suas ovelhas, e seu olhar era límpido, e ele me amava. Vi então o semblante de Caim ser tomado pela raiva, e ele desapareceu.

Passaram-se dois dias sem que Abel ou Caim fossem vistos por Deus ou por todo o mundo, e no terceiro dia Adão e Eva vieram a mim para pedir que os ajudasse na busca, já que Eu era onipresente. Encontrei Caim no campo, e Caim mandou procurar Abel entre os cordeiros, que eram puros como ele, pois não era o guardador do seu irmão. E chegamos, Adão, Eva e Eu ao rebanho que pastava junto ao rio, e foi Eva quem primeiro viu o corpo de Abel estirado na relva, e a relva empapada de sangue. Seu grito terrível ainda ecoa na minha cabeça. Nestes milhões de anos, não o esqueci. Minhas histórias estão cheias de gritos que cortam o coração, que nos cortam de cima a baixo, mas nenhum foi mais terrível do que aquele primeiro, da primeira mãe vendo o primeiro filho morto, como uma ovelha, vendo no chão o primeiro sangue que não escorrera dela. Tentei abraçar Eva, mas ela me repeliu, soqueando o meu peito, e desta vez Adão não a deteve. Adão me olhava com incompreensão. "O que é isto?" perguntou. "O que é isto?" E depois: "Isto pode?"

Eu estava atordoado. O que era aquilo? Aquilo não estava nos planos. Aquilo não estava nas regras. Eu não me lembrara de proibir aquilo — porque não me ocorrera que era possível. Até ver o cordeiro morto por Abel eu não sabia que podia. A vida também se tira! A vida acaba! Alguém cochichou alguma coisa no meu ouvido e levei tempo para decifrar as palavras. Era Caim, e ele dizia: "Alguns da sua prole não são como deuses por distração..."

— O quê?

— Confesse. Por essa você não esperava.

— O quê?

Eva e Adão estavam debruçados sobre o corpo sem vida de Abel, cercados por cordeiros curiosos. Era uma cena inaugural. Nada parecido tinha sido visto antes, no mundo. Começaram a chegar anjos para ver a novidade também. A notícia se espalhara.

— Tenho o mesmo poder do seu afilhado preferido, Autor. Matar um cordeiro ou um irmão... Qual é a diferença?

Tentei reagir.

— Mas não pode. Tirar a vida. Não pode!

— Você nunca disse que não podia.

— O senhor.

— O senhor nunca disse que não podia. O senhor não disse que eu era livre para fazer o que bem entendesse? Fiz o cadáver do meu irmão. Não por distração, ou para nos alimentar da sua gordura. Não por vaidade, como você, o senhor, fez o universo. Fiz porque sou livre. Fiz porque podia fazer.

Consegui, a custo, recuperar um pouco da minha autoridade, e enfatizei a linguagem bíblica para tentar impô-la:

— A voz do sangue do teu irmão clama a mim desde a terra. E agora maldito és tu desde a terra, que abriu a sua boca para receber da tua mão o sangue do teu irmão. Quando lavrares a terra, não te dará mais a sua força. Fugitivo e vagabundo serás na terra.

Mas Caim não se intimidou e disse:

— O que vejo diante de mim? Um deus temente ao homem.

Não encontrei palavras para a minha indignação.

— Seu, seu...

— Por que não me matas? Só assim te igualarás a mim.

— Fugitivo e vagabundo serás sobre a terra! Essa é minha sentença.

Vagarás na terra com a tua culpa, e a voz do sangue do teu irmão te perseguirá por onde fores.

— Mata-me agora. És o Autor, tens o poder.

Caim também adotara o tom bíblico, mas com ironia.

— Vai-te! — gritei. — Desaparece da minha frente!

— Já sei. Me mandarás matar. Um dos teus anjos armados fará, a traição, o que não tens coragem de fazer. Criarás bandidos para me emboscarem enquanto durmo, pois agora a morte está solta no mundo. Por tua insensatez, por teres favorecido ao meu irmão e recusado meu presente, o mundo se tornou um lugar perigoso.

Como resposta, fiz um sinal na testa de Caim com um dedo incandescente. Uma cruz. Não sei por que uma cruz. Foi o que me ocorreu na hora.

— Pronto — disse. — Podes ir. Esse sinal te protegerá. Qualquer que matar a Caim, sete vezes será castigado.

— Quero uma mulher.

— O quê?!

— Não vou errar sozinho pelo mundo, sem pai nem mãe, sem nem um irmão. Ou um padrinho.

— Está bem. Vai para Node. Lá encontrarás uma mulher pronta, esperando-te.

— Quem será essa mulher, se não for minha irmã?

— Não tenho que te dar explicações. Vai-te!

E saiu Caim de diante da face do Senhor, e habitou na terra de Node, da banda do oriente do Éden. E conheceu Caim a sua mulher, e ela concebeu e teve Enoque, e ele edificou uma cidade, e chamou o nome da cidade pelo nome do seu filho Enoque. E de Enoque nasceu Irade, e Irade gerou a Meujael, e Meujael gerou a Metusael, e Metusael gerou a Lameque, e etc. e etc.

Semanas depois do banimento de Caim, caminhando com Adão pelos campos tristes sob as estrelas, ele me perguntou, humildemente, por quê. O bom Adão, que envelhecera anos em dias, não entendera minha decisão. Por que banir Caim, em vez de matá-lo? Por que favorecê-lo, em vez de vingar Abel? "Porque, apesar de tudo, ele também era meu afilhado", respondi, sem convencê-lo. "Por que ele levará a minha marca e a sua culpa por onde for, e este é um castigo maior do que a morte", respondi, sem convencê-lo. "Porque a culpa é minha, que nunca disse 'Não matarás', e dei às minhas criaturas o poder de escolher seus atos", tentei, mas Adão ainda não se convenceu. "Porque Caim fundará a primeira cidade, que terá o nome do seu filho, pois assim já estava previsto", experimentei, mas Adão não acreditou. E como não podia lhe dizer o que só outro autor entenderia, que Eu poupara Caim porque era o meu personagem mais interessante até ali, mandei que Adão fosse consolar sua mulher e me deixasse em paz.

— Escolheste Caim para continuar a tua história, dando-lhe não só o perdão como uma mulher e, com ela, uma descendência! — queixou-se Adão.

Pois Adão também esquecera sua humildade e transformara-se num crítico diante do Senhor.

— Minha história continuará com a tua descendência, Adão.

— Que descendência, se não temos mais nenhuma, se temos um filho morto e o outro banido?

— Vai consolar a tua mulher no seu luto. E ela conceberá outro filho, e com suas gerações encherei o mundo de gente e de histórias.

— Mas...

— Obedece, Adão. O autor sou Eu, e Eu sei o que estou dizendo.

E Adão foi deitar-se com sua mulher, deixando-me a sós no campo. E olhei para as estrelas sem fazer um gesto, temeroso de que elas também se rebelassem contra mim. Pois a morte estava solta no mundo, e o mundo não era mais o que Eu criara. E foi então que notei que minha barba tinha embranquecido.

VI

Não Pecar contra a Castidade

Campos de Carvalho

I II III IV V **VI** VII VIII IX X

Espantalho Habitado de Pássaros

I

A escada do velho Cine Royal.

Os óculos não me permitem ver como *antigamente*, e no entanto eu me vejo antigo. Talvez este frio que me vem dos pés, em pleno dezembro, e ainda há pouco me reteve sem uma razão junto ao lago da praça, o que foi o lago na praça e hoje é apenas um monumento. Como se eu já arrastasse o cadáver dos meus pés.

As fitas em série, com a orquestra do maestro Vilaça — o Teobaldo ao violino, o Tifu na flauta — faziam-nos ressuscitar cada semana na pele do mocinho, para morrer ou quase daí a alguns minutos, a boca ainda cheia de caramelos. Sem falar nos domingos, quando o susto nem dava para assustar, e tudo se resolvia de uma vez, os namorados se beijando na frente cada vez que o artista e a artista se olhavam mais longamente e o Teobaldo caprichava num trêmulo. Já então o Royal era velho, tão velho quanto hoje, com este rangido sob os pés e este cheiro de mofo nas paredes: só que não tinha este jeito de prostíbulo.

Talvez não devesse ter vindo, como não vim da outra nem da outra vez, sempre achando uma desculpa para assobiar e seguir em frente, as mãos no bolso, mesmo que não fizesse frio. Afinal, hoje não passo de um forasteiro, os meus mortos estão no cemitério e não aqui, e até o lago da praça já não existe, embora me faça parar diante dele, os pés fincados no chão como se eu também fizesse parte do monumento: monumento não sei de que, nem quero saber. Sou um forasteiro, e nem sequer os mortos talvez já me reconheçam sob esta velhice precoce e estes óculos escuros — eles que continuam moços como quando morreram e, mesmo se velhos, ficaram sendo moços diante da eternidade. Mas, se eu quisesse vê-los, iria ao cemitério para que me vissem, e não estaria aqui parado no topo desta escada, com este frio agora no corpo inteiro, à espera não sei de que, ou sei e procuro não saber, como se fosse de fato apenas um forasteiro, recém-chegado e pronto para partir.

Sinto-me como se de repente tivesse mil anos, e os tenho, eu que ainda há pouco era apenas um menino vindo para mais um capítulo do seriado, o gosto do caramelo na boca, ouvindo a flauta do Tifu ensaiando os primeiros acordes, o barulho da água batendo de encontro à tela esburacada. Faz vinte e cinco anos, nem isso, e no entanto é como se fizesse séculos: o meu eu antigo tornou-se antiqüíssimo, faltam-me as muletas e as bandagens para que eu possa entrar por esse corredor e chegar como um fantasma ou uma múmia até onde está ou deve estar o palco, onde era ou onde ficava a platéia.

Onde deve estar Desdêmona.

II

Odeio os bordéis, sempre os odiei.

Não pelas mulheres em si, que ninguém tem culpa pelo que a vida faz ou desfaz de cada um, nem estou aqui para bancar o moralista, nem aqui nem em parte alguma. Mas pelo espetáculo de se exibirem assim todas juntas, como se fosse num mercado de escravas sob a luz dessas lâmpadas, para que as vejam bem, tal como se as estivesse vendo Deus no dia do Juízo. E com este à vontade que não é delas e nem pode ser de ninguém, como se a vida fosse ou devesse ser apenas isto, esta ostentação da angústia ou da falsa alegria em grupo de dez, ou de vinte, ou mesmo de mil, para que o disfarce pareça perfeito e ninguém se dê conta de que está só.

Tenho um mundo de pecados na consciência e desafio Deus a que me julgue numa eternidade apenas — mas ESTE é a primeira vez que o pratico e espero que seja a última, pois até as paredes e o teto aqui são responsáveis pelo que se passa à sua sombra e não adianta querer argumentar, como eu, que se trata apenas de um forasteiro com a morte dentro da alma. Este cheiro de carne, que vem até dos lustres sórdidos, não tem nada a ver com o pecado da carne, em que sou e me orgulho de ser um réprobo, já ia dizendo um mestre consumado. Aqui, o que existe é a própria negação de qualquer pecado, que é sempre um ato de coragem e individual, com Deus servindo como testemunha e ao mesmo tempo como desafiado, num combate singular em que as armas podem ser desiguais, mas a consciência é sempre a mesma. Mas tudo isto me parece tão óbvio que até me sinto ridículo diante de mim mesmo.

Não, minha filha, estou apenas fazendo hora. A bebida não dá direito a que se assista ao espetáculo sem qualquer compromisso — embora, me perdoe, estejamos comprometidos até o pescoço. Sim, eu disse até o pescoço.

Nem eu estou aqui — bem, isto já é comigo — para alugar a vulva de quem quer que seja, por uma hora ou por duas, como se faz com um par de patins ou mesmo com um avião de passeio. Quando quero copular, procuro uma mulher para copular, e não um bordel e não mil bordéis, não uma agência internacional de vulvas a preço de tabela. Mesmo sem amor, pratico o ato do amor com um mínimo de decência, e se Deus não compreende isto é porque ele é mais idiota do que eu e me julga apenas um pecador impenitente.

Mas você, por acaso, não conhece aqui nenhuma Desdêmona? Não sei se será este o seu nome, mas é este o seu nome. Nem sei se ainda é viva, dizem que sim, fui informado de que era viva e de que poderia encontrá-la aqui; mas isso já faz algum tempo. Sim: Desdêmona — o sobrenome não interessa. Tudo que sei é que já foi menina, como você mesma já deve ter sido, e tinha um olhar assim distante e perdido, como se tudo afinal fosse apenas mentira, como acabou sendo.

Desculpe, mas sempre que falo em Desdêmona eu me ponho assim um pouco imbecil.

III

Brincávamos no quintal de nossa casa — na minha ou na dela —, o que era quase como se fosse a mesma coisa, pois éramos vizinhos. Nós e os outros meninos, e as outras meninas.

Ainda não tínhamos sexo; naquele tempo o sexo não era o que é hoje, quando parece que já nasce com o indivíduo. Também ainda não havia Freud naquele tempo, o que talvez em parte explique o fenômeno: nós meninos, pelo menos, ignorávamos Freud, ainda que ele não nos ignorasse.

Não tínhamos Freud mas tínhamos a inocência, que é uma coisa difícil de explicar para quem nunca tenha ouvido falar nela. Tão difícil como explicar Deus ou Santo Tomás de Aquino a um selvagem, ou um selvagem a qualquer daqueles dois, que são uma única e a mesma coisa. A gente se sentia criança e isso bastava; não havia a preocupação de imitar os adultos e de olhá-los através do buraco da fechadura, onde de resto eles são muito mais feios e terríveis do que aqui fora. Havia mesmo uma ligeira desconfiança de que os adultos eram infelizes, e se mostravam cruéis justamente por causa disso; o melhor era deixá-los com os seus problemas, nos seus quartos ou fora deles, e esperar que merecessem voltar a ser crianças algum dia.

O triste era que criança também morria, e um de nós até morreu, e morremos também um pouco com ele: mas a infância, essa foi salva, continuou incólume conosco até que a deixamos ou que nos deixou, já não me lembro bem. O importante era que nem a morte nos conseguia fazer envelhecer antes do tempo, quando hoje o que se vê é que a própria vida se encarrega disso, e nem é preciso nenhuma guerra para que haja matança dos inocentes.

Tomávamos banho no rio que passava pelo fundo de nosso quintal, e éramos meninos ou meninas todos iguais, como de fato o éramos. Desdêmona já tinha o olhar perdido e triste, mas só hoje é que sei, então nem ela nem eu sabíamos, nem tínhamos tempo a perder com essas tolices. Não era bonita como Helena mas era muito mais ela mesma, e quando nua sentia-se que ali estava alguém que tinha o que dizer e o que fazer, mesmo que tivesse para isso que esperar mil anos. Era franzina, e os longos cabelos negros davam-lhe um ar selvagem que jamais se via em Helena ou em nenhum de nós, os que passávamos por homens e ainda não o éramos. Esqueci-me de dizer que éramos pobres, terrivelmente pobres — mas fazia parte de nossa inocência ignorar também isso, e nem ligávamos para o fato.

Que amei Desdêmona e não Helena só vim a saber muito mais tarde, depois que nos perdemos de vista e cada um tomou o seu destino. Amei-a, só hoje eu sei, a partir do instante em que os nossos olhos se encontraram sobre o pequeno caixão em que estava Donatello, seu irmão e desde esse dia também nosso, enquanto lá fora a chuva interminável batia nas paredes de zinco e punha de repente tudo tão frio quanto o morto. O olhar de Desdêmona e o meu tinham o morto a separá-los, a uni-los, e foi esse seu olhar, de espanto e de protesto, que me ficou dentro da memória — não o da menina que aos poucos foi crescendo sem que eu o percebesse, sem que ela o percebesse.

Até que um dia se mudaram e se mudou para longe, e nunca mais nos vimos; e eu mesmo me mudei e fui ser o que sou e que não sou — esta espécie de adulto arrependido, este fantasma de pés gelados, e de alma, e tudo — aqui agora à espera.

IV

A caftina, com o seu ar repelente, é de uma gentileza extrema — o riso aberto tomando conta do salão.

Ainda é cedo, as mesas estão quase vazias: apenas eu e aqueles dois cafajestes como eu. As mulheres, pelo visto, ainda dormem ou estarão se preparando, enquanto não as chama alguém: deve ser assim todas as noites — nunca estive aqui, não sei. A que põe os discos na vitrola tem o corpo bonito, as ancas acompanham o ritmo do bolero maquinalmente, olha para o sujeito de charuto e diz-lhe qualquer coisa. A loura que tentou puxar conversa comigo foi sentar-se à mesa dos fundos e espia a noite lá fora — talvez, mesmo, esteja olhando as estrelas; terá vinte anos, nem isso, e já parece ter a idade da sua profissão, *a mais antiga do mundo*. Aliás, todos aqui estamos velhos de repente, muito mais do que o prédio e a cidade, e só não digo que já estamos mortos porque isso seria uma ofensa aos mortos: que eles se putrefazem às escondidas.

Puta por puta estas são mais autênticas, não é preciso estar aqui para se ver isto, nem estou fazendo nenhuma descoberta tão importante. Na família, em todas as famílias, as putas se vestem de santarronas ou simplesmente de honestas e só se entregam a um homem depois que este lhes oferece toda garantia de que as sustentará e as foderá a vida toda, não apenas uma vez e por uns parcos mil-réis. Acham que ser casta e digna do reino dos céus é não se entregarem a muitos homens por amor, e sim a um único homem, mesmo que seja sem amor, como lhes ensinou sua mãe e ensinarão às suas filhas, desde o começo do mundo até o fim do mundo. O amor para essas puras, para essas putas, é um negócio a longo prazo e não a curto prazo, e tratam a sua vulva como se não lhes pertencesse e sim a Deus, à Pátria e à Família, aos quais terão de prestar contas a qualquer tempo e o tempo todo, mesmo que o seu marido seja o último dos crápulas.

Aqui as coisas se fazem às claras, é toma lá dá cá, e com a presença de Deus também naquele crucifixo, e a do Estado no alvará fixado em lugar bem visível, com o imposto pago e o emblema da República para desfazer dúvidas. Como se fosse a venda da carne no açougue, a retalho, que é para atender ao interesse do maior número — sem a preocupação de disfarçar o indisfarçável ou de simplesmente dourar a pílula para os que gostam de pílulas douradas.

Mas não vim aqui para estar discutindo o óbvio, e muito menos comigo mesmo que sou o mais óbvio de tudo e de todos: vim porque tinha uma missão a cumprir e a estou cumprindo, e estava acima de minhas forças deixar de vir hoje ou daqui a mil anos, enquanto restasse um resto de consciência minha vagando por este mundo.

Nem vi chegarem aqueles dois, que têm cara de investigador de polícia e devem ser. Também não vi aparecer essa mulata esguia que agora está conversando com o garçom, ali onde era o lugar da orquestra ou, mais exatamente, do piano, bem em frente de onde ficava o anúncio da Casa Funerária do Chico Dimas. Só agora me dou conta de que o Cine Royal era o único cinema a anunciar caixões de defunto antes de cada sessão, no pano de boca e nos *slides* projetados já sob os primeiros acordes da *ouverture*.

Essa gorducha talvez saiba me informar alguma coisa: tem cara de quem está aqui há muito tempo.

— Você — sim, você mesma. Sabe me dizer, eu não sou daqui estou chegando hoje, se a Desdêmona ainda está na casa ou se porventura já se mudou?

Desdêmona: uma que tem um olhar assim meio triste, distante, como que perdido...

V

— Sabe quem virou puta? A Desdêmona.

A tranqüilidade com que Evaristo me contou, entre duas piadas, o acontecido, só me fez ficar ainda mais perplexo. Se me houvesse contado entre prantos, talvez eu aceitasse a verdade como um fato indiscutível, algo situado acima do bem e do mal, como a própria morte ou então um estado de loucura.

Ele, que fizera parte do nosso grupo, tinha tanto quanto eu motivos para estarrecer-se e no entanto se voltava para admirar um automóvel que passava. Sabia-o cínico, candidato mesmo a vereador, mas aquela sua indiferença causou-me engulhos.

Já fazia alguns anos desde que tudo acontecera, e só aos poucos me fui informando, com o próprio Evaristo, dos detalhes do caso. Ele próprio parecia não saber muito, nem tivera tempo ultimamente para cuidar dessas coisas — a política, meu caro, você não imagina o quanto ela é absorvente —; simplesmente vira Desdêmona um dia, ou melhor, uma noite, à janela da pensão da Tubertina, calada e espiando a rua como se olhasse para um deserto. Mas era ela mesma, não havia dúvida, embora ela não o houvesse visto e logo se tivesse retirado para dentro da casa: tinha os mesmos cabelos negros e corridos, o nariz ligeiramente adunco, aqueles olhos que não deixavam margem a nenhum engano. Depois tivera confirmação do fato pelo próprio pai, dela e não dele, que lhe contara tê-la espancado uma vez, em plena rua, diante de todo mundo, salvando assim em parte a honra da família. Estava bêbedo como sempre, o velho Miguel, quando a espancara e quando lhe contara o espancamento, e chegou a chorar na sua presença, de ódio e de vergonha, pois "sempre fui um sujeito pobre mas honrado, Seu Evaristo, apenas com este maldito vício da bebida".

Da pensão da Tubertina ela acabara passando para a de Dona Zulmira — lá onde foi o Cine Royal, lembra-se? — naturalmente para ficar mais distante do pai, que entre uma bebedeira e outra sempre poderia cismar de matá-la. Ele, Evaristo, não era de freqüentar tais lugares desde que ficara noivo de uma garota muito religiosa e cujo pai era riquíssimo — e assim não tivera oportunidade de vê-la nunca mais, embora a soubesse ainda morando na cidade, lá mesmo onde assistíamos às nossas fitas por quinhentos réis, mesmo porque naquele tempo éramos mais pobres do que Jó — lembra-se?

Eu me lembrava, e lembrava-me sobretudo de Desdêmona, pobre como nós e, como nós, criança, tomando banho no rio que passava pelos fundos de nossas casas e que depois acabou sendo desviado e saneado, virando essa espécie de atração turística da cidade. Fazia isso, então, uns doze anos, mas era como se fosse ontem, e podia até recordar palavras inteiras que dizíamos aos gritos uns aos outros, naquela alegria que só a inocência, não a meninice, sabe e pode dar uma vez na vida e para a vida inteira.

Nos anos que se seguiram, a imagem de Desdêmona não mais me saiu do pensamento, embora eu vivendo longe e tendo todos os motivos para esquecê-la — às voltas com o meu futuro, o que é hoje apenas este presente. Ia pela rua, pensando em coisas, nos exames, o livro debaixo do braço, e súbito lá via Desdêmona servindo café num bar, aquele mesmo jeito seu de antigamente, brincando de garçonete por trás do balcão, uns seios que eu não lhe conhecia. Uma vez, no bonde, tive que ir até o banco da frente para ver se não era ela, o vestidinho pobre, o mesmo modo de deixar cair a cabeça para o lado, como se lhe pesasse às vezes o pensamento: só então me dei conta de que ela já seria então uma mulher, e não mais como eu ainda a imaginava, como teimava ainda em imaginá-la — fora do tempo e do espaço.

Casei-me, me formei, escrevi livros, deixei crescer o bigode, depois a barba, renunciei a tudo de uma vez, tentei, sem muita convicção, o suicídio, conheci Adélia, Ona, Rosaura, embriaguei-me, embriaguei-me, embriaguei-me. Até chegar, não chegando, exatamente a isto.

VI

Os olhos de Desdêmona junto à escada.

Observam num relance a sala, os dançarinos, vão de mesa em mesa até que pousam em mim. Hesito, faço-lhes um sinal.

— Me chamou?

— Chamei, sim. Sente-se.

Ela e os seus olhos: o que ainda resta dela. Evito fitá-la mais demoradamente, com pena dela e de mim — até que me acostume pelo menos.

A vitrola agora toca um *blue*, os pares se apertando no meio da pista, a fumaça dos cigarros criando sem querer uma atmosfera.

Aos poucos o salão se foi povoando e eu nem percebi; também já devo estar aqui há bem uma hora.

— Toma alguma coisa?

Chamo o garçom e peço duas bebidas, e enquanto bebo o que resta no copo percebo que as minhas mãos tremem — a do copo e a outra. E no entanto eu estava calmo, perfeitamente calmo, até que ela viesse.

Sei que é Desdêmona porque sei, nem adianta agora querer entrar em razões dessa natureza. Se eu não tivesse certeza, simplesmente não a teria chamado: OS SEUS OLHOS.

Agora é apenas um vulto, calado como eu, fitando o vazio em frente, fitando todos os vazios em frente — de perfil como se temesse alguma coisa, todas as coisas. Assim posso finalmente observá-la melhor, como quem não está observando, os dedos tamborilando no copo que é para disfarçar minha emoção.

Desdêmona.

Faz mais de vinte anos que não nos vemos, que não a vejo senão em pensamento, e no entanto é como se fôssemos gêmeos, tanto me habituei com a sua presença, com a sua ausência. Vinte anos que nos tornaram assim terrivelmente adultos, ou disfarçados de adultos, sem uma palavra a dizer um ao outro, a não ser as essenciais, as que não são as essenciais. Este silêncio tem mais de vinte anos, mas só eu o sei, ela ainda não o sabe — é possível que não venha a saber nunca.

Para aumentar ainda mais este constrangimento, a música parou — e tão de repente que é como se fosse ter início o Juízo Final. O silêncio dessas vozes todas se afastando ou aproximando, desses passos que pisam noutro mundo e desses copos que de repente se põem a tinir, a retinir. O nosso silêncio.

O garçom volta com as bebidas. A voz da caftina grita uma ordem qualquer, alguém responde com uma gargalhada, tem-se a impressão de que o Juízo Final de fato já começou. Desde o início do mundo que ele já começou, mas aqui tem-se a impressão, com este cheiro de álcool e de fumo, e sobretudo com este cheiro de prostituição, de que só agora Deus vai se apiedar das suas criaturas ou renegá-las de uma vez por todas.

Acendo um cigarro e ofereço outro a Desdêmona: minhas mãos já não tremem, de novo estou seguro de mim, o que é o mesmo que estar seguro de nada.

— Você é daqui?

Respondo que não; estou de passagem e volto amanhã mesmo. Minha voz não me trai, e fito-a finalmente de frente, bem nos olhos, como a desafiá-la a que me decifre, a que descubra em mim esse mistério que nos pertence e que talvez seja o nosso único bem. Posso então ver que, apesar de tudo e de todos, e sobretudo dela mesma, Desdêmona ainda é bela, dessa beleza que só os que amam sabem descobrir e que não tem nada a ver com a simples beleza. Além dos olhos descubro nela um resto de infância, na comissura dos lábios que procuram sorrir, no gesto com que leva o cigarro à boca, nas próprias rugas com que tenta, em vão, fingir-se mulher e perdida.

Nem de longe lhe passaria mesmo pela cabeça que eu seja eu, o menino que a olhou menina por cima do corpo de Donatello, num dia de muita chuva e com esse cheiro de morte que ainda trago nas narinas, no peito, na alma inteira? Sei que mudei muito, todos mudamos, eu talvez mais do que os outros — mas estes óculos, este começo de calvície, também estas rugas e até este ar meio cínico, tudo isto não passa de exterioridades e de pura transparência: no fundo estou aqui mais nu do que nunca estive, nu da cabeça aos pés como o menino que nunca deixei de ser em momento nenhum, agora exatamente ainda com água do rio me escorrendo pela testa e pelo corpo inteiro, e vendo-a também em toda a sua nudez sem carne e sem malícia, como se fôssemos de novo, e somos, e estamos sendo, nós mesmos e apenas nós mesmos.

Com os seus olhos, será que ela não me vê?

VII

Este barulho, esta fumaça me fazem mal; falta de hábito. Isto mesmo digo a Desdêmona.

Poderia dizer ainda: *vamos para o quarto* — afinal estou pagando, o código da casa me garante este e outros direitos. Mas digo:

— Vamos lá para fora. Está sufocante.

Se a idéia parece estranha, é porque tudo aqui parece estranho, a começar por nós dois assim fazendo de desconhecidos — e com essa caftina ainda no meio. Depois, estou sufocando mesmo, há vinte anos que estou sufocando e só agora me dou conta: respirando este ar infecto e todos os ares infectos, dia e noite, noite e dia, como um morto que respirasse e se respirasse. Infecto não o ar propriamente, mas os que o respiram, assim como eu e todos os filhos-família e pais de família aqui presentes, gente direita e gente da direita, sem nunca ter passado pela cadeia ou pelo manicômio — honestíssimos e respeitadores sempre que preciso, e quase nunca é preciso.

Representamos a falsa casta dos castos, não exatamente nós, mas as nossas castas mulheres, e mães, e filhas, e noivas — todas donzelas até o dia em que o deixam de ser, algumas mesmo até a morte e enquanto a putrefação não lhes vem roubar a donzelice e o resto. Se ainda houvesse alguma dúvida sobre o sexo dos anjos, esses anjos ou aspirantes a anjos se encarregariam de desfazê-la, eles que vivem a pensar no sexo o tempo todo e o tempo todo vivem a renegá-lo. Mães, mulheres, filhas e noivas — tão cheias de pudor que só de pensar nelas me vem este asco, mais esta sufocação que me trazem estes seus representantes aqui presentes, eu entre eles, gargalhando ou não gargalhando, copulando ou não copulando, com o ar mais sórdido e inocente deste mundo. Só não os chamo de filhos da puta porque não o merecem: o que são mesmo é filhos de Deus, e parecem até tirar orgulho disso.

Os olhos de Desdêmona se levantam e se encaminham para a porta; se eu os estivesse levando para um matadouro agiriam desta mesma forma, sem uma pergunta, sem uma hesitação sequer. Que a tanto os habituou a vida, e por isso a chamam de mulher de vida.

Este ar súbito da noite — de tão puro me surpreende. Como se eu estivesse saindo de um pesadelo, e estou.

Daqui se vê quase toda a cidade, a esta hora já adormecida e como se estivesse morta: apenas, a distância, esse homem que vem ou que se vai, os passos estranhamente ressoando assim tão perto. Ou é a bebida que me dá esta acuidade assim tão imensa, agora sentindo toda a imensidão dos céus sobre a minha cabeça.

Desdêmona me olha com curiosidade pela primeira vez: está ao meu lado, recostada ao balaústre onde antigamente afixavam o cartaz do filme em exibição: *Hoje — Norma Talmadge*. Nessa semi-escuridão, longe daqueles lustres infames, parece enfim mais ela mesma, ou ela criança fazendo uma de suas imitações de gente grande — sempre sem muito jeito, como se nunca houvesse visto uma prostituta pela frente.

— Está se sentindo melhor?

— Um pouco. Mas prefiro caminhar um pouco por aqui, com você.

— Venha.

VIII

Nesta praça antes havia um jardim com altas palmeiras: ou fomos nós que crescemos ou elas foram plantadas recentemente, e quase lhes podemos tocar as copas com os dedos. Não devemos ter crescido tanto assim.

— Ainda não sei o seu nome.

— Dorothy. Pode me chamar de Dote.

Dorothy. Seria cômico se fosse mesmo Dorothy e se tudo não passasse de um grande equívoco, meu e de Evaristo, e sobretudo do velho Miguel, sempre bêbedo e caindo pelas portas. Mas se o jardim já é outro, esses olhos, mesmo dentro desse corpo e assim pintados de infortúnio, são os mesmos — e ainda que estivesse cego eu os perceberia assim me fitando próximos e distantes, como vindos da infância.

Aqui nesse coreto, nos dias de festa, tocava sempre a banda da Força Pública, os dólmãs de um vermelho berrante que ainda me fere a vista.

— Sabe por que a chamei para vir comigo?

Explico que é porque não conheço ninguém na cidade e me sentia profundamente só esta noite — o que, sendo uma mentira, é também uma verdade, hoje ou sempre, aqui ou em qualquer outro lugar do mundo. Os que não morreram, do meu tempo, fazem papel de mortos, vestem-se como vivos, mas já não enganam a ninguém, e a mim muito menos — e se ainda os cumprimento é apenas por superstição, como se se tira o chapéu diante de um carro fúnebre.

Quanto à solidão, basta lhe dizer — *Dote*, não? — que até escritor eu virei para poder conversar comigo mesmo sem dar muito na vista, e sem que me tomem por um doido varrido como acontece com muitos que eu conheço. Escrevo romances — você sabe o que é isto, não? — com personagens e situações de toda espécie, como se fossem vivas ou acontecessem mesmo junto de mim, tanto que estou sempre presente e me chamo sempre de *eu mesmo*. Não fosse isso, não fosse essa gente que crio ao meu redor para me fazer companhia, não sei o que seria de mim; aliás, uma vez já estive por um triz, com um revólver apontado para a barriga — logo para a barriga, imagine você. Mas estou falando de coisas que não interessam, ou que já não me interessam; fale agora um pouco de você.

— Preciso voltar. Nem ao menos avisei a dona da...

A dona da... amanhã estará lá mesmo, e eu já estarei longe. Não tenho esse direito, mas gostaria de que você ficasse comigo pelo menos mais um pouco. Aqui ninguém é dono de ninguém, fazemos o que bem entendemos com o nosso corpo, ele não tem nenhum preço e nem eu quero lhe comprar o seu por nenhum dinheiro deste mundo. Depois a levarei de volta, daqui a pouco; mesmo porque a noite está belíssima e não é sempre que se tem uma noite assim belíssima para fazer a gente esquecer que é infeliz, como você e eu estamos fazendo.

Descendo esta ladeira, é um pulo até o centro da cidade — e não há nada mais impressionante do que o coração de uma cidade pulsando só para a gente, assim de madrugada. Parece até que já escrevi isto num livro, nem me lembro a propósito do quê.

Nesta ladeira, Dorothy ou Dote, mas isto eu não lhe digo, eu morei depois que você desapareceu da minha vista e não da minha vida — ali justamente onde há aquele portão, que pode não ser o mesmo portão, mas para mim é o mesmo. Nem a casa já é a mesma, hoje constroem-se edifícios e não casas, todo mundo entra pela mesma porta e lá dentro ninguém se conhece. Naquele tempo eu era o dono da ladeira e do mundo, ainda carregava um mundo de ilusões dentro de mim — nem sonhava ainda em ser um dia escritor, o que significava que era um sujeito feliz, ou pelo menos quase isso. Este calçamento, a menos que me engane, ainda é o mesmo de antigamente — ainda posso sentir as minhas pegadas e até ouvir os meus passos dentro dele.

Mas agora fale um pouco de você.

IX

Esta ponte. No meu tempo não havia esta ponte, nem o rio passava exatamente por aqui.

Daqui, não fosse de noite, quase se podia avistar lá ao longe, onde existe aquela curva, o lugar onde eu e uns meninos, e umas meninas, tomávamos banho juntos no rio, como se fôssemos uma família só — e éramos uma família só. Apenas consigo me lembrar de Helena e de Desdêmona, embora houvesse também uma outra, ou pelo menos houve durante alguns tempos, como também houve Donatello, o que a morte levou ainda menino — o mais feliz de nós todos pelo visto, pois nunca mais voltou para se queixar de coisa alguma.

— Você sabe. Desdêmona...

O espanto, mais do que isso: o pavor — nos olhos enormes, pintados como se fossem entrar num palco ou num picadeiro.

— Por que você disse Desdêmona?!

Não foi nada. Foi uma pequena que eu conheci há muitos e muitos anos, numa cidade distante onde vivi, já nem me lembro exatamente onde.

— Por que disse Desdêmona?

Os olhos de Desdêmona põem-se a fitar-me com angústia — ainda maiores, enormes, como se eu acabasse de desnudá-la em plena rua, e não só desnudá-la como tirar-lhe toda essa espessa camada de pintura, e a pele e até os ossos, deixando-a apenas com as suas entranhas à mostra.

— Como você sabe o meu nome?

Inútil querer recuar; nem eu tenho nenhum interesse nisso: nenhum. A ponte, o rio, desobrigaram-me, de repente, de tudo que não seja eu mesmo, o meu passado, o nosso passado. Não é apenas ela que está nua agora: eu também estou — e sinto até este frio percorrendo-me a espinha até a raiz do cérebro, até a alma, quase me roubando a voz.

— Bem; havia um menino, Desdêmona, que brincava com você e os outros meninos na beira do rio, entre as velhas mangueiras do quintal: um menino feio, sardento, sem graça, e até um pouco gago e que nunca mais conseguiu esquecê-la...

— Você era o Dalton...

— Eu *sou* o Dalton.

As águas do rio deslizando lentas sob os nossos pés — em silêncio, como estamos agora eu e Desdêmona — os três cúmplices novamente reunidos, não mais nesta noite, mas neste dia cheio de sol, as vozes de Heraldo e Helena e Evaristo chegando-nos de entre as árvores, do cercado onde ficavam os bichos reais e os irreais: a nossa Arca de Noé.

Os ombros de Desdêmona, como os de uma menina, neste choro convulso, desamparado — e eu sem coragem de estender-lhe a mão, sem forças para dizer-lhe ao menos *Meu Amor*, tocá-la com os dedos, mostrar-lhe que as minhas lágrimas por dentro são mais quentes e profundas do que as suas: que as venho chorando sem chorar todo esse tempo, desde aquele dia em que Evaristo...

Quem passasse por nós, neste instante, jamais poderia imaginar se tratasse de duas crianças chorando toda esta caudal deste rio — em silêncio como ele e como ele vindo de longe, rumo ao desconhecido desta noite e de todas as noites que hão de vir e virão até a Noite Final, que nos dará de novo a inocência perdida e nunca perdida. Felizmente que a rua está deserta, com apenas os faróis apagados daquele automóvel fitando-nos sem compreender, fitando-nos e ainda fitando-nos, como se tentassem em vão penetrar o mistério do sofrimento humano, da solidão humana, de tudo que faz do homem a mais vulnerável das criaturas, justamente porque a mais capaz da maior grandeza e da maior miséria.

O rosto de Desdêmona: a sua verdadeira face. Já não chora mais, apenas fita o rio na direção das águas onde nos banhávamos e nos banharemos sempre, enquanto restar, e há de restar, esta memória feita mais de sonhos que de horas e minutos — esse nosso passado e que não passará nunca. A imaginação que eu ponho nos meus livros de nada me vale agora, faltam-me as palavras e os gestos, tento em vão estender-lhe um lenço para lembrar-lhe a minha presença, dizer-lhe, sem dizer, que nem tudo está perdido, que ainda somos nós dois e sobretudo ela é ela mesma, Desdêmona e não Dorothy, e não Dote, apesar das aparências e que não passam de aparências.

Na torre da matriz o velho relógio, o mesmo de nosso tempo, bate uma vez e depois outra vez, como se confirmasse o que não digo e que estou dizendo, ele que também nos acompanhou até aqui e nos acompanhará até o fim dos tempos, o mesmo e sempre o mesmo.

Esse caminhão de carga cheio de luzes, que desponta, barulhento, na esquina do mercado, faz com que de repente voltemos à realidade. E quando passa por nós, lentamente — sem que eu saiba muito bem de quem partiu o gesto, se meu ou se dela, ou se de nós dois ao mesmo tempo — tenho entre as minhas, lívida, a mão de Desdêmona.

X

Avenida da saudade: um nome tão bonito, e leva apenas ao cemitério. O destino das coisas belas.

O motorista não deve estar entendendo nada de nada. Uma noite como esta, e esses dois tipos, uma puta ainda por cima, rodando sem rumo pela cidade deserta, e sem trocar palavra como se nem ao menos se conhecessem. Só podem estar bêbedos.

Nunca estivemos mais lúcidos, eu pelo menos — e se não estamos conversando é porque justamente não precisamos de palavras para conversar, e nossas mãos assim juntas dizem mais do que tudo. É rodar e rodar que para isso e não para dar explicações, para nos dar explicações, foi que entramos neste táxi desconjuntado, e que já devia estar fazendo companhia àqueles mortos agora ali dormindo do outro lado do muro. — Lá estão meus pais e alguns dos meus irmãos, esquecidos de tudo e logo esquecidos de todos, com o seu silêncio sábio igual a este meu, a este nosso, ou a qualquer outro silêncio. Boa-noite, boa eternidade para vocês — e até a vista!, que agora estou vivendo, recomeçando a viver, e não tenho a mínima vontade de lhes fazer companhia.

O colégio onde estudei e onde não aprendi nada. Nem eles tinham lá o que me ensinar, os pobres coitados, fechados lá dentro como num túmulo: só agora estou vendo o quanto a coisa se parece mesmo com um mausoléu. Como é possível que se confie um filho a uns eunucos desses, que a pretexto de religião só usam o sexo para urinar ou para ter maus pensamentos, e vêem numa criança não uma criança mas o adulto futuro, como se não houvesse Donatellos que morrem cedo ou, mesmo não morrendo, continuam Donatellos a vida inteira, mais puros do que a pureza desses puritanos possa jamais imaginar!

Aqui, antigamente, havia uma casa de loucos; quando vínhamos para as aulas, se havia sol, víamos os loucos tomando sol no grande pátio sem árvores, as cabeças rapadas e rindo-se a propósito de tudo e de nada; às vezes, mesmo sem sol tomavam sol. Hoje desconfio de que se riam, mas era à nossa custa, vendo-nos com os nossos livros e sempre apressados — e teriam carradas e carradas de razão para isso.

(Os dedos, a palma da mão de Desdêmona: assim como se fosse o calor de um ninho, ainda que seja apenas meu esse calor. De qualquer forma esta sensação de um pássaro dentro da minha mão, e sobretudo a de um coração dentro desse pássaro, assim pulsando e pulsando...)

A casa do Seu Amâncio, o que foi a casa do que foi Seu Amâncio. Engraçado: lembro-me do nome e não me lembro da fisionomia — o que prova, afinal de contas, que o nome é muito mais importante do que o rosto e do que o resto. Deus, por exemplo: nunca ninguém lhe viu o rosto e muito menos o resto, e no entanto... Depois da Coca-Cola ainda é o nome mais conhecido.

Este calhambeque até que ainda sabe correr. Não precisa correr tanto assim, meu amigo, meu inimigo; senão ainda acabaremos dando volta em torno de nós mesmos, como fazem os cachorros quando cismam de pegar o próprio rabo. A mim não me interessa apanhar o próprio rabo, nem creio tampouco que lhe interesse; essa maldita mania de correr atrás de tudo, atrás do nada. E até que estou me sentindo feliz hoje, agora, e de um humor que havia muito tempo não me conhecia. Ainda uma hora atrás — não, um pouco mais —, eu seria capaz de matar um homem como se mata uma mosca, ou uma mosca como se mata um homem: nem fiz a barba, com nojo de me ver no espelho. E agora...

Deixe-me ver esse jardim. Este eu conheço bem, já curti não sei quantas paixões momentâneas e impossíveis dentro dele, onde antes ali havia um coreto todo cheio de histórias e que depois removeram, não sei por que, para aquela praça aonde só vão os pobres. Nisso pelo menos os pobres saíram ganhando. Mas nem eu reconheço mais este jardim, nem ele há de me reconhecer: estou vendo até um busto ali de um sujeito que me é inteiramente desconhecido. Passemos adiante.

(Os olhos fechados de Desdêmona. Em que estarão eles pensando, com que estarão sonhando? Que não dormem, eu sei pela sua mão: a mão de quem dorme não fica acordada desse jeito, não tem esse calor diferente que, seja meu ou seja dela, só pode vir de quem está se sentindo feliz com a gente, o que é a melhor prova de que está feliz consigo mesma. Seus olhos estão fechados, mas mesmo assim eu sei que estão abertos, mais abertos do que nunca.)

Eu seria capaz de escrever vinte livros só esta noite, sobre esta cidade e sobre todas as cidades do mundo — mesmo e sobretudo sobre as cidades desconhecidas como esta. Essa história de dizer que o artista só é capaz de criar no infortúnio é uma rematada tolice, ou pelo menos está sendo hoje. Estou de uma felicidade de que me sentia incapaz novamente, e no entanto sei, sinto, que se me sentasse à mesa, agora, seria capaz de escrever toda uma *Ilíada* e toda uma *Odisséia* reunidas — e de uma assentada só. Me conheço e sei quando isso acontece, pode acontecer.

Mas ainda existe mesmo a agência do Chico Dimas? Ou serão os filhos que, depois de o enterrarem como ele enterrou a metade da população, resolveram continuar com o negócio, que realmente é um negócio? A fachada é moderna, os caixões pelo visto parecem que também são outros — nem poderiam ser os mesmos —, mas o melhor mesmo é esquecer o Chico Dimas e toda a sua prestativa família.

Pode continuar andando, e nem precisa me consultar para onde. Já disse que quero passear pura e simplesmente, eu e esta donzela puríssima que tenho aqui ao meu lado — donzela não; menina de seus doze anos, se tanto, como eu mesmo tenho os meus doze e nunca sairei deles, que não sou idiota para me meter a adulto outra vez. Vá rodando e rodando até se cansar, e até depois que se cansar. Eu pago, e pago generosamente, embora a meu ver uma coisa exclua necessariamente a outra; mas isso já é filosofia e das baratas, e também das baratas, e tudo quanto é filosofia hoje eu mando simplesmente à merda.

Isto! — vamos conhecer pela milésima vez o bairro dos ricos, lá onde os ricos fazem novos-ricos com o ar mais entediado deste mundo, com o crucifixo na parede para lhes dar mais ânimo na hora do sacrifício. Chamam o casamento de sacramento, mas o que ele é mesmo é um sacrifício, como existe o sacrifício da missa e outros igualmente piores. A cópula, para esses veados, é um ato sublime e cheio de nove horas — e tenho a ligeira impressão de que suas castíssimas esposas têm o pudor até de abrir as pernas na hora mais competente, para não se parecerem com as operárias e as demais putas do Universo — e já inventaram até algum processo de copular sem se sujar ou desmanchar o penteado — a menos que se trate dos seus amantes, evidentemente.

(Desdêmona abre os olhos mas volta a fechá-los quase imediatamente. Não quer nada com este mundo ou com esta cidade — e minha mão na sua lhe assegura que lhe estou dando inteira razão. Deixe, que eu vejo por nós dois, com nojo, porém com o mais total desprendimento.)

— Pode parar ali, adiante da esquina.

XI

Voltarei para buscá-la — um dia. Não, não tenho pressa. Quem esperou vinte anos pode muito bem esperar mais vinte. Já nem uso relógio para isso.

Estou brincando, claro. Pode ser amanhã, pode ser daqui a uma semana, um mês, dois. Tenho de primeiro ajeitar certas coisas, mandar passear certas gentes; tudo aconteceu tão de repente, você sabe, embora eu já o estivesse esperando há tanto tempo. Sou dono do meu destino, mas convém fazer as coisas com certo jeito para não atrair muito a ira dos deuses — você sabe como essa gente é.

Que você me pertence, como sempre me pertenceu, não tenho

e não tenha dúvida; por isso mesmo é que não tenho pressa nenhuma. Nem seria agora que iria permitir que a chamassem de Dote impunemente, os que fazem tudo impunemente e por isso se julgam honestos e até honestíssimos, e até fazem códigos para provar o que é o bem e o que é o mal. Uns santarrões é o que são; nem sequer uns pobres-diabos — uns pobres deuses.

Para mim você continua sendo a mesma de sempre, como eu continuo a ser o mesmo — e nem teria vindo aqui se eu não tivesse disso absoluta certeza. Nem lhe peço que me espere, que não temos feito outra coisa a vida toda, tanto um quanto o outro, mesmo sem saber ou procurando esquecer.

Não, não vou subir.

Somos duas crianças, hoje. Sempre. Pode parecer ridículo, deve ser mesmo tremendamente ridículo, mas preciso de tempo para habituar-me com a idéia de que, sendo uma criança, você possa também ser uma mulher, a única mulher na minha vida: dentre todas, a única. Daí por que virei buscá-la amanhã, ou dentro de uma semana, ou de um mês, dois.

Hoje, Desdêmona, você é para mim a própria imagem da inocência e da pureza.

VII

Não Furtar

Moacir C. Lopes

I II III IV V VI VII VIII IX X

O Navio Morto

I

É noite e mar apenas nesta viagem sem fim. O cargueiro *Belona* corta, displicente, as águas. Que distâncias o separam do mundo? Para onde o levam as correntes? As máquinas trabalham com lentidão, rumos perdidos. Uma poeira constante desce sobre o mar e o convés, três gaivotas sobrevoam o mastro, e seu grasnado é um dos sons que se misturam aos gemidos que sobem dos porões. Por que o seguem essas gaivotas? De onde vem essa poeira?

Um homem caminha pelo convés. Já percorreu o navio inteiro, porões e corredores, casa das máquinas, tombadilho. Caminha, caminha, observa se aquela poeira não está saindo do mar, tenta espantar as gaivotas, volta ao leme abandonado, gira-o e sente que o navio não obedece ao comando, desce outra vez pelos corredores, passa em frente àquele porão de onde saem gemidos e choro. Porão dos mortos. Quer abrir a porta e recua. Escuta chamarem seu nome. Comissário! Comissário! Segue. Já não vê pessoas caminhando como nas primeiras noites. Os que restam a bordo escondem-se à sua passagem.

Há quantas noites não dorme? Há quantos dias não descansa? Desde que abandonou aquele porto, desde que raptou este navio. Não pode dormir, não tem sono, nem apenas cansaço. É mesmo estranho. Não será igual a todos os homens?

Debruça-se na amurada, contempla as águas escuras, a poeira invadindo o navio. Tem medo. Que destino herdou daquele homem que estava a bordo naquele porto, quando lhe arrebatou este navio? As palavras ainda soam no vento e no grasnar das gaivotas:

— Ao roubar este navio irá com ele meu destino!

Que destino? Começa a acreditar no que estão dizendo a bordo. Começa a temer outras coisas. Que poderes o mantêm de pé num navio onde todos estão morrendo? Dentro de dois ou três dias não restará uma pessoa viva a bordo. Terão todos morrido, todos!

E que navio é este? Não possui uma bandeira no mastro. De que país? Só viu seu nome gravado em alto-relevo na popa, em nenhum lugar mais. Vasculhou na torre de comando e não encontrou qualquer livro de registro. Todo navio tem o livro de bordo com os termos de viagem, as ocorrências, todo navio tem objetos que o identifiquem, este não tem.

Nem compreende por que estava aquele homem sozinho a bordo naquela enseada, como se ele estivesse nos esperando, esperando as pessoas que fugiam da epidemia da cidade. Agora tem em suas mãos essas vidas e não sabe o que fazer com elas. Que destino? Impossível conduzir o navio. É o navio quem nos conduz, mas para onde? Algumas cartas de navegação encontrou na mesa de navegação, do mar de sargaços, das Caraíbas, algumas de costas e arquipélagos do oceano Índico. Não sabe interpretar essas cartas. O leme não obedece. Será que estão enferrujadas as correntes que transmitem o movimento até à casa do leme? Quer mudar de rumo, é preciso mudar, mas não sabe qual tomar. Move o leme no vazio, como se uma força estranha quisesse conduzir o navio. Navegam a quatorze dias, deviam ter atingido algum porto, visto algum pedaço de terra, alguma ilha, ou mesmo cruzado com algum navio. Não há nada. Sim, essa força estranha conduz o *Belona*, e o conduz para lugar nenhum.

As pessoas morrendo. Por que não morre também? Era preferível. Desce outra vez, continua a caminhar. Agora escuta tocar o sino que está preso ao mastro. Quem o estará tocando, se deve tocar apenas para marcar as horas? E de noite as horas não são anunciadas. É preciso verificar. Chega ao pé do mastro e não encontra ninguém, e o sino continua tocando. Tateia e encontra a extremidade do cabo amarrado à escada de cordas, resolve subir nela até o meio do mastro, pega o sino com a mão, ainda vibra, ainda escuta os sons. Ora, é apenas o jogo do navio que o faz tocar. Ninguém o está tocando. Recolhe o cabo e com ele prende o badalo. Desce, caminha ao lado da amurada e continua escutando os gemidos que saem daquele porão, mais parecem sair do fundo das águas, das pessoas que já morreram nesses quatorze dias e foram jogadas ao mar. É tudo esquisito a bordo deste navio, como nunca viu igual em dez anos de marinheiro, comissário de alguns navios. Conhece de cor a maioria dos navios de qualquer nacionalidade que trafegam por esses mares, e nunca viu ou ouviu falar no nome *Belona*, este, nunca ouviu alguém referir-se a ele. E, de repente, surge naquela enseada, como se esperasse embarcarmos. E aquele homem a bordo...

Também não conhecia aquela cidade.

II

Seu navio chegara no porto para abastecer-se de mantimentos e de óleo; foi para terra, embebedou-se, dormiu com a mulher, passou da hora, mas era para encontrar ainda seu navio no cais. Devia estar lá e não estava. Os estivadores informaram que largara algumas horas atrás. Voltou para a cidade, outra vez embebedou-se, dormiu com outra mulher, talvez perdera os sentidos num quarto sujo, e ao acordar nem a mulher estava a seu lado. De repente, eram gritos e choros. Aqui, ali na outra casa. Correu pela rua, voltou, dobrou esquinas, atravessou jardins, perdeu-se nas ruas estreitas, só ouvia gemidos, deparava com mortos, neles tropeçava. Mendigos?

Outras pessoas corriam. Perguntou a um e a outro, informaram, morria gente, estavam morrendo todos. Correu, correu, veio a noite, mesmos gritos e gemidos, mesmos mortos. Uma epidemia? Então foi por isso que seu navio abandonou o porto antes da hora marcada? Procurou um lugar onde almoçar, tudo fechado, todas as portas cerradas, até das casas, de onde só saíam mortos. Pessoas carregando ao ombro seus mortos. Voltou ao cais, estava deserto, os barcos de pesca abandonados. O que se passava no mundo? Ninguém sabia bem informar, todos fugiam, todos temiam. A cidade era um cemitério. Então, começaram a surgir as carroças badalando velhos sinos e conduzindo dezenas de corpos amontoados para serem jogados em valas recentemente abertas.

Para onde fugir? Nenhum navio no porto. Restaria entrar num daqueles botes e remar, içar as velas. Mas ir para onde? Onde estava? E esse vento soprando e cobrindo a cidade de poeira.

Então viu ao longo da rua a moça correndo na sua direção. Segurou seu braço e ela informou: vinha de longe, fugida do campo, a mesma poeira invadira sua vila, e os que restaram, como ela, procuraram as estradas. Tereza não queria morrer, abraçou-se a ele, mas seus braços não eram proteção.

— Corramos para o mar.

Tropeçaram em mortos e chegaram à praia. Era a mesma deserta noite, alguns barcos abandonados. Mas ao olhar distante avistou as luzes do navio, esse, amarrado à bóia. Os olhos de Tereza eram de medo, e também os seus. Que navio era aquele? O seu não era, via bem pelos contornos.

— Vamos tentar? Deve ter gente a bordo!

Saltou com Tereza para um dos barcos, empunhou os remos, quando ouviram os gritos, pessoas correndo e invadindo os outros barcos. Algumas subiram ao seu barco. Para onde ia? Ali, àquele navio, pediremos abrigo, abandonaremos a cidade. Eles não devem saber ainda da desgraça, senão já teriam abandonado também este porto. Assim remou na frente até o navio, passou pela popa, viu o nome gravado em alto-relevo: *Belona*. De baixo viu o vulto de um homem no convés, um homem apenas. A escada do portaló abaixada. Subiu puxando Tereza pela mão, os outros os acompanharam.

O homem regava uma planta num jarro, próximo ao portaló. Por que regar planta a esta hora da madrugada? Dirigiu-se a ele:

— Senhor, precisamos abandonar este porto. É imediato. Uma epidemia destrói os habitantes.

O homem escutou e apenas meneou a cabeça. Não podia largar, estava tomando conta do navio. E o resto da tripulação? Ninguém, o homem estava sozinho, todos haviam desembarcado, e ele estava esperando-os para largar ferros pela manhã. Mas não podia levá-los. O navio estava lotado, não cabia ninguém mais, apenas seus próprios tripulantes.

— Mas senhor, é preciso que abandonemos a cidade. Talvez nem os tripulantes deste navio regressem. Estão todos morrendo.

O homem acabou de regar a planta e respondeu:

— Regressarão. Todos regressarão.

— Não tenha tanta certeza.

— Regressarão. E ao regressarem partiremos. É melhor voltarem para o lugar de onde vieram.

Todos gritaram atrás de si. Não regressariam, era preciso fugir, e fugir logo, imediatamente. Sim, era preciso, falou para o homem. Olhe essa gente. Todos querem viver.

O homem sorriu.

— Querem viver... querem viver... Mas por que eu cederei este navio que não me pertence? Eu é que pertenço a este navio, minha vida inteira foi transcorrida nele, meu destino está ligado a ele, não posso entregá-lo a mãos estranhas que nem saberão o que fazer com ele.

Segurando a mão de Tereza, adiantou-se:

— Eu sou marinheiro. Fui comissário de outros navios. Tenho de voltar ao mar e salvarei da morte essas pessoas.

— Não posso permitir.

— Então serei obrigado a arrebatar-lhe este navio. Ou irá conosco.

— É impossível acompanhá-los. Estaria desviando o meu destino, seria cúmplice do roubo de meu próprio navio.

— Então desembarcará.

Desembarcará, repetiam as outras pessoas. Desembarquemos depressa esse homem e levante ferros, Comissário. Assuma o comando, foi a grita.

O homem olhou para todos em volta, nada podia fazer contra essa gente desesperada. Assim foi desembarcado para terra. Afastou-se remando no pequeno bote e olhando sempre para trás. De longe ainda gritou, apontando para o Comissário:

— Ao roubar esse navio você está roubando meu destino! E desapareceu na poeira que caía sobre o mar.

Roubando meu destino... roubando meu destino... parece escutar ainda as palavras todas do homem, palavras que o vento parece agora repetir. O vulto do homem parece continuar a bordo, passeando pelo convés, acompanhando-o pelos corredores, a toda hora, onde quer que esteja sente-o atrás de si, volta-se e não o vê. Nem poderia vê-lo, pois ele desembarcou. No entanto, é a coisa mais presente a bordo. E essas mortes, todos morrendo a bordo? Quantos embarcavam? Mais de cem. Agora restarão umas vinte. A epidemia alcançou o navio no terceiro dia de viagem. Estará no vento ou nessa poeira que cai no convés, que cobre o mar? Não entende essa poeira, nunca viu tal coisa. A peste é contagiosa, passa de um para o outro, está no ar. E por que...

— Por que somente eu não a contraio? Eu, o único a bordo que tem contato com os doentes, que recolhe e joga ao mar os mortos? Por que não morro como as demais pessoas?

Abre a porta da cabina e vê a roda do leme girando sozinha. Sozinha... ora, é natural que a roda gire sozinha, mesmo que o movimento não seja transmitido do leme a ela, dela ao leme. Será mesmo? Segura a roda. Que destino conduz este navio?

III

Porão dos mortos, noite sempre, ardem velas nos cantos, gemem gemidos, outra vela ao lado do homem recentemente cadáver; outro, um pescador, grita pelo Comissário. Chamem o Comissário, eu quero água, tenho muita sede. Por que não me matam logo? A febre está me queimando por dentro. Por que aquele homem nos prende neste porão escuro? Ele é ruim, não tem o direito de nos condenar a morrer. Ele nos salvou trazendo-nos para este navio, e agora nos condena a morrer. Moço! Moço! Tire esse morto do meu lado, arraste-o para o canto do compartimento. Senhora, me arranje um de seus cobertores. A mulher se afasta do velho que se contorce, não pode ceder o cobertor, os ossos doem. E o dia não amanhece? Não vai amanhecer outro dia? Há quantos no porão? Quantos já morreram aqui e foram arrastados por ele para serem jogados ao mar? Sua filha está no convés. É a menina Dalva, tão jovem, quisera que ela não morresse, e seu marido. Estarão vivos ainda? Se pudesse olhar para Dalva, só de longe, nem tocaria nela, ficaria até escondida para não ser vista. Por que demora o Comissário? Tem de aplicar ventosas em suas costas, trazer água. Será o fim? Pudera morrer logo para não continuar a sentir tantas dores. Mas é o Comissário quem decide, o navio está em suas mãos, nossa vida está em suas mãos, ele escolhe os que devem morrer e manda-os para este porão. Aqui morreram dezenas, ele decide... ele sempre... ele não contrai a doença, ele não morre como os outros, como nós...

O rapaz ainda está de pé, somente se sentará quando vier a inanição para morrer. Sabe que virá a inanição, então perderá as forças e morrerá logo, mas se manterá de pé até as vésperas da morte. Sente já as dores em todo o corpo, o frio vai tomando conta, a respiração cansa, morrerá daqui a pouco, ou amanhã, nem sabe há quantas noites está no porão, nem quantas vezes ele, o Comissário, veio arrastar mortos. Tosse, geme, as dores aumentam, gemem os outros, aquele velho vomita sangue, morrem, morrem todos que para cá são trazidos. Assim ele quer, assim o Comissário decide, sempre ele em todo canto do navio, não adoece, só ele não morre. Está calmo, olhando para os homens que gemem, para a mulher agasalhada em vários cobertores e ainda tremendo, para a moça que já chorou bastante e agora apenas soluça com a cabeça deitada nas pernas da mulher. A moça não quer morrer, não aceita a morte, mas morrerá, daqui a alguns minutos talvez, soluça porque já não tem forças para tossir, daqui a pouco vomitará sangue como aquele velho e morrerá nas pernas da mulher, assim é com todos, menos com aquele rapaz, o Rômulo, que aqui esteve, que aqui morreu e retornou à vida, ressuscitou, como disseram. Por que os outros não ressuscitam? Por que a epidemia ataca diferente em várias pessoas?

Morreremos todos, não há a quem recorrer. Todos. Todos! Por que choram? Que adianta gritar, como o pescador? O Comissário não virá salvar ninguém, apenas arrastar mortos e deitá-los ao mar, deitar-me ao mar. É ele quem nos condena a morrer aqui. Para que grita, meu caro amigo? Para que lhe dêem água, lhe apliquem ventosas nas costas? Inútil tudo! Morreram milhares na cidade, vocês viram, morreram todos a esta hora, em todas as cidades, no mundo inteiro. É o desprezo de Deus, o escárnio de Deus. O mundo será nesta hora apenas um monturo de gente putrefata. Os homens apodrecem sobre a terra. Não há sepulturas, nem valas. Eu vi na cidade as carretas passando, os corpos eram monturo. A canalha destruída. De algum lugar, talvez desse monturo putrefato, surgirão outros seres, sobre os corpos apodrecidos florescerá outro ciclo de humanidade. É a última noite do mundo, nenhum de nós verá o próximo dia, terminou nosso ciclo. A Fênix renascerá de suas próprias cinzas. De nossas cinzas brotarão outras vidas, do mar surgirão outros seres. Estou cansado... vou deitar-me e morrer também... como vocês...

A mocinha chora nas pernas da mulher. Não quero morrer! O outro torna a gritar. Chama o Comissário! A mulher tenta consolar a mocinha, mas quem a consolará? Tenha calma, menina, talvez você não morra. Talvez lhe aconteça o que aconteceu àquele rapaz, o Rômulo. Ele ressuscitou. Quanto a mim, sei que a vez não tarda. Só queria ver antes minha filha, a Dalva. Outro homem se agita, geme, tosse, a tosse morre por falta de alento, vêm os soluços, soluços, os olhos choram, vômito, a mocinha encolhe os pés para não sujar-se no sangue do homem que morre.

Por que o Comissário demora? Quem é esse homem? Que poderes tem para saber quem morrerá e quem não morrerá? Aponta, olha bem dentro dos olhos e manda trazer a gente para este porão. Ele sabe quem vai morrer, tem nas mãos o destino de todos. Não pára, caminhando pelo navio inteiro, não descansa, não dorme, não se alimenta, como sombra andando pelo navio, estranho como o outro homem que desembarcou...

A mocinha soluça e se cansa ao falar, dói o peito. Ainda ontem eu estava boa, apenas assustada, procurando esconder-me em qualquer canto onde a doença não me achasse, não adiantou. Subi para o refeitório, ele estava no convés, cruzei-me com ele na escada. Está em todo canto, e ainda vem tratar dos moribundos. É o único que entra neste porão. Pedi, implorei que não me mandasse para cá, não atendeu.

O outro trabalhava nas máquinas, na casa do leme, na cozinha, ajudou em tudo por falta de gente, queria colaborar para que o navio continuasse andando, chegar a algum porto, mas ele não reconheceu. Olhou para mim e mandou que me trouxessem. Tinha apenas pequena febre, devia ser do cansaço, trabalhei demais, mas, de repente, me condena a morrer. Quem impulsionará este navio quando todos tiverem morrido? Ele sozinho, ou mãos invisíveis o ajudarão? O rapaz se deita. Agora vem a morrinha, a inanição. Agora é preciso dormir, dormir muito, para sempre. A Fênix renascerá de suas próprias cinzas.

A mocinha se agarra à mulher, o choro longo cortado de soluços. Não quer morrer, não quer morrer. A mulher deita no ferro frio do chão a cabeça da mocinha e arrasta para perto uma das velas que ardem no canto do porão.

Aquele homem torna a chamar o Comissário, e já quase não escutam sua voz.

É aberta a porta do porão.

Dois homens seguram o negro Licurgo, que olha para o interior, vê as velas acesas, a mocinha morta, os dois outros corpos, sente o cheiro de vômito, de sangue e coisas podres, os moribundos deitados, gemidos, choro, soluços. Luta contra os braços que o seguram, desvencilha-se deles e foge. Os dois homens tornam a fechar a porta e gritam pelo negro Licurgo, que desaparece entre os corredores.

IV

Tereza anda em círculo no camarote, chega-se na vigia, olha para fora e só vê a poeira, como névoa, caindo no mar, escuta um grasnar de gaivota, afasta-se. Por que ele demora? Por que não está aqui descansando? Passa as noites caminhando pelo navio, não descansa nunca, não dorme. Por que não permite que eu cuide dele? Por que não se deixa amar? Deitaria com ele todas as noites, mas foge quando me aproximo, alegando que não quer transmitir-me a doença, tem contato permanente com os doentes e mortos. Mas se não contrai a doença!

Rômulo está agachado no meio do camarote e remexe o monte

de roupas e objetos dos mortos, paletós, vestidos, e lembra das pessoas que os vestiram e às quais jogou ao mar, do garoto, aqui estão as calças curtas, a blusa do pescador, as sandálias daquela mulher, o gorro do velho comerciante, a carteira com bastante dinheiro. Tereza passa dez vezes à sua frente e torna a resmungar. Por que ele demora? Responde pela décima vez: está no porão, ou já não está lá e sim percorrendo o navio, fazendo um levantamento das pessoas que restam a bordo, vendo o mantimento que resta, para quantos dias dará ainda, e o compartimento da água, o óleo. Ou ajudando a procurar o negro Licurgo.

— Quem é Licurgo?

— O negro senegalês que teve uma caída de repente quando trabalhava nas máquinas e conseguiu fugir da porta do porão. É preciso encontrá-lo, antes que contamine o resto das pessoas. A esta hora deve estar morto ou curado.

Morto ou curado? Que alternativa! Tereza não entende. Morto ou curado, sim, é assim esta doença. Só entende o Comissário, só ele sabe o que se passa a bordo deste navio. Tudo estranho. Até aquele negro Licurgo.

— Explique-se, Rômulo.

Explicar o navio ou Licurgo? Licurgo é parecido demais com o outro negro que morreu há quatro dias. Parecido ou o mesmo, não pode dizer. O outro morreu, sabe, foi jogado ao mar, viu-o, ajudou a jogá-lo ao mar, e de repente aparece a bordo o Licurgo, trabalhando nas máquinas. É a mesma pessoa, não há diferença, é a mesma. Pudera entender. Procurou o Comissário, disse, repetiu a explicação, assegurou que era a mesma pessoa, e o Comissário disse que não era. Podia ter estranhado, duvidado de que Licurgo fosse o outro que morreu, mas apenas assegurou que não era. Ele sabe o que se passa a bordo.

Suspende à frente do rosto o vestido da mocinha que morreu e lembra que há pouco estava no refeitório e viu outra moça parecida, aquela que estava com o pai. São tão parecidas. Tem certeza de que a outra morreu. Morto ou curado, sim. É assim a doença. Só ele sabe. Assim aconteceu comigo. Por que ele me escolheu? Até quando suportará? Tereza torna a caminhar. Até quando ele suportaria? Tereza pergunta o que lhe aconteceu de verdade, isso que andam dizendo que ressuscitou.

— Sim, foi um milagre.

Não gosta de lembrar. Ressuscitou? Nem sabe se continua vivo. Na verdade sente-se outra pessoa, como o caso de Licurgo, da menina Dalva.

— Por que estou vivo, não sei. Sinto às vezes que todos já morreram a bordo deste navio, menos ele.

Caminha apalpando o navio. Navega, navega, quase não sai do mesmo lugar, o vento soprando, a poeira, as gaivotas seguindo-o, a ferrugem corroendo-o, não se sabe como apareceu, apenas aquele homem a bordo...

— Que milagre lhe aconteceu?

Às vezes uma pessoa contrai a doença e não sabe. De repente, começa a sentir as dores e morre em seguida. Outros permanecem sofrendo por dias. E há casos estranhos de alguns que contraem a doença e a única coisa que sentem é um estado de erotismo que não pode ser reprimido; assim tem acontecido com várias pessoas, do estado de erotismo à loucura, à morte. Outras caem em prostração, ficam sentindo dores e febre, e, antes de morrer, a febre e as dores passam, a pessoa se levanta e então é que sente a estranha sensação erótica, a bestialidade. Assisti a casos assim. No entanto, esse estado pode não perdurar por uma hora, a pessoa perde as forças e morre logo. Por isso algumas pessoas não acreditam estarem doentes quando o Comissário afirma e manda isolá-las no porão para não contagiar os outros. É por isso que fogem dele.

— É assim? E o milagre?

— Preferia estar morto como os outros.

Sentiu todas as dores da morte, a febre, a sede, até as lágrimas eram uma maneira de gemer; deitou-se no chão.

— Então morri, Tereza.

As dores passaram, sentiu o corpo frio, passou febre, sede. No entanto, ouvia tudo o que falavam em volta. Sabia que estava morto, e por que sabia? Por que raciocinava e ouvia? Fazia força para mover-se e não conseguia mover os olhos, uma perna, um dedo sequer da mão. Gritava por dentro. Se movesse uma pestana alguém veria, tinha essa esperança. A vela ardia a seu lado e escutava as falas dos que o rodeavam, pedindo que retirassem seu corpo. Foi quando ele entrou e arrastou-o para fora, mandou que envolvessem seu corpo em tábuas para jogarem ao mar. Veio a idéia de morrer outra vez, agora afogado, descendo, engolindo água, até morrer no fundo do mar. Viu-se atado às tábuas, dos pés ao pescoço, escutou chamarem o Comissário para autorizar soltarem seu corpo pela amurada. Outras pessoas foram chegando, rodeavam, cochichavam, a morte era ainda novidade a bordo. Escutou as passadas do Comissário, que chegou perto, descobriu o lençol, abriu seus dois olhos com as pontas dos dedos e disse: — Mas esse rapaz está vivo!

— Nem eu acreditei, Tereza. Achava que a morte era assim mesmo, a gente morria no corpo e morria outra vez. Agora... passado aquele momento, pergunto: estou vivo mesmo?

— Que pergunta tola!

Não é tola. Tudo leva a crer que este navio está atravessando um lugar de mortos, que todos estamos mortos, numa viagem sem fim. Seria a pior das mortes.

— E há outro aspecto que nem sei dizer... como eu me sentir aqui e não me sentir aqui, como estar vendo você e não estar vendo.

Levanta-se, Tereza recua assustada, senta-se na borda da cama.

— Deixe-me tocar em sua mão. De onde você veio, Tereza? Quem lhe trouxe para este navio?

— Não sei... sabia que haveria uma salvação. Corri pela estrada, nem sabia para onde me levava aquela estrada.

— Viu uma poeira soprada em sua vila.

— Sim, uma poeira...

— Como a que está invadindo este navio...

— Sim, igual. Que quer dizer, Rômulo? Tenho medo.

— Medo da morte?

— Nem chego a pensar na minha morte. Meu medo é do imprevisível. O mesmo que se sente num quarto escuro sabendo que o quarto está fechado e vazio.

— Quem sabe se não estamos agora num quarto escuro, Tereza? Imaginamos que num quarto escuro existem seres desconhecidos pairando no ar, e tememos esses seres. Agora você está me vendo, mas poderia garantir que não estamos rodeados de outros seres, mais vivos que nós, mais reais, multidão de criaturas que são realmente vivas e só nós dois somos os mortos?

— Mas é dia claro!

— É claro neste momento, há um reflexo de luz, mas podemos estar no escuro, e esse reflexo de luz em nossos olhos ser apenas um instante de lucidez. Tereza... talvez não existamos neste momento, talvez este navio não exista...

— Você está louco!

— Quem garantirá a você que estou vivo? Quem garantirá que não morri várias vezes? E o Comissário... esse... você o conhecia antes de embarcar?

— Não.

— Se você percorresse este navio como eu, visse as coisas que vi, teria medo como eu.

Sim, o amor são dois olhos diferentes. Tem olhos de amante para ele, quando o vê, quando o toca. Por isso não teme, não quer crer no que dizem dele. Nem importa morrer. Rômulo é diferente, assustado como as demais criaturas de bordo.

— Tereza.

— Sim...

— Eu sou outra pessoa desde o momento em que ele abriu meus olhos com os dedos.

— Você está louco.

— Eu sei. Ele sabe. Olhei-me no espelho, eu sou outra pessoa. Meu rosto é igual mas há algo em minha expressão que me faz sentir outra pessoa. Esse é meu medo, Tereza. Já não me lembro de onde vim, como vim parar neste navio. Tudo o que lembro são os compartimentos e corredores deste navio, como se tivesse nascido dessa poeira que invade o navio e cai no mar. E o mesmo que sinto dos outros, deu-se o mesmo com o negro Licurgo, com a menina Dalva. Eu sou outra pessoa. Ele sabe também!

V

Menina Dalva no beliche, braços abertos, um riso no canto da boca, olha pela vigia a poeira cobrindo o mar, escuta as gaivotas. Em pouco se levantará quando não sentir mais essa moleza. Espera que passe logo, e o calor, a morrinha vai aumentando, mas passará, sairá caminhando pelo navio e conhecerá outros homens. De repente, descobriu tudo diferente. Jamais havia passado pela cabeça deitar-se com um homem, ser violentada e violentar um homem, enterrar as unhas nas costas e chorar quando a boca do homem negro reprimiu seus gritos, que foi melhor assim, os soluços ficaram no peito, e quanto mais as mãos negras do homem negro apertavam seus seios, mais estremecia o corpo. Era fúria o homem negro, e febre, talvez a morte, necessitava de seu corpo menino e branco para morrer, e quando a boca de lábios vermelhos e grossos se abriu para morder seus seios, ainda segurou a cabeça do homem para melhor sentir, e teve de limpar a saliva grossa.

O homem negro nem pediu. Passava pelo corredor, as pisadas incertas, eram medo, corria e estancava. Abriria a porta? O pai saíra e recomendara não abri-la. Há horas, rolava na cama. Levantou-se, abriu a vigia para o vento penetrar no compartimento, fazia calor, tornou a deitar-se. Aumentava o calor e, lá fora, os passos, depois outros, como se duas pessoas se encontrassem no corredor e ambas procurassem fugir. Rolou no beliche e veio-lhe a vontade súbita de abrir a porta e sair também correndo. Em busca de quê? Correr para quê? Era febre o que havia em seu corpo. E a vontade mesmo de correr, caminhar no convés. Os passos e em seguida um gemido. Vontade de ser envolvida como a Glória, que andava possuindo os homens de bordo. Escutou Glória dizer que não iria deitar-se com um certo homem porque estava cansada. Era só ela para dar conta de tanto homem e pareciam todos loucos, todos loucos e uma sede doida por Glória, mas Glória estava cansada, sem dormir dia e noite. Bem que gostava, e ainda contava vantagem. Agora tem vontade de ser igual a ela, ser possuída por muitos homens. Assim auxiliaria Glória. Imagine deparar com um homem assim, despida. Imagine quando o primeiro homem apalpar seu ventre...

Saltou do beliche e abriu a porta, apareceu o rosto do homem negro que quase a assusta. Grande e negro o homem, olhos de pavor quando a viu. Quis correr. Sorriu-lhe. Que mais podia fazer, se o riso era parte da tremedeira do corpo? E ao sorrir desejou o homem negro, mandou-o entrar e permitiu ser beijada, até ser machucada nos ombros, as mãos pareciam ganchos. O homem tinha a mesma ânsia, só lhe faltava coragem. Foi preciso deitar-se no beliche e pedir ao homem. Já era mulher, há mais de um ano que era mulher e queria repartir com Glória o trabalho dos homens. Então o negro violentou todas as partes de seu corpo, muitas vezes deixou seu ventre úmido de macheza, e teve algumas vezes que enxugar nos seios a saliva grossa que a boca vermelha do homem desprendia.

Assim ele cansou, e assim morreu.

Não bastava. Agora, deitada e olhando o teto do compartimento, a porta aberta, espera que outros homens entrem. Mas a ânsia vai passando, transforma-se num cansaço. Queria ajudar Glória! É preciso levantar-se e falar para ela, mas o calor aumenta, o sangue bate com força no peito e nas têmporas, e não é igual ao que sentiu há pouco. Uma tremedeira diferente, o ventre começa também a doer. Glória não sente dores no ventre, nas pernas, nos braços. Os homens não morrem no corpo de Glória. Vontade agora de dormir, e as dores não passam, aumentam, e ela tem sede.

Outra vez passos no corredor, serão outros homens, repartirá com Glória. E gritos. Onde estão suas vestes? Pai entrará e saberá de tudo. Que importa? Estão todos dizendo que vamos morrer. Morreremos todos e seremos jogados ao mar. Assim falou o homem negro, que ninguém escapará. Ele, aqui emborcado, é testemunha. Então não fez nada de mal.

Uma gaivota grasna, a poeira entra no compartimento.

VI

O homem abre a porta do camarote. Rômulo se ergue assustado e tem ainda nas mãos o gorro do comerciante morto, vai afastando-se, quer fugir do pequeno compartimento, fugir do homem que o olha fixamente e parece nem vê-lo, como se seus olhos o atravessassem, os olhos negros e parados no rosto suado, de barba crescida, cansaço, desesperança. Tereza caminha para o homem, abraça-o, enxuga-lhe o suor do rosto com as mãos.

— Rômulo!

— Eu ia saindo...

— O leme está abandonado, o mar de través, veja se ele obedece ao seu comando. Antes percorra o navio e chame cá as pessoas que restam a bordo, veja quanto temos de mantimentos, para quantos dias temos raio de ação. E encontre Licurgo, que todos o busquem, antes de contaminar a todos.

Rômulo sai. Tereza pede ao homem para deitar-se um pouco. Buscará alimento na cozinha, fará um chá, é preciso que se alimente, que descanse, descontraia-se, sorria. Ninguém resiste quatorze dias sem dormir, sem alimentar-se.

— Como uma sombra, Tereza! O corpo até dormente.

Ela podia fazer-lhe a barba, trocar sua roupa, velar seu descanso, ligar sua vida à dele, participar de seus sofrimentos, assim ambos sofreriam menos. Mas o homem se afasta, vai até a mesa onde há estendida uma carta. Examina-a, segura o compasso, mede a escala de longitudes. Estará o navio neste ponto do mar? Que lugar é este? Para onde navegam? As máquinas trabalham, lentamente mas trabalham. E é inútil, se o leme não obedece ao comando. Então, como aquele homem comandava este navio? De que forma? Teria danificado de propósito a transmissão do leme? Tereza acaricia seus cabelos.

— O navio está à garra, não sei por quanto tempo. É preciso verificar a transmissão do leme e terei de trabalhar sozinho, levarei dias até que examine desde a roda do leme até a casa do leme. Talvez alguma cruzeta nas junções das espigas, ou as correntes estão enferrujadas. O transmissor e o receptor de rádio não funcionam, perdemos contato com a vida. Alimentos escasseando, a água, o combustível, todos morrendo, todos!

Segura as mãos de Tereza.

— Quantas pessoas restarão amanhã? Tereza, não se afaste deste camarote. Rômulo lhe trará alimento, não se afaste! Venho do porão dos mortos.

Ergue para ela os olhos cansados, deixa escapar um grito. Tereza recua, pela primeira vez o teme.

— O que houve?

É a condenação? É desse olhar que todos fogem a bordo.

— É verdade? Vou morrer também?

O homem volta-lhe as costas. Não pode responder. Era preciso ser Deus! É o fim de tudo? Por que não morre também, morrer como todos, ser igual a todos? Tem morrido muitas vezes, em cada um que morre, sofre as mesmas dores e sabe que tudo se repetirá. Até Tereza. O fim de tudo, o navio perdido. Até quando continuará vivo, sozinho neste navio errante?

Volta-se, caminha para ela e abraça-a e beija demoradamente sua boca. É preciso contrair a doença, é necessário que morra com ela como todos morreram.

Tereza retribui o beijo longo, e lágrimas escorrem dos olhos. É como as outras pessoas, irá também para o porão dos mortos. Assim, lamentando a condição do homem, chora e acaricia seus cabelos.

— Na minha vila costumava tratar das plantas, cada manhã nascia uma planta, abria-se uma flor, a cada uma que morria duas ou três nasciam. Assim no cemitério da vila, a cada pessoa que morria, duas outras nasciam, de meninas como eu, de meninos que me beijaram. De repente, começaram a morrer e nenhuma nascia, a peste devorando, até as plantas. Saí correndo pela estrada. Não esperava chegar a lugar nenhum, talvez aonde chegasse não houvesse meninos e meninas, fossem todos velhos. Eu queria apenas viver. A bordo deste navio senti a vida, com você... por pouco tempo.

O homem carrega Tereza nos braços e deita-a na cama, cobre seu corpo e torna a beijar seus lábios, profundamente, demoradamente, como a querer extrair pela boca sua doença, extrair a sua morte.

Tereza aspirou seu hálito, desfaleceu com o gosto de sua boca.

O homem ergueu-se e caminhou de cabeça e braços caídos para o tombadilho.

VII

Menina Dalva, o pai a arrastou por corredores e convés. Estava assustado o velho. Licurgo morto no compartimento. Rômulo, o pescoço quebrado, foi ele, o negro, a luta. Até Rômulo! O velho gritava. Vê a desgraça que ronda este navio? Até minha filha! Veja o que fizeram à minha filha. Aquele negro. Logo um negro, e aquele, escapado do maldito porão. Que nos resta agora? A menina era um riso no canto da boca. Ele nem pediu, meu pai, eu é que quis. Vamos morrer todos, que mal faz isso? Daqui a pouco meu vestido estará naquele monte ali, como o de mamãe. Ele falou que nós vamos morrer. É verdade, não é, papai? Não vai escapar ninguém? Então, o que importa agora o que eu tenha feito? Apanhou o vestido rosa que se destacava entre os outros objetos. Aqui está mamãe. O meu virá daqui a pouco.

O velho já não tinha medo. Aproximou-se. Você é um feiticeiro! Por que não morre como nós? Espera salvar-se e ficar sozinho neste navio? Um feiticeiro conduzindo um navio. As máquinas trabalham sozinhas, sem ninguém tocá-las. E quem está girando a roda do leme? Quem conduz o navio para você? Mãos invisíveis! Mas para onde o levam? Você deve saber. Nós queremos viver, chegar a algum ponto da terra, apalpar a vida com as mãos.

Pudera saber! Julgam que não sofre, todos fogem à sua passagem, gemidos de todos os cantos. Mandou abrir a porta do porão dos mortos. É inútil, tudo inútil agora, a epidemia alastrou-se, talvez nem seja transmitida, ela vem no ar, está nessa poeira. Os mantimentos acabaram, a água está no fim. Não há mais óleo, nem compreende por que as máquinas continuam trabalhando sem combustível. As gaivotas sobrevoando acima do mastro, grasnando, grasnando, um agouro. Um agouro! E a poeira cobrindo o navio inteiro.

Volta ao camarote, ajoelha-se ao lado da cama, torna a beijar Tereza, demoradamente, os lábios colados por muito tempo, não sente mais sua respiração. Tereza está morta? Tereza! Tereza! Sacode seu corpo. Estará viva ou morta? Por que não sabe agora? Abre os olhos dela com a ponta dos dedos, mas já não possui a faculdade de saber.

Arria a cabeça sobre seus seios e chora. O homem chora e murmura:

— É preciso que eu morra! É preciso morrer!

VIII

O homem caminha ao longo do navio. De algum lugar chega um pranto de mulher que pede aos céus. Deus abandonou o mundo, escarnece dele, e o mundo se desintegra. A quem pedir? Nem mais a complacência de Deus, não há mais Deus, apenas fim das coisas. Escuta as passadas no corredor, estende as mãos, o gesto morre, e as pernas do homem passam, lentamente, vão ao extremo do corredor, sobem escadas, descem escadas, caminham, caminham.

O menino corre gritando, tem uma bola de borracha nos braços, procura a menina para entregar-lhe a bola, foge das adriças silvando ao sopro do vento, espanta-se, recua, o navio tomba, as ondas quebram na proa, entra água pelos escovéns e jorra no convés, estende-se, represada. O menino corre, abre uma porta, olha para baixo, um homem debruçado num balaústre, morto. Ninguém responde a seus gritos, só o eco, e o barulho das bielas do motor, subindo e descendo lentamente. Quem movimenta as máquinas? As bielas parecem mãos querendo agarrar alguma coisa, mas descem e sobem vazias, arrastando barulho. Corre ao refeitório, outro corpo de homem; volta ao camarote, vazio. Torna a gritar:

— Tem alguém neste navio?

Segue o corredor comprido e escuro. Aqui e ali uma luz fraca, quase se apagando. Chora e corre segurando a bola. Outra escada, agora tem medo de descer. Cansou, não tem mais forças para correr ou gritar. Senta-se sobre o rolo de cabos, e a bola escapole de suas mãos, sai rolando pelo convés, bate na borda quando o navio joga, volta à antepara no contrajogo, e assim fica entre a borda e a antepara. Agora quer dormir, cansado, não procurará, não fugirá mais, o navio é deserto. Fecha os olhos mas escuta as passadas. Alguém ainda está vivo e caminhando pelo navio, distingue os passos. Quer abrir os olhos e sente um peso nas pálpebras. Consegue abri-los um pouco, vê as pernas do homem se aproximando, precisa correr, fugir, é ele, o que matou seus pais e todas as pessoas do navio, a garota com quem brincava, só ele caminha dia e noite, assustando os outros. São as pernas dele, as passadas lentas dele.

O garoto ainda grita quando o homem passa.

IX

O homem caminha. Vê o garoto emborcado sobre o rolo de cabos, examina seu rosto e resolve deitá-lo ao comprido, morrerá em pouco tempo, é o único sobrevivente. Segue agarrando-se à amurada, não enxergou o corpo em que tropeça. Pára, ergue ao ombro o cadáver e o deita ao mar. Há muito não faz outra coisa senão jogar ao mar os corpos que restam a bordo, em putrefação. É preciso limpar o navio. Levará dias até jogar o último.

E depois?

Andando da proa à popa, subindo e descendo escadas, atravessando corredores e visitando porões, escutando os próprios passos.

Não suportará. É preciso morrer. Morrer! Que destino terá de agora em diante? Jamais encontrará um porto. E essa poeira, o que representa ela? Terão sido mesmo vinte dias que se passaram desde que abandonaram aquela cidade, ou se passaram vinte anos? Ou duzentos anos? O navio parece decompor-se depressa. A cada vez que passa por um lugar encontra as peças mais enferrujadas.

O que fazia aquele homem a bordo deste navio? A sentença repete-se ainda, parece escutá-la agora.

Com o navio, você rouba também o meu destino!

Vagar por mares o resto dos tempos? Não morrer nunca? Aquele homem parece continuar a bordo, sim, ele está a bordo, sente-o atrás de si por todo canto, sempre, girando a roda do leme, movendo as máquinas. Que destino lhe herdou? Ao apoderar-se do navio assumiu a vida do navio, é natural. O navio tem vida própria, assumiu a responsabilidade de sua existência, a existência deste navio ficou ligada à sua, sua vida ligada à dele, é natural, assim compreende. Mas aquele homem! Por que assumir a responsabilidade de seu destino, se desembarcou, se apenas se apoderou de seu navio? E que destino é esse?

O homem grita:

— Que destino?

É preciso morrer! Morrer agora! Poderá enforcar-se. Sim, ali há um rolo de cabos, ali onde o garoto morreu. Aqui... afasta o corpo do garoto, procura a extremidade do cabo, mas sente que se desmancha em suas mãos. Como é possível, se ainda há pouco o garoto estava deitado sobre o rolo, sustentava seu peso? Podre! Na proa existem as correntes, poderá enforcar-se nelas. Corre à proa, segura uma corrente, e a ferrugem vai largando em suas mãos, os elos se partem, quebram-se ao simples toque.

Ah, o mastro, as adriças! Sobe correndo ao passadiço, segura as adriças, quebram-se também. Os brandais podres, as enxárcias podres. Resolve ir seguindo as correntes de transmissão do leme, aqui e ali puxa, partem-se também. Tudo podre neste navio! Desmanchando-se.

Na cozinha há facas e garfos, uma arma qualquer. Busca, abre os armários e nada encontra. Nem no refeitório. Mas os tripulantes usavam talheres, havia facões. Onde estão? Arrebenta um armário com o pé, as portas quebram-se, caem. As toalhas! Onde estão as toalhas? Por que não estão mais aqui? Volta, sobe à torre de comando, nada encontra.

Caminha... caminha... caminha...

Tereza está no camarote, não voltará a vê-la, nem jogará ao mar seu corpo. Talvez se desintegre também como a poeira que invade o navio. Essa poeira está corroendo tudo.

O mar! Resta o mar. Morrer afogado. Aproxima-se da amurada. Afundará em seguida nessas ondas. É rápido. Assim enganará aquele homem. Morrerá como os outros, como todo homem normal. Grita para o ar:

— Eu morrerei, está me escutando? Eu morrerei! Devolvo o seu destino. Venha! Assuma o comando!

Escuta passos, volta-se. É ele? Venha, apareça logo, retome a sua sorte, devolvo-lhe o destino deste navio e o seu. Quero morrer como os outros. Onde está? De onde vêm os passos?

— Venha! Quero esbofeteá-lo!

Escuta o chamado:

— Comissário!

É voz de mulher. É ela! Tereza!

Tereza se aproxima. Corre para ela, abraça-a, beija-lhe a boca, acaricia seus cabelos.

— Você está viva, Tereza!

Tereza o abraça também.

— Não sei. Acordei, procurei você pelo navio inteiro.

Continua a tocar as partes de seu corpo a verificar se ela está realmente viva, não é ilusão, não é loucura.

— Você está viva!

Tereza o olha demoradamente.

— Estou? É você quem pode dizer-me.

— Sim, está viva. Estou vendo, sentindo, pegando você, beijando-a.

Tereza debruça-se na borda.

— E agora? Chegaremos a algum lugar?

O homem responde:

— Sim, chegaremos. Até lá atravessaremos muitos temporais, mas chegaremos a algum lugar.

Caminham abraçados pelo convés. Adiante ela vê o jarro com a planta que aquele homem regava na noite em que embarcaram. A planta está mais viçosa, e nem sequer lembrou-se de regá-la. Mas alguém a regou, para continuar tão viçosa.

— Que planta é essa?

Ela pega nas folhas e acha-as bonitas.

— É um pé de acácia.

Continuam a andar. De repente, o homem vê luzes se aproximando. Um navio, grita. Um navio!

— Olhe, Tereza! É um navio iluminado.

Está bem perto. Podem os marinheiros escutar seus gritos, atracarão a contrabordo e passarão para o outro navio, estarão salvos.

— Vamos, grite também. Grite! Está bem perto. Há marinheiros na proa.

O navio navegava na direção do *Belona*, aproando sua meia-nau. O homem e a mulher gritam, acenam, acenam. Está muito perto, parece que vai abalroar nosso navio. Cuidado, marinheiros. Afaste-se, Comandante! A proa do navio está muito perto. É preciso que eles guinem logo, agora, senão abalroam o *Belona*. E os marinheiros na proa, assustados, sabem também que colidirá conosco, vão chegando mais marinheiros na proa para assistirem ao desastre. Mas eles morrerão se o desastre consumar-se. Por que os marinheiros não se afastam? Por que não mudam de rumo?

— Mudem o rumo! Guinem rápido! Eu não posso fazer nada.

Este navio não obedece ao meu comando. Mudem vocês! Tereza! Tereza! Agarre-se a mim!

A proa do navio iluminado atravessou o *Belona* a meia-nau e emergiu na poeira. O homem e a mulher escutaram ainda os gritos dos marinheiros:

— É um navio morto! Um navio morto!

Como pode ser? Aquele navio atravessou o nosso e nem sentimos qualquer abalo! E os marinheiros na proa...

Só então o homem compreende. Abraça a mulher, olham-se e cai entre os dois um silêncio.

Sobem abraçados para o tombadilho. Ele segura a roda do leme, ela fica olhando a poeira caindo no mar.

VIII

Não Levantar Falso Testemunho

Helena Silveira

I II III IV V VI VII **VIII** IX X

A Terra Cobre Nada

I

A primeira que eu via daquela cor pareceu-me uma grande opala latescente — desculpando-se o barroquismo da imagem. Hoje, designo-as como "as mulheres cor de requeijão fresco". Naturalmente, é que, por esta altura de minha vida, rio-me dos amores e desamores passados. Rio-me, sobretudo, daquela sensibilidade que me deixava à mercê de um certo tipo de mulheres. E ainda hoje indago, e ainda hoje pergunto: — Por que, meu Deus!? Por quê?!

A distância, ponho-me sardônico, corrompo mesmo minhas memórias, posso destorcer, atirar para o ridículo como os caricaturistas, ou deformar ou misturar esdruxulamente, como os surrealistas... Mas, naqueles tempos, eu era um danado de amor.

Sim, a primeira surgiu-me de costas, tocando piano. E sua nuca exaltou-me. Uma forte nuca de opala sustendo a opulência dos cabelos que depois de serem arrepanhados para cima deixavam uns frisos como a brincar de pequeninos Meninos-Jesus à flor da pele. Eram frisos encaracolados, gordos de um nédio enternecedor, que iam e vinham, numa farândola, conforme os movimentos da pianista. Em torno dela mulheres graves, de rosto moreno, vestidas de escuro, acenavam com a cabeça que "sim", que "sim" — tal se um vento as soprasse. E, ao centro, Eulália era um grande bloco de nácar. Quando entramos no salão em que estavam, minha mãe, autoritariamente, levou um dedo aos lábios; sobretudo não interrompessem a pianista! As mulheres prosseguiram sentadas, mas duas delas arredaram saias que descobriram cadeiras suplementares nas quais nos sentamos.

Se meu corpo ali ficou entre minha mãe e a matrona Edwiges, a alma, esta se pôs a volitar em torno da nuca de opala. A valsa francesa prosseguia, adocicada, e os meus dezessete anos deitaram num relvado a mulher ao piano. Era um dorso de mulher, somente, mas assim a queria, com os frágeis cabelos da nuca forte. Bolia-lhe nas saias que aflavam. Mergulhava as mãos na pele! Costas, nuca, nádegas, como se nada mais necessitasse ter uma mulher — feito as cavalas de oculto ventre, de afrontoso lombo. Sob meus dedos, a pele escorregava de branda luxúria. Muito mais tarde ressuscitei a queijaria da fazenda. Entrava nela, pelas tardes, e fruía o odor do leite azedo, e uma aura fria impregnava-me todo. A desnatadeira funcionava e via o soro ralo e transparente fugindo do corpo do leite. Minha mãe, a um canto, amassava com as mãos a nata fresca. Atirava-me:

— Venha ver como faço requeijões!

Tinha as mangas enroladas, e seus braços iam e vinham sobre uma espécie de tabuleiro e parecia deliciar-se no manuseio daquela massa branca. Fascinado, seguia com os olhos o ritual: as mãos das mulheres indo e vindo, e a matéria amassada, alva, a cheirar uma espécie de carne recentemente parida...

Ah, os psicanalistas diriam coisas, adivinhariam símbolos. Certa vez, mesmo, numa ocasião em que mais me capengava a vida, fui ao consultório de um e diverti-me em remexer lembranças, tal como minha mãe remexia os requeijões. O homem tirou um súbito brilho de suas ilações óbvias. E aí fulminei-o: tudo estava por demais consciente para valer. Consciente meu amor por minha mãe, minha ternura por sua pele. Nada de subjacente, nada que estivesse lá dentro como na polpa de um fruto se esconde o âmago de um duro e imprevisto caroço a determinar, sem que se saiba, o volume e a forma exterior da casca...

Mas tornemos de novo à sala onde Eulália tocava sua valsa francesa. Ao término desta, girou lentamente, na banqueta, seu corpo pesado de maldefinido contorno. Vi-lhe o rosto de gorda boneca estarrecida e me senti fulminado de paixão. Tia, primas, minha mãe, todas falavam ao mesmo tempo. E minha mãe dizia:

— Eulália, você tem muito sentimento para tocar! Continue. Eu sempre digo: num artista não há como o sentimento. Nada de virtuosismos, hein? O sentimento!

Por esta altura, Eulália fixara-me um manso olhar bovino, e minha mãe:

— Não conhecia seu primo? É o primogênito, o Ivo; Ivo, cumprimente sua prima!

Ao dia seguinte minha mãe tornou sozinha para a fazenda. Fiquei na casa de minha tia-avó onde também morava Eulália, que era professora de piano. Eulália, viúva de dormido corpo e adormentados sentidos. Eulália, cor de requeijão fresco. De noite, acordado em minha cama, eu supunha-lhe a carne pelo quarto todo, a transbordante carne da qual só tinha mofinas amostras à borda das mangas e do decote. Nas frinchas de claridade das frestas vinha-lhe a cor da pele. A madrugada mandava-me o frio bafo da leiteria, do soro; o leite desnatado espumava no vasilhame, chuvas de verão caíam lá fora, e eu abrasava de sentimentos sem nome. Muito mais tarde, desconcertada ante a delação, minha mãe diria:

— Mas isto é impossível! Você não pode amar uma mulher que tem quase a minha idade! Você, uma criança!

E, numa análise sucinta da personalidade de Eulália:

— E além de tudo, ela é gorda!

Não poderia nem saberia dizer à minha mãe que aquela era uma cor que não dava nas mulheres magras. As brancuras queriam-nas roliças, irisadas de luz.

O fato é que aquele desejo da pele de Eulália punha-me doente. Emagreci de modo tão espantoso que minha roupa toda sobrava pelo corpo. Deveria parecer um ridículo espantalho com a cara cheia de espinhas. As parentas faziam-me tomar xarope, pílulas amargas:

— É preciso abrir o apetite!

Outra coisa queria eu abrir: as portas de aurora do corpo de Eulália.

Minha tia-avó era mulher inteligente. Chamou-me um dia em seu quarto. Estava sentada diante de sua escrivaninha, um belo móvel delicado, com incrustações de nácar e marfim, preciosidade que o marido lhe trouxera de uma viagem pela Terra Santa. Todos olhavam a peça com reverência. Hoje, acho que minha tia-avó, naquele dia, premeditara um pouco a cena e, para me impressionar, foi que me recebera naquela postura. Ao seu "Entre!" — eu fora encontrá-la, ali sentada, o braço dobrado, a bela cabeça branca erguida, de perfil. E o móvel reluzia seu nácar, na penumbra, com um fausto emocionante e prestigioso. Fiquei em pé, intimidado. Ela fez com que me sentasse, conferiu-me as feições abatidas com ar desgostoso:

— Não sei o que sua mãe vai dizer quando eu o mandar de volta neste estado! Vai pensar que nós o matamos de fome.

Riu um pequeno riso com lentos abanos de cabeça. Puxou

várias gavetinhas, cerrou-as. Um perfume de sândalo exalou-se logo, quase imperceptível para os outros, não para mim que vivia um momento de exacerbação de todos os sentidos.

— A senhora é tão boa! Todas são tão boas!

Não achara outra coisa a dizer. Mirava-a e os olhos se me enchiam de água. Aquele matriarcado, aquela ronda de mulheres movediças à minha volta seduzia-me e aturdia-me, profundamente. Não achava palavras exatas. Fiz menção de bondade. Não as achava bondosas, achava-as, isto sim, singularmente empolgantes. Atraíam-me de modo soberano. Minha vida, longe delas, parecia-me, naquele momento, incolor. Todavia, fora a vida de um menino criado em larguezas fazendeiras, com pai, mãe, irmãs, uma organizada família que se queria bem, brigava como qualquer outra. Família-padrão brasileira da área rural de São Paulo vivendo a vida do ano de 1928.

Pois minha tia-avó disse-me que eu estava me tornando doentio. Mórbido — foi o que declarou. Achei aquele *mórbido* literário. Um me-ni-no mórbido. Aduziu:

— Não é que eu não tenha prazer em hospedá-lo. Mas acho que a idéia de sua mãe não foi das melhores. Para um rapazinho de sua idade não convém a companhia única de mulheres.

E, meio áspera:

— Essas saias remexidas para lá, para cá, ao longo dos corredores, sabe? Se eu lhe disser que até a mim isso me põe nervosa? Sim, menino, isto é um lar de mulheres azedas: viúvas, solteironas, largadas dos maridos. Você é um rapazinho sensível. A atmosfera é tensa. Parece uma corda que vai rebentar.

Minha tia-avó passou-me a mão pelo rosto. Tantos anos depois, evoco esse gesto. Revejo a escrivaninha toda feita no lavor paciente de Damasco, a luz entrando pela janela, atravessando a *brise-brise* de *étamine* cor de chá. Comecei a soluçar, caí de joelhos, beijei-lhe as mãos e tudo como que feito à minha própria revelia. Era um singular menino de imprevisíveis reações, todo sexo expectante. Ah, isto eu lhe garanto, minha senhora, eu era uma espécie de bicho de sentir, uma inconsciente animalidade zebrada de nervos expostos. As lágrimas, os risos, eram-me freqüentes e irrefreáveis. Minha tia-avó fez-me levantar, meio brava, com pequenas exortações:

— O que é isso, menino? Vamos lá, por que está chorando como uma fonte, um repuxo de praça?

Enxuguei as lágrimas, enquanto ela me observava, arguta, a ver até que ponto meus sentidos levariam à exaltação. Friamente, como que decantava as contradições em que se debatia a minha adolescência. Foi uma das mulheres mais inteligentes que conheci. Sempre acreditei que me lesse no imo e que soubesse mais de minhas paixões do que eu próprio.

E ela, Eulália, a dona de meus suspiros, a responsável por meu definhamento e minha languidez, o que fazia, o que sabia de meus padecimentos? Naquele momento exato, estava no quarto contíguo, possuída de terrível enxaqueca. A empregada, quando eu ia saindo, advertiu minha tia-avó:

— D. Eulália está com as dores e não vai almoçar.

Com as dores — como se se tratasse de uma parturiente. E veio um almoço entre primas, tia-avó, tias. A velha, à cabeceira, desdobrou o guardanapo, e minha alma envolveu-se nele transformado em túnica de mártir. As dores... as dores. À sobremesa, Edwiges sugeriu à minha tia-avó que me fosse dado um cálice de vinho do Porto:

— Ivo hoje me parece pior que de hábito, nem sequer tocou na comida!

Copos tiveram harmoniosos rumores de cristais finos, talheres tilintaram, por sobre as flores as mulheres comentaram-me o aspecto. Tomei o vinho. Levantamo-nos da mesa. A casa esvaziou-se. Para umas, era a sesta; para outras, as aulas. Sei que me vi, compulsivamente, batendo com o nó dos dedos à porta do quarto de Eulália. Tive de bater duas vezes para ouvir o comando de entrar.

A minha opalescente amada estava deitada por sobre muitos

travesseiros, um lenço de cambraia dobrado sobre os olhos. O quarto cheirava a lavanda, a soalho recentemente encerado. Odor de limpeza e austeridade. O corpo de Eulália emergia num claro-escuro sugestivo, espécie de barco adornado num porto, ao amanhecer. Tirou o lenço de sobre os olhos. Viu-me. Tinha o rosto alvíssimo cortado de zonas róseas. Disse-me:

— É a enxaqueca.

Seus olhos amortecidos fixaram-me como se vissem para além de mim. Estendeu um braço branco, roliço, um amorável braço ao término do qual sua mão era uma espécie de pequena broa de coalhada. Sobre a cama, apesar da dolência do aspecto, figurava-me a feminilidade, a fartura, tal uma Pomona de *folhinha* distribuidora de gordos frutos.

Oh! Como a adolescência sendo tímida e medrosa pode ter arrebatamentos imprevisíveis que lhe dão ousadia ilimitada! Tomei da mão de Eulália, beijei-a gulosamente, disse-lhe de meu perdido amor. Por isso emagrecia, por isso iria morrer se ela não me beijasse, não me abrigasse em seus braços, não me acalentasse em seu farto colo...

Eulália desceu da cama, deslizou pelo tapete, de pés nus, correu o ferrolho da porta. Uma alva assombração de camisola muito longa, a cambraia engomada aflando a seus movimentos. Já deitada de novo, os olhos mortos, disse-me, apenas:

— Vem!

E eu naufraguei no leito e em seus braços morri e ressuscitei e tornei a morrer. Setas de luz vindas das venezianas cerradas incidiam sobre meu corpo nu. Lembro-me de que ela me chamou:

— Meu São Sebastião!

Depois, bateu na boca pelo sacrilégio, sorrateira, mágica. Era uma angra remansosa, e eu um barco em segurança. Quanto tempo pensei isso, seus braços atando-me o pescoço! Eu, o náufrago, o veleiro à deriva; ela, a praia firme... Mais tarde, vi que náufragos éramos os dois. Ela, náufraga da mocidade perdida, à procura do avaliador olhar do homem que lhe desse os contornos do sonho; eu, náufrago do desvalimento de minha própria juventude à procura da âncora-mulher, porto firme, angra para o aguilhão e os pânicos do sexo.

Em todo o caso foi o amor mais forte de minha vida porque lastreava-se no irracional, tocava-me em zonas de sombras irreconhecíveis, era o impacto do apelo partindo das forças emotivas despertando, encontrando a resposta na desenfreada e luxuriante cavala. Ela deslizava os dedos pelo piano, e eu morria de amor. Aprisionava-me a cabeça com as mãos e eu morria. Morria em seu leito todas as noites. Elas, as noites, eram o recipiente configurando-me os embates amorosos... A distância, vejo nós dois, como éramos àquela época, o quarto, a cama, e nós, contornados de aura noturna, abrasados de paixão, rolando entre lençóis, desencadeados como deuses ou dementes. As manhãs encontravam-me derreado em minha cama. Era necessário que a empregada batesse à porta, muitas vezes, para que eu acordasse. O chocolate preparado por Eulália entrava sobre a bandeja, nas mãos da doméstica. Era o primeiro contato com a amada. Aspirava, tonto de sono, lânguido dos jogos da véspera, o aroma do líquido, e a vida parecia-me bela e eu me sentia forte sorvendo um alimento que era como se saísse das próprias entranhas do ser amado.

Em torno, permaneciam as mulheres com seus morenos rostos, suas saias em ruge-ruge pelos corredores. Evoluíam por salões e alcovas, esvaziavam arcas, puxavam os pesados gavetões das cômodas de jacarandá, bruniam a prataria, entre copa e cozinha lidavam com os guisados, em terrinas batiam ovos, untavam tabuleiros, abriam a bocarra de um forno hiante que parecia não ter fim no fuliginoso ambiente de alto teto. Familiarizei-me com elas, classificava-as como divindades menores — elos entre Terra e Olimpo. De espinhento e magro que estava, passei a engordar. Perdi a timidez e as lágrimas fáceis. À hora das refeições, à cabeceira da longa mesa, os olhos de minha tia-avó me avaliavam. E acho que concluíam...

II

Àquela época eu começava a fazer amigos na Faculdade, preparava-me para uma liderança estudantil. Alimentado do bom leite do amor, sentia segurança para levantar vôo a desusadas alturas. Estava em comícios políticos dissolvidos à pata de cavalo. Washington Luís dizia que a questão social era "caso de polícia". Entre os travesseiros de Eulália eu vibrava de amor erótico pela minha pátria, como que as duas se confundindo: a terra e a mulher, eu partia para as praças com ardor de soldado e amante.

Todavia, os companheiros começaram a achar estranho que eu que estava com eles em tertúlias literárias e artísticas, em definições políticas, não comparecesse quando faziam a ronda noctâmbula à casa das mundanas. Sorrateiro, dava-lhes a entender que, em algum lugar de São Paulo, aguardavam-me prazeres muito melhores e requintados que os que se podiam obter nos bordéis. Contudo, uma noite, lá me fui com eles ao bairro das mulheres fáceis. E foi a primeira vez que isso me aconteceu.

De imediato, encantou-me a atmosfera, as mulheres às janelas, as luzes vermelhas dos quartos, os roupões estampados, a luz dos lampiões, uma ambiência de ventarola oriental com pesados cheiros subindo dos becos.

— Psiu, moço!

Passava, com os colegas, eufórico de uma chopada recente. Negaceava para a prostituta, pensando em Eulália a quem contaria a aventura e que me chamaria, docemente — safado! — entre os lençóis. Mas não contei à Eulália e isto porque não a vi àquela noite. Uma pequena mão surgira à fresta de certa porta, enquanto uma voz feminina dizia:

— Entra, Schubert!

Sim, passava nas telas dos cinemas, àquele ano, um filme em que uma loura atriz chamada Martha Eggerth amava desesperadamente Schubert, entre gorjeios de canções. Eu era cabeludo como Schubert, ou pelo menos como o artista que representava Schubert. Estaquei àquele apelo e vi uma quase-menina que o jorro cru de uma lâmpada fazia esplendidamente alva. Tocou-me o ombro, puxou-me, repetiu:

— Entra, Schubert!

— Eu não tenho dinheiro. Estou a nenhum!

Atrás de mim, os colegas faziam chacota, o que me levou a responder com digna ironia:

— Ando na mais lamentável pindaíba!

Ao reiterar a declaração de insistência, a pressão dos dedos em meu ombro afrouxou. O rosto repartiu-se entre expressão de seriedade e em seguida canalhice. Aquilatava-me possíveis dotes físicos em choque evidente com o interesse profissional. Deliberou, um instante. Em seguida abriu largamente a porta, declarando:

— Você não precisa pagar. É pelo prazer!

E é incrível que minha segunda experiência amorosa tenha sido com outra mulher cor de requeijão fresco. Parecia mais alva ainda que Eulália, se possível, e, como era muito mais jovem e igualmente gorda, sua brancura semelhava mais desnatada.

Passei o resto da noite no quarto de paredes recobertas com fotografias dos artistas de cinema que brilhavam na época. Entre o sorriso de *bouche en coeur* de Glória Swanson e os braços da quase-menina, violentamente atraído, indagava-me sobre a leviandade de meu comportamento. Ontem ainda não morria de amores por Eulália? Não arriscava, a todo momento, ser descoberto, expulso da casa de minha tia-avó, indicado à execração da família? Então o amor podia ser múltiplo, uns e outros coexistindo? A polonesa Mariza desbancava, por momentos, a prima quarentona. Se a primeira podia ser minha mãe, a segunda figurava-me a irmã, espécie de duplo feminino, eco a responder os anteriores apelos de minha dramática solidão, tão ajustada a meus desejos, que em certos momentos avaliava-a como extensão de meu corpo, a costela que devia encontrar neste triste mundo.

Ah, senhora! Como amei aquela pequena e sábia prostituta! Perdia-me entre seus cabelos e sua carne opalescente, abismava-me, dissolvido em tanto nácar de sua epiderme.

Ela me conduzia pelos sábios meandros das perversões, alucinava-me com a velha sabedoria de seus juvenilíssimos apetites. O enredo alongou-se por outras e outras noites, sim, minha senhora! Pelas madrugadas, Mariza mandava para casa um rapaz enlanguescido, mais propenso ao devaneio que ao estudo. Eulália aguardava-me no claro-escuro do corredor como um anjo malévolo. E nos entrosamos, de imediato, na trama infindável das mentiras, em geral lastro a formar a base das relações entre os sexos. Todo meu aprendizado em matéria de maquiavelismo amoroso fez-se por aquela época.

Mentia com meu instinto. Desejava as duas. Tinha de conservar as duas. Fruía ambas sem indagações. Não me sobrava tempo para análises, para sopesar sentimentos.

Quando aquilo se tornou passado foi que penetrei, em verdade, no drama de Eulália. Era o inautêntico do mesmo comportamento que adotam as mulheres de um certo meio burguês, quando desejam um homem. Sugere-se um amor romântico, pois que não se aceitaria nenhum outro. A palavra instinto é tabu. E sendo o amor sem padre e juiz de paz, como no caso de minha prima, deve ser guardado como uma estrela refulgente de pureza e heroísmo, algo assim como a marca de estocadas num escudo de Joana d'Arc. Eulália, se não tivesse sobre si camadas e camadas de preconceitos, poderia entregar-se com grande júbilo a um amor de cavala selvagem. Todavia, uma vez fora do leito e seus arroubos, era necessário impor-se o amor sentimental todo cheio de ciumezinhos, todo cortado de dúvidas. Combinava a castelã medieval com a rameira para poder tolerar uma parte de sua realidade. Repartia-se entre o mito do amor-alma e a verdade do amor-instinto de seus quarenta anos desesperados. Oh, meu Deus! Se eu, àquela época, fosse o homem de hoje, como me aprazeria ensinar Eulália a aceitar sua autenticidade com toda beleza: ser apenas uma mulher na força da idade que encontrava um parceiro para os embates do amor físico até os limites de todos os seus desejos. Mas eu próprio vivia num mundo mítico, a realidade a todo instante escamoteada. E mentia as 24 horas do dia entre Mariza e Eulália.

Se a última, no início, por uma questão de dignidade, aceitou minhas mentiras, impôs-se acreditar nelas, ao fim foi vencida por sua própria mitificação: posto que fora uma viúva recatada e que cedera aos arroubos de um grande amor tinha direito a uma reciprocidade completa. E sua cegueira era tanta que varava os anos que separavam nossas idades, pulava sobre as peculiaridades de nossas situações. Punha-se a admoestar como uma recém-casada com direitos de posse, plena do divino sentimento de chantagem de que se vêem imbuídas as moças que deixam a igreja e trocam o hímen intato por fidelidades intatas de maridos, de então por diante, rigorosamente castrados para outras mulheres...

Quando uma amorosa acredita por completo na idealizada personagem que pensa viver, o razoável anula-se. Desencadeia-se. A desatinada Eulália, perdendo toda sua cautela em relação a um amor clandestino, lavava o sentimento de culpa da Eulália de êxtases e suspiros carnais.

Mas havia Mariza, a menina perversa, a parceira singular que me tocara com aquele seu — Entra, Schubert! — e sua oferta de gratuito amor. Não obstante, era uma canalhazinha, e o que me seduzia, além de sua pele, era o que faltava a Eulália: uma autenticidade de animal que se aceita, uma ignorância também aceita, com todo repouso, como uma pedra aceita sua condição de pedra. Amostras de nossas conversas:

— Quer que eu te leve ao cinema hoje?

— Hoje não, que vai ter muito freguês. A madame não deixa. E as fitas também não prestam. A semana passada eu vi uma que tinha uma moça que caía na vida. Passava a fita toda pondo e tirando meia preta, de calcinha e *soutien*. E vinha um homem que batia nela. Uma porcaria de fita.

Mariza não se agradava do realismo francês. Gostava do cromo com beijo final mas que fosse bem límpido, situações bem definidas: o vilão, o herói, a mocinha. Quando os sentimentos eram um pouco nuançados ela ficava brava:

— Afinal ele é mau ou não é? Como é que é mau e não mata o moço e não bate na moça e não tira dinheiro dela? E o outro, se é bom, por que deixou a moça chorando e foi passear com o vampiro? (Naquele tempo ainda havia vampiros — ah, senhora, aquilo era a idade da pedra!)

Estar com Mariza, paradoxalmente era estar com uma intocada virgem. Sua ignorância dava-lhe a inocência dos lírios. Era bom meter-se na cama com um lírio bipartido em papoula sugerindo vícios. Assim, entre Mariza e Eulália eu resvalava para uma insustentável situação. Deveria partir para a fazenda, pelas férias. Estas vieram-me após o mais espetacular fracasso nos exames. Cheio de vexame, curti minha bomba. Meu pai veio, quase me esbofeteou, no pequeno salão *art nouveau* de minha tia-avó. Não ouvi os passos de feltro de Eulália que entrava. Dei por ela já atuando como personagem em palco:

— Seu Celidônio, preciso falar a sós com o senhor!

Abalei dali, sem nenhuma grandeza. Tomei um bonde aberto — ó saudade dos bondes abertos de São Paulo que ninavam os passageiros quando desciam desembestados a ladeira da Rua da Consolação! — Rua da Consolação, consolai-me! Mortos meus que estão no cemitério, vinde levantar o moral de um efebo esmagado pelo peso de seus pecados! O efebo aonde podia ir senão para os braços de Mariza? Disse-lhe, num de meus transes, que ela era o único ser que me restava no mundo e propus desposá-la. Imaginei-me escorraçado pela família, escrevendo para jornais... Ela redargüiu com a letra do samba em moda:

— Com que roupa? Mas com que roupa?

Já noite fechada, deixei Mariza. Rondei a casa que me abrigara o tempestuoso amor, durante longo tempo. O que teria Eulália dito a meu pai? As janelas foram se apagando no grande corpo do edifício. Com pés de ladrão, entrei em meu quarto. Em cima de uma banqueta vi minha mala pronta, acusando-me com seu couro e seu bojo que deveria guardar suéter tricotado por minha mãe, camisas em que ela pregara botões... Voltei as costas àquele mudo tribunal e deparei com minha tia-avó. Estendeu-me, com as pontas dos dedos, bilhetes de um trem noturno. Significou-me que precisaria ser rápido. Ao dia seguinte estaria na fazenda. Acreditava que todos os meus pertences deveriam estar na valise.... Fitava-me, tão bela como sempre, os cabelos grisalhos em bandôs lisos sobre as orelhas, o rosto sereno. Não sabia o que lhe dizer. Naquele momento, imaginei que a havia ofendido tremendamente, retribuindo com ingratidão sua hospedagem. Ternuras ingênuas boliram-me no coração e, em contraste, senti-me imundo, a voz paralisada... Ela deve ter acompanhado em meu rosto a marcha de meus pensamentos. Quando eu ia saindo, de cabeça baixa, disse:

— Ivo, você é uma criança, e o mundo uma coisa muito mais complicada do que pensa. Já lhe tinha dito que não lhe faria bem a permanência numa casa só de mulheres...

Retrocedi. Então, em vez de enxotar-me, minha tia-avó procurava entender? O que lhe haviam dito da situação? Jamais saberei. Creio que, apesar de muito inteligente e perspicaz, era dona de uma dessas incorrompíveis purezas. Acreditava em seu sangue de boa matrona paulista. Um seu sobrinho-neto não podia ser um salafrário. Seria, quando muito, um transviado rapaz traído por dois mundos que o esmagavam: o de fora e o de dentro. E ela tinha razão, mil vezes razão. Via-a, no alpendre, sob o foco de luz, junto ao balaústre onde se balançavam as rosas-chá da roseira-trepadeira. Acenou dali seu adeus.

III

Cheguei à fazenda, acovardado, triste, carregando na minha alma um primeiro amor morto. Onofre, o fiscal, levou-me para a casa da administração:

— Seu pai disse que é para o senhor ficar aqui. A empregada arrumou sua cama no quarto dos fundos...

Assim, o velho me afastava da família como se eu fosse a peste. Poderia contaminar minhas irmãs, minha mãe... Esta veio me ver, trazendo-me o almoço. Não me beijou, não disse boa-tarde. Lançou uma toalha sobre a mesa de escrever, dispôs pratos, talheres. Trouxe dos fundos a moringa d'água fresca. E, à vista da moringa, desencadearam-se as lágrimas. Era uma espécie de síntese do mundo agrário e simples que eu perdera. E foi aí que, aturdida, minha mãe disse sua frase:

— Mas isto é impossível! Você não pode amar uma mulher que tem quase a minha idade! Você, uma criança! E além de tudo, ela é gorda!

Entre exclamações perplexas e dúvidas, foi me pondo a par do testemunho de Eulália a meu pai. Sim, ela sofismara, deformara, fizera-me surgir como o sedutor. Resistira. Todavia, uma tarde em que a família saíra, eu que, à hora do almoço, deveria ter derrubado um narcótico em sua tisana, abrira a porta de seu quarto e a violentara...

Naquele ponto, o ridículo exacerbava, vencera qualquer dramaticidade... Eu ali, lírico, a chorar diante de uma moringa de barro fazendeira, rotunda como os peitos de minha ama mulata, era o pólo oposto do sátiro surgindo em quartos de viúvas narcotizadas. Minha mãe começou a rir, primeiro um riso brando, meio envergonhado, depois se alteando, incoercível. Aos poucos, meio aparvalhado, fui me contagiando. As opalescências de Eulália perderam seu prestígio, avassaladas pelo ridículo. Em face um do outro, minha mãe e eu nos sacudíamos no riso. Esse foi nosso longo entendimento.

Os dias foram passando, difíceis mais pelo velho e as meninas. Estas olhavam-me de esguelha. Estavam na idade das grandes e assombrosas imaginações suprindo o conhecimento. Papai timbrava em ignorar minha presença. Certa tarde, encontrei Carmo, a irmã mais velha, no pomar. A família estava distante e essa certeza deu ousadia a Carmo. Enfrentou-me:

— O que você andou fazendo em São Paulo para que sua companhia nos fosse proibida?

— Não sabia dessa proibição...

— Por que dorme na casa da administração? Por que não come conosco? Já tenho quatorze anos e posso imaginar bem as grandes farras que você fez...

Seu ar astuto, seu narizinho petulante supriam-lhe a beleza que mamãe não lhe pudera transmitir. Era alva também. Não sei que gesto teve que de repente me lembrou Mariza. Surpreendi-me falando-lhe a linguagem de minha tia-avó:

— Você é uma criança, e o mundo é uma coisa muito mais complicada do que pensa...

Ela tentou um risinho impudico, sem resultado. Suas feições foram adquirindo certos matizes de melancolia. Permaneceu quieta, algum tempo, como a conferir seus pensamentos. Depois disse:

— Ivo, é estranho que você tenha voltado de São Paulo um homem... que, apesar de irmãos, isso faça diferença... Nunca supus que nós pudéssemos perdê-lo!

E saiu correndo, a chorar.

Que patriarca estranho e terrível era meu pai querendo imprimir ao ritmo do viver familiar um compasso de século passado com lentidões de carros de boi, comportamentos arrebatados de moral puritana! À distância do tempo, vejo minha mãe com doce rebeldia imune às disposições drásticas de seus mandatos. Sem brigas, sem falas, apenas ela não se submetia. Tinha a tranqüila serenidade dos mais fortes. A voz de mata-mouros de meu pai esbarrava contra sua intransponível fragilidade — espécie de fortaleza de cristal a fazer com que os ecos de sua cólera recaíssem-lhe sobre a própria pessoa... Era então que papai, ressabiado, fitava-a e a nós e, de súbito, parecia mais bravo ainda, porque adquirira a consciência de que falava sozinho...

Ah, senhora, nós paulistas nascidos no mundo agrário de ontem, fomos submetidos — todos — a matriarcados. Em geral, o pai não exercia influência sobre o filho. A mãe, as tias, as avós eram, em verdade, as condutoras. Parece que o sestro viera desde o episódio das Bandeiras. Nos outros Estados, as mulheres eram sujeitas a patriarcas estáveis, enquanto a paulista submetia-se ao patriarca itinerante. Quando os homens embrenhavam-se pelos sertões, mães, esposas, irmãs tomavam seus lugares. À volta, achavam-se incompetentes para gerir a pequena grei. Iam-se à política, aos negócios, a família ficando-lhes uma incógnita. Tacitamente, estabelecia-se o acordo: a mãe é que dava ordens aos filhos. O "Vá falar com sua mãe" era a transmissão de poderes. Meu pai, por exemplo, muitas vezes, dava a impressão de ser o gerente a dar o tom, na orquestra familial. Assim foi com o meu caso. Mas só no início. Em breve, minha mãe chamava-me à mesa, para as refeições. Ele trovejava ameaças a Washington Luís e a Júlio Prestes — "Este país não tem conserto!" Transferia a cólera que eu ainda lhe despertava. Mamãe servia sopa, e minhas irmãs me fitavam com admiração e amor. Era tudo que ficara do episódio Eulália-Mariza, eu julgava.

IV

Após a Revolução de 30, a família mudou-se para São Paulo. Prossegui na Faculdade. Às vezes, nostálgico, passava pela casa de minha tia-avó, mas Eulália deitara demasiado ridículo sobre o nosso pobre caso, e meu lirismo não resistia. Quando sentia as mãos muito vazias de aventura e apelava para as recordações, o grotesco apagava os vestígios do amor.

Não encontrei mais Mariza a meu retorno: teria ido para o interior do Estado. Uma companheira falou-me vagamente de um cabo, herói da revolução, que a levara dali...

E os interventores começaram a ocupar o Palácio dos Campos

Elísios. A polícia de um deles me deteve. Fiquei na ante-sala do delegado uma madrugada inteira. Senti-me importante: um conspirador retido. Continuei a pensar assim, quando fui jogado numa cela, sem indagações. A família, avisada, fez tudo para me livrar. Inútil. Um dia minha mãe, desalentada de esperas e pedidos, solicitou uma audiência ao Gen. Manuel Rabelo, ocupando, então, a interventoria. Meu pai ficou indignado quando teve conhecimento do fato. Presenciei, nessa ocasião, já de volta a casa, creio que a única e séria desavença que o casal enfrentou durante seus quarenta e tantos anos de casamento:

— Você foi desautorar seu filho e a mim que berrávamos na rua "Civil e Paulista"? Quem lhe deu ordens, minha senhora? Quem lhe deu ordens?

— Não podia ver meu filho preso e o tempo correndo, e prosseguir de mãos atadas. Alguém precisava fazer alguma coisa por esse menino...

— Não é um menino mais o que temos em casa, é um homem! E você quer fazê-lo um maricas!

Foi a única vez que mamãe não levou a melhor na contenda. Ela e meu pai ficaram semanas sem trocar palavra. Mas a mim ela falou da entrevista com o general. Em sua presença, este telefonara para o delegado.

— Houve uma denúncia contra você, uma delação!

E mamãe se agoniava a pensar quem pudera fazer um trabalho de dedo-durismo acrescido ainda de calúnia.

— Calúnia? Apenas delação. Você sabe que nós no Centro estamos contra a ditadura, queremos a Constituinte logo. É verdade que tramamos, mamãe. Só que não sei por que fui o único atingido. Na Faculdade não há uma só voz discrepante...

Minha mãe enrolava as mãos, perdida a sua bela serenidade:

— Você não sabe tudo, Ivo. Foi calúnia, sim! Pois o delegado disse ao interventor que tivera informação segura a seu respeito, vinda de pessoa categorizada: você foi denunciado como perigoso bolchevista!

Não pude deixar de rir. E, a distância, às vezes tomo-me ainda de hilaridade ao lembrar aquele "perigoso bolchevista" atirado ao bom moço do Partido Democrático posteriormente ingressado no Partido Constitucionalista e sendo, esses partidos, avós incontestes da UDN de hoje.

Mas mamãe não levava o caso como brincadeira. O que diria meu pai, se soubesse da acusação? Partia logo para o pior. Ela me indagava:

— Você não acha que pode haver derramamento de sangue? Pois seu pai pode deixar pesar uma acusação dessas sobre uma família cristã? E o pior, o pior é que você está alheio, não acompanhou minha dúvida justificada...

Nunca a vira assim, patética. O caso para mim era apenas um ridículo equívoco. Ela, porém, prosseguia, tenaz, a presumir o autor da delação caluniosa.

— Seu pai, se estivesse inteirado, iria direto à casa de sua tia-avó...

— Fazer o que, lá, Deus do céu?!

— Secar a calúnia na fonte...

E como eu lhe parecesse demasiado obtuso em minha incompreensão, ela deixou cair o nome dos lábios como se não os quisesse macular:

— Eulália...

Abracei mamãe, protetor, másculo. Tive a frase emprestada a um de meus parentes, professor no Largo de São Francisco:

— Toda mulher, por mais inteligente que seja, tem um germe de debilidade mental! Mamãe, isso já seria diz-que-diz-que feminino!

E sorria, eu, o estúpido! — seguro, pois já andava de amores com a esposa de um secretário de Estado — a minha juventude sempre as quis outoniças! — Sorria, superior, enquanto o dedo de minha mãe apontava-lhe a mente:

— Ivo, eu tenho o meu sexto sentido!

Sexto sentido materno! — No ambiente doméstico, ele agia

como uma espécie de vidência. Estava sobre nós, em crianças, como a própria consciência de Deus. Quando ela dizia, com sua maneira peculiar, "eu sei!", via-se que se referia a uma sabedoria do instinto, indiscutível e soberana. Partia para o prestígio da magia, o que a fez sempre para mim e minhas irmãs, mais que mãe, uma espécie de sacerdotisa, presciente, a enxergar muito além de nós, como se habitasse um mirante desdobrado sobre o panorama do destino...

Mas ao episódio de minha prisão, eu me fazia tolamente homem e já me podia dar o luxo de zombar docemente dela — a franzina medrosa das tempestades. Assim a vi, naquele dia.

Quando, anos e anos mais tarde, eu tive a revelação, como desejei tomá-la nos braços e dizer: minha sábia, amorável sábia! Ah, senhora, na vida não se fazem revisões, não se alteram adjetivos como em textos literários. Somos como livros já paridos em letra de forma. O destino já nos apresenta feitos para julgamento da crítica especializada dos outros e da nossa própria. Não há passar a limpo, corrigir, dar nitidez às idéias, ou simplesmente mudá-las. Quando — e isto acontece tão freqüentemente em política — um homem diz que a dinâmica do pensamento humano requer revisões, retrocessos, avanços, mudanças de atitudes, tomadas de posições para justificar um vira-casaquismo, vontade me vem de dizer-lhe tal aquele personagem de Ferreira de Castro: — Idéias não são coisas abstratas. Por idéias vive-se ou morre-se. Idéias carimbam-nos para sempre. Não há descartar-se como de roupas incômodas. Na vida, estamos irremediavelmente atrelados a elas, escravizados. Não há alforrias. Se estão erradas, somos responsáveis por havê-las servido e nada apagará assim ter sido. Mudaremos o rumo — e isto é tudo o que poderemos fazer, mas a idéia a que servimos no passado é um irremediável acontecido tão acabado como um edifício de concreto. Sim, jamais poderia fazer o *mea culpa* à mãe morta, desculpar-me de minha suficiência, meu paternalismo:

— Ivo, eu sei.

Tolo, senhora! Grande tolo que a vida toda fui! Ai, o remorso que sinto por tê-la um pouco esmagado com minha superioridade, naquele dia remoto! A minha justificativa era o galardão da recente pena policial. Ostentava as grades no peito, como medalha... Hoje, diante das velhas advertências que minha mãe nos fazia, escudada em sua sabedoria mágica, eu me sinto comovido e subjugado pela justeza irrecorrível de suas sentenças. Foi o tribunal mais sábio, mais justo que conheci. Quando a tinha, eu podia me dar o luxo de conhecer o certo e o errado e tocá-los como a um pão. Depois que ela se foi, os anjos bons e maus baralharam-se, não consegui mais distinguir-lhes as faces soberanas e irrefutáveis. Sou um perdido nos caminhos da anarquia. Houve um tempo em que a *certeza* se sentava à mesa conosco. Ah, senhora, senhora! Vida não se passa a limpo como os borrões da produção literária! Se vida fosse passada a limpo, eu tornaria à minha mãe no momento exato em que ela deixou cair as sílabas do nome de Eulália, como coisas desprezíveis. Haveria de ajoelhar-me a seus pés e lhe dizer:

— Grande mágica você sempre foi! Porque a raiz de seu conhecimento é o coração, tudo lhe foi desvendado no mundo, enquanto eu errei com minha cínica lógica aprendida. Traça-me um programa de vida, aponta-me o caminho. Empresta-me o seu radar, que perdido estou nos cúmulos...

Pois não houve retrocesso, a vida correu para diante. Veio 32. Fui para a rua, gritei nas praças. Vesti farda, servi na Coluna Romão Gomes. Com a derrota, me desgostei para sempre do meu quixotismo. A verdade é que esgotara, em pouco mais de dois anos, meu estoque de idealismo. A luta pela vida começou a ser dura. Vivia numa cidade em que não ter dinheiro é ser réprobo, e eu comecei a me dedicar a ganhar dinheiro. Para isso, de nada adiantava-me o diploma de bacharel. O horizonte fechou-se-me entre corretagens de imóveis e aventuras amorosas. Don-juanismo e negócios incentivam-se mutuamente. Adquiri logo a reputação de possuir tino. Um rapaz que vai longe. No sentido em que queriam fui. Fui longe e, em matéria de conhecimento, contudo, fiquei aquém de minha mãe, tão distante que, hoje, penso que é como se tivesse vivido de olhos fechados.

Os anos propícios ao casamento passaram sem que os notasse, empenhado em enriquecer. A vida foi tão rápida e incoerente que, após tê-la vivido tantos anos, ponho-me eu também num mirante panorâmico e este, não para o futuro, e sim para o passado, e vejo que me tornei numa espécie de negação do que fui. O maduro de hoje olha o adolescente de ontem como um fascinante estranho. Daí, talvez, senhora, o prazer pungente que fruo com esta evocação.

As mulheres cor de requeijão fresco se repetiram um pouco, depois de Eulália e Mariza, diluíram-se em seguida no mar das outras, e a cor decerto terminou por não mais agir como excitante dos meus sentidos. Vieram-me, sem preconceitos de cor ou nuanças, as amorosas. Vieram-me em bando. Graças a Deus, senhora, não perdi tempo em não amar. Amei umas duas dúzias de mulheres de verdadeiro e eterno amor. Creio que isto é magnífico. Estou longe de ser um homem feliz, mas creio que sou um homem sem grandes arrependimentos. Anarquizado, incerto, às vezes sentindo, como lhe disse, que a vida capengava, mas, como querem os franceses, um sujeito *qui a fait de son mieux*. A essa altura, peço-lhe que me desculpe meus brilhos *belle époque*; eles lhe parecerão fastidiosos, mas fui de um tempo em que eles valiam à guisa da cultura que não se podia acumular no afã do enriquecimento. Eu como que noto essas excrescências de um postiço espírito, em mim mesmo. Todavia, o postiço tornou-se hábito. Deixe-me, pois, as minhas fagulhas de mica, desatualizadas...

Não gostaria de reencontrar Eulália como a coisa foi feita. Não tive escolha. Saltando-se espaço tão grande de tempo, a anedota fica surpreendente. Talvez até desalinhavada. Mas tenho de pular o hiato das décadas e tomar do fio que une a Eulália-amante à Eulália-odienta. Veio o mês de abril de 1964, e eu me encontrei com um hóspede indesejado em casa. Um meu amigo se metera em política, e os acontecimentos, invertendo, de súbito, situações, jogaram-no na ilegalidade e no perigo de uma prisão imediata. Abriguei-o. Respeitar idealismo dos outros é o mínimo que pode fazer quem não tem o seu próprio. Reconhecia que vivera a vida toda egoisticamente para mim. Companheiros serviam-me atualmente, o jargão da época: conscientização etc. Sou um grande cínico, mas a verdade é que o país não me interessava. Muito menos o povo. Para meu conforto, povo só tem beleza quando é vocábulo de poema de Neruda. Minha casa era, assim, abrigo seguro para um esquerdista perseguido. Ninguém iria procurá-lo ali. Dez dias depois da reviravolta armada, a polícia bateu-me à porta. Surpreendentemente, quem foi levado ao DOPS fui eu. Claro que não sou dedo-duro. Não falei em equívoco àqueles senhores. As coisas iam explicar-se por si. Eu e minhas idéias e minha vida éramos por demais conhecidos nos círculos que os cronistas sociais chamam de *top*.

Não houvera equívoco, senhora. A cadeia era para mim mesmo. Era um comunista enrustido, segundo a delação. No provar que não era girafa passaram-me dez dias penosos. Extremamente penosos, mesmo, em se tendo em conta o sujeito habituado a ócios e confortos que sou. A promiscuidade, a vizinhança de pessoas completamente desajustadas diante do sistema de vida que elegi, os interrogatórios, as boçalidades, a comida, o leito, o desamor...

Naturalmente, os amigos se mexeram, e eu vi, certa manhã, depois das escusas da autoridade, a clara luz do dia e da liberdade ainda que tarde. Pude ser até compreensivo: estávamos nos primeiros momentos da chamada Operação-Limpeza. A pressa no processo higiênico fez com que se confundissem alhos com bugalhos. Volvi à minha casa mais ferozmente conservador que nunca. O amigo comunista fora para uma embaixada, dali para um país latino-americano e tinha Paris em mira. Eu também.

V

Mas falei da Eulália-amante e Eulália-odienta. Em fio que as ligava por sobre os anos... Isso lhe parecerá confuso. Confuso como estava quando tornei aos meus penates. De início fruí o conforto, o leito, o uísque, o vinho datado, a biblioteca, a música predileta, amor eventual, a palestra do amigo. Como um gato afundei-me, luxurioso, na doce vida minha de todos os dias cujo ritmo fora quebrado policialmente. Depois, fruído o banho morno, ouvidos os discos, saboreados os pratos, a indagação surgiu: — Quem? Quem me delatara, com provas forjadas, ao DOPS? Por reflexos condicionados voltou-me a situação análoga, a pergunta parelha e minha mãe deixando cair as sílabas das bordas dos lábios:

— Eulália...

A quarentona amada da adolescência vinha-me à memória. Morta, deve estar há muito, foi o que disse a um parente, relembrando seu fogoso amor na casa de minha tia-avó. Ele retrucou:

— Não está morta e é uma *coisa*. Uma *coisa* que merece ser vista. Está rica. Riquíssima. Já aos quarenta e cinco anos casou-se. O marido morreu. Pela segunda vez ficou viúva. Mas, aí, cheia do dinheiro. Tornou-se numa singular agiota... É preciso que a veja. Não pode perder o espetáculo da velha Eulália.

Por respeito à opalescente amada de outrora rejeitei o convite da visita. Posteriormente, soube que ele contara à prima parte da nossa conversa, ou seja, o meu interesse a seu respeito. Um surpreendente recado chegou-me dias depois: Eulália aguardava-me. Marcara dia e hora, necessitando ver-me.

Se estava medroso ao tomar o automóvel para ir encontrá-la, minha situação foi de pânico ao defrontar-me com seu portão. Era a casa de minha tia-avó. O edifício resistia, incólume, ao avanço dos arranha-céus em torno. Então, ali ela morava? Melancólico, resvalei para os dias passados. Revi a cabeça prateada de minha tia-avó sob o foco de luz do alpendre, à minha despedida. A casa fora restaurada. O arquiteto, sabiamente, preservara-lhe o velho encanto. Não havia rosas-chá balouçando-se à brisa, sobre o balaústre. Supunha-se, em torno, um jardim moderno, com arbustos menos românticos. Fizeram-me ingressar em salões que, estes sim, pareciam-me diversos, pois que pojados de um luxo, pode-se dizer, oleoso. Um luxo rebuscado, feio. As pequenas alcovas foram abertas, eu imaginava, a orientar meus passos, fechando os olhos para situar as paredes de outrora. Minha adolescência não encontrava aquelas vastidões de salas intercomunicadas — umas abrindo-se sobre outras, e todas atapetadas com uma espécie de afrontoso requinte. — Ali, por exemplo, deveria ter sido o aposento de minha tia-avó... Sim, seria ali... Desnorteado e quase prisioneiro do pavor, perguntava-me o que tinha ido fazer, o que buscava. Acaso imaginara que o tempo soubera preservar a amada cor de requeijão fresco?

E eis que a pressenti entrando na sala. Uma hecatombe bíblica iria acontecer. Os dias seriam revolvidos como as águas de um mar convulso. Caminhando sobre esse mar, Eulália viria a mim, o camisolão branco aflando. Meu São Sebastião! — Não, eu não podia olhar. Os olhos se me vazariam e eu seria transformado em estátua de sal. — Veja, senhora, que não morreu totalmente o adolescente em mim! Enfim, em dois segundos reagi, premonitoriamente no sentido de refrear o assombro que pudesse ter. Vou enfrentar uma terrível velha, uma múmia, um arenque defumado, ou talvez não. Talvez me acolha uma anciã digna, com os traços aproximados de minha tia-avó... Domado o terror, voltei-me. Os salões mergulhavam em ilhas de penumbra; contudo, o lugar em que estava o rosto de Eulália era uma espécie de clara península avançando nas sombras. Maquilada de coral, branco, avelã, azul, era uma intemporal máscara boiando entre o teto e o soalho, desligada do corpo. Sobre a máscara repuxada, esticada, a peruca, uma espécie de cordoalha de víboras vermelhas. O corpo, o vestido dissolviam-se na escuridão. A máscara avançava, sempre inundada de luz como num buscado efeito teatral. Teria consciência de seu aspecto? Da luz incidindo reta sobre o rosto? Talvez, não. Imaginava, decerto, que a acolhia a piedosa penumbra que havia em manchas em torno...

— Como vê, estou na mesma casa. Só consegui comprá-la depois de morta a sua tia-avó. Reconhece os salões? Alguns móveis?

A voz parecia sair de uma velha gravação defeituosa.

— Muitos, muitos anos correram...

Foi a tolice que achei para dizer. Sim, agora, ela bem próxima, via-lhe a dessorada pele sob a crosta de maquilagem. A cor-de-requeijão fresco desidratara-se para uma nuança que a pintura tornava macabra. O que desejaria a mulher de mim, santo Deus? E eis que a vi sorrir com coqueteria, a voz de velha gralha tinindo:

— Muitos anos... E acho que eles me respeitaram, não? Emagreci, eu que tinha horror de acumular gordura com a idade... Mas você, Ivo, você engordou!

Tomava-se de ressentimento pelo meu aspecto, como se ele constituísse uma outra infidelidade. Depois cerrou os olhos. Queria falar ao Ivo dos dezessete anos:

— Esperei tanto, tanto, que me procurasse! Ó, eu sei, não precisa dizer... eu sei!

Abanou no ar a engelhada mão cheia de brilho de ouro, com a artrite nodosa a deformar-lhe os dedos.

— Eu sei que você não se casou porque sempre teve uma esperança. E eu me casei — dirá você! Mas eu lhe juro, Ivo, meu casamento não se consumou perante Deus porque meu esposo nunca possuiu meu corpo!

Biparti-me entre riso e soluços. Estava a pique de uma crise de nervos como qualquer jovenzinha à beira de exames, juro-lhe, senhora!

Ela, então, descerrou os olhos, tragicamente pareceu sair de sua abstração esquizofrênica. Viu-se em mim. Recuou, aos gritos, possessa:

— Tirem-no! Tirem-no daí! Eu o denunciei, sim! Eu o denunciei. Comunista imundo! Muitas vezes o denunciei e hei de denunciá-lo tantas vezes quantos dias ainda tiver de vida...

Depois dos gritos, arfava, ambas as mãos apoiadas a um móvel. A máscara intemporal envelhecera de um século. Aproximei-me. O móvel era a escrivaninha de minha tia-avó, reluzindo seus damascenos lavores de marfim. Olhei... Eulália amanhã ela morreria. E a terra iria cobrir um punhado de mentiras. Onde a cavala lorqueana? Onde o outono esplêndido e abrasado? Não lhe perdoava o falso testemunho. Não o que me visara, mas aquele que a ela própria destruíra. Onde a cavala que eu cavalgara danado de amor? Ela morrerá sem ter tido conhecimento de sua própria e maravilhosa verdade: a explosão de sexo desvairada foi substituída pela amorosa romântica. Fui recuando para a porta. A cordoalha de víboras vermelhas prosseguia no mesmo lugar. Amanhã iria para o cemitério. Eu já sentia sobre a sua carne o odor poderoso da morte. Ah, senhora, quando a terra cai sobre o caixão, em verdade ela cobre muito pouca coisa! O mais morto de nós não leva terra por cima. Vamos morrendo e deixando nossos pedaços por meses, casas, tempos perdidos. Em geral, as pessoas morrem encarnando seus próprios mitos. A cordoalha de víboras mexeu-se, teve um gemido. Vi-a uma última vez antes de cerrar a porta. E senti esse cerrar como se fora do próprio caixão de Eulália. O que a terra cobre é um punhado de mentiras. A terra, em verdade, cobre nada, nada, nada! Ou a senhora tem alguma ilusão a respeito da morte e da vida?

IX

Não Desejar a Mulher do Próximo

Guilherme Figueiredo

I II III IV V VI VII VIII **IX** X

XANGÔ

— Cê vai vê, Zaurinha, vai dá certo!

— Deus queira, Loca!

Amen. Domine, hic sum, servus obedientissimus eius protegentis filium amantissimum tuum.

— Cê vai vê. Vai dar certo. Num é verdade, Daguarda?

Vocas me, iuvenis?

Olharam-se, ternos. Só não se beijaram porque ao redor havia os outros, também chacoalhando no caminhão, geléia de suores e cansaços. E de esperanças, Santo Deus! As grossas cordas de pó vermelho ficavam para trás, desnovelando-se na estrada, margeada de casinholos que já se tornavam melhores, mais perto da felicidade, já de tijolo e cimento, já de telhas, já altos, já entremeados de anúncios, de ofertas de coisas que se oferecem porque se podem comprar. Zaurinha riu pro seu homem. E ele chegou mais perto dela, no quente dela. Santo Deus, Zaurinha sua, dele, Leocádio, Loca-velho-de-guerra!

Quem diria? Daguarda estava ali, como sempre, graças a Deus!

Foi Daguarda que a fez encontrar, flor intacta, na lama do mundo. Foi Daguarda, pela mão de Miguel, quem escreveu do Rio (a carta ia no bolso da camisa listrada, passaporte para a vida melhor): "Vem, rapaz, eu ajeito as coisas. Sertão não é lugar pra gente como você e filhada Isaura. Vem que Deus é brasileiro, te digo."

Se é! Do peito, o velho Miga! Quando foi-se embora não esqueceu deles. "Um dia vocês também vão!", falou. Batata. Deus os tinha valido, e ao Miga também. Do-peito. De-rancho do batalhão, quando foram sorteados juntos. Boa praça. Bom-de-bola, chegou a cabo. O oficial de dia gritava:

— Cabo da Guarda!

Ou só:

— Da Guarda!

— Pronto, Tenente!

— Se não tem o que fazer amanhã, leva meus garotos à matinê, tá?

— Tá.

— E de noite leva o violão pra alegrá lá em casa, tá?

— Tá.

Por causa de Zaurinha ele queria pedir a Xangô que intercedesse desde que a viu: foi ver na arquibancada do Floresta F. C. e perder um pênalti, o pessoal fazendo "Ohhhhhh!". Comungou na Páscoa, graças ao Capelão do batalhão, Zaurinha dançou com ele no clube, pedaço de mau caminho e caminho do céu, sestrosa que era um doce. Disse rindo pra ele:

— Cê perdeu o pênalti, mas cê é melhor no campo do que no samba...

Riram, Miga riu também, quando Loca repetiu o dito. Miga tinha razão, Deus protege quem reza: Zaurinha olhou para ele, quis. E ele nunca mais quis ninguém ("Jura, Loca?" — "Juro pra toda a vida!") . Já tinha dado baixa, buscou o dinheiro da meação pra dar pra Zaurinha. E, pra melhorar, foi vender bala para as janelas do trem, na estação.

— Se eu pudesse, te dava as estrelas do céu, os brilhantes da terra, os peixes do mar:

O que Miga traduzia no violão:

"Se eu te pegasse, morena,
Te dava o que tu mandar,
As estrelinhas do céu,
Os peixes dentro do mar,
Todos diamantes da terra,
Só pra você s'infeitar!"

Poeta tava ali, Miga! Que Vinícius, que nada! Fez muito bem dar uma banana pra Fazenda do Demetro, no Fundão, e meter o pé pro Rio. Vendeu um samba que saiu no rádio, dizem, e já era maioral num rancho, num morro. No Rio! No RIO! Sabe lá o que é isso?! Miga também tem o seu Daguarda! O pessoal ficou besta...

— Miga é que fez bem! Capinou, tá como quer! Violão no peito e dinheirama entrando...

Ele também. Miga mesmo escreveu (tava ali, no bolso): "Vem que a pelota aqui está pra você. Vi um clássico, Botafogo e Flamengo: não tinha ponta-esquerda igual a você." Jogar no Maracanã um dia! Diabo de caminhão parece que tem roda quadrada! Zaurinha cabeceando, linda, linda...

— Encosta aqui, Mau-Caminho!

Ela encostou a cabeça no peito dele, ouviu o coração dele; e os olhos dele pairavam por cima, como quem espera a bola certa vinda do alto, enquanto os braços a enleavam, para protegê-la dos demais, que iam em pé; e os olhos dele viram a medalhinha do Anjo São Miguel, Xangô, brincando, ao balanço do caminhão, no precipício do decote, bate aqui, encosta ali, roda, deita, vai de novo até lá, se esconde, até cá... Sentiu um frio de amor àquela paisagem...

— *Daguarda!*

Domine, peccavi.

— *Sancte et Archangele!*

Parce michi, Domine!

— Pessoal, parece que tamo chegando!

Que pena, tinham de levantar, logo agora que Zaurinha era mais carne e mais quentura!

O caminhão rodava mais suave, estrada boa. Levantaram-se. Os fios elétricos zuniam, em cima, dos lados; e multiplicavam-se os caminhões, os automóveis. Já algumas casas subiam, mais de dois andares, às vezes quatro, cinco, ainda mais, hachuradas ao alto pelas antenas, os fios desdobrados, e gente nos quadros das janelas, e nas ruas, despropósito de gente indo e vindo na aflição de viver, sem saber pra onde viver, cupinzada de verão em porre de luz.

— Que coisa, hem?

Olho a paisagem nos olhos dela, que riram e lhe deram coragem. Sol que te parta! E mundo, e manhã ensolarada, atirando para dentro do caminhão tresnoitado os cheiros, cheiro de abacaxis cortados nas esquinas, de podridões de mangue, de acetileno e galvanização, de axilas, de árvores estateladas no calor, de cadáveres de peixes, de destroços de carne e borracha queimada, de salgados mistérios de feira e corbelhas multicores de frutas e legumes, cada qual com seu preço cravado, cemitério vegetal; e de cão e seu mijo, de hálito de portas soturnas e corredores povoados de cotão, cheiro de cimento fresco, montanha e horizonte, subindo até o alto, longe, em cima do altar-mor dos verdes estanhados, rebrilhantes, onde os braços abertos do Cristo abençoavam a turma toda...

— Tá gostando?

— Gostando é apelido...

Mirabilisima urbs! *Gloria Sancti Sebastiani Fluminis Ianuari! Adsum, Archangele*...

Nem podiam olhar, de tanto olhar! O caleidoscópio da cidade desabava imagens, rápido, desmantelar de planos, de riscos, de sons, que o chão do caminhão ajudava a espatifar e reproduzir no sacolejo. Até que o bicho buzinou, virou, diminuiu, travou, roncou no último aperto do acelerador.

Padrinho Miguel estava na calçada, batata! Que de abraços! Que de risos e contemplares um ao outro, nos rostos, nos olhos, constatando-se vivos em pileque de alegria. Quando acharam que chegava, foi que Zaurinha recebeu a admiração do padrinho:

— Filhada, bons olhos a vejam!

Loca dava pequenos murros no bíceps do outro. E Miguel anunciou:

— Vamos tomar o meu carro!

Seu carro? Então era verdade? Ali, outro caminhão, caixote enorme como uma casa, amarelo, arranha-céu sobre rodas.

— Seu?

— Da empresa. Quem sou eu, primo? É lá que você vai trabalhar. Vam'bora!

Não era negócio de futebol? Nem perguntou, de espantado — e os olhos de Zaurinha também eram espanto. A roupa era uma só trouxa e um malote de papelão. E as chuteiras, ostentadas do lado de fora, amarradas. Subiram.

— Vou atrasar a distribuição, mas vim buscar vocês.

— Cê num tava fazendo samba?

— Tá, tou. Mas samba só não dá. Parceria, a gente tem de pagá sociedade... Quer ver meu último? Chama *Nosso Senhor dos Favelados*. Um doutor corrigiu a letra, pra ganhá metade, o fio-da-puta...

De olhar no caminho, mãos no volante, cantou:

"Ai, não falta quem cante
A poesia do morro,
Esse inferno de Dante,
Esse céu de cachorro,
Nosso teto estrelado
Pelas frestas de lata,
Nosso samba roubado
E o adeus da mulata...

Riu, olhou para o lado, pra ver o efeito. Continuou:

"Mas se os teus braços de irmão
Abraçam teu violão,
O dedo corre o bordão
E somos a inspiração,
Deves ficar consolado
Pois lá em cima, iluminado,
O Cristo do Corcovado
É o maior favelado.

— Tarararara-raraaaaaa...
Viu o efeito.

"Se alguém sobe a favela,
Como escada da Penha,
De mãos postas e vela,
É melhor que não venha,
Porque a luz prometida,
Gota d'água e feijão,
Tudo é coisa esquecida
Quando passa a eleição...

— Isto é pra chateá cabo eleitoral e político safado... Tarararara-rara...

"Mas se te falta poesia,
E se te falta Maria,
Se a vida ficou vazia,
Sobe o morro em romaria...
Empresta ao teu Redentor
Teu violão sofredor
E aprende a reza de amor
Do Maior Compositor..."

Riu, glorioso.

— Tararara-raraaaaa.

Legal!

— Você se instala e tá tudo azul. Pé na tábua, que Deus manda brasa!

Amen. Dominus prunam iactat.

— Mas cê num ia arranjá negócio de futebol?

— Ia. Mas você vai pra empresa, entra pro time de lá, joga, vem os olheiro e descobre você. Ou cê pensa que todo o mundo no Rio já sabe quem é Loca?

Foi contando histórias que não davam tempo de ouvir, tais eram as outras coisas que passavam, à destra e à sinistra, riquezas de vitrinas e de pessoas, bestices de mulheres encarapitadas em saltos altos, umas até de calças, credo, pouca-vergonha!

— Olha í!

— Cês inda num viram nada!

— Safadeza.

Modesta non erat, Domine, sed filia tua...

— Fac officium tuum, Michael

E então, depois do túnel, o mar...

Domine, abhine saecula quattuor crux tua advenit per ignota maria... Então era a areia, branca e metálica de doer, e o mar azul e metálico, e sobre ele as velas, e Vossa Cruz inflada sobre as vossas consciências... *I, Archangele, protege eos!*, Vós dissestes... Ah, nem imaginar podia o que foi! Do imo d'alma, juro: em quanto desciaõ os escaleres e deitavaõ remos, na grita allegre de ter terra, sahyraõ das moytas huns seres bipedes mas de plumas, que se ajunctaraõ aa algazarra lusa e processionaraõ polas areas, em festa. Perguntaraõ os navegantes se outros havia cerca (pois entre elles hum sabia a lingoa do gentio) e lhes foy dicto que sym, por adentro da bahia que antes tomavaõ como um ryo que hera de janeyro estavaõ gentes de Villa Ganhão que os silvicolas chamaõ mair e mantinhaõ commercio com os de adentro... Gentes de Luthero e Calvino, os Satanases! Entre mentes, alguns dos lusos deitaraõ olhares pelas habitantes e ellas riaõ aa socapa e se foraõ todos muy ledos pera as moytas despois de escambarẽ papagallos por espelhos e demaes objectos seductores que adrede trasiam e outros bichos. *Harce mihi, Domine!* Non tinhaõ ellas maes que as maões pera cobryrẽ-se as vergonhas mas as d'elles preferiraõ e non houveram preces que os fisessẽ regressar senão muyto em pós haverẽ peccado, no que nẽ ligavaõ os donos das cunhans, pagaões e non tementes de Vós, que nẽ estaveis ao cume da montanha, como aghora...

— Virge!

O caminhão fez a curva, deu de subir logo, mal se podia ver. Mas, olhando para trás, viram estranhos frutos ou plantas em gomos de cores plantados na areia, malocas de pano para onde corriam piás e onde dormitavam cunhãs e guerreiros...

Quantum mutatur omnia, Domine, per secula quattuor!

Zaurinha e Loca botavam os olhos, voltando-se para trás. Tiveram de descer, já não dava mais para o caminhão. Subiram o resto a pé, vique-te-vuque no caminho íngreme, por entre meninos, mulheres que subiam trouxas e latas, bater de ritmos e falas altas, por entre as quais Daguarda distribuía bons-dias de risos brancos.

Olhando, viram: o mar, perdido de vista; o céu, perdido de vista; a praia, risco por baixo da cristalização dos edifícios, estranhas formações de quartzos; e o formigueiro de gente de pés descalços, de pernas sem calças, de braços sem mangas, torsos sem camisa, tudo pequenino, como numa fita de cinema que passaram um dia na quermesse e que o padre mandou tirar logo, por indecente.

— Te alembra daquela fita que o padre mandou tirar, Loca?

— Aquilo não era nada, filhada. Cê percisava vê a da Norma Bêngue, nuinha!

— Credo!

— Filhada, a casa é sua.

Zaurinha viu a casa, prodígio de artesanato entre outras semelhantes, costura de bambu e barro e zinco e tábua e restos de coisas, equilibrando-se e se ajudando, exército de bêbedos. Bem melhor que em Monte Belo! Mesa tinha, banco, fogão, latas d'água tinha, cama de gente grande e mais esteira que Miguel rolou no chão:

— Por enquanto vocês usa minha cama, até se dar um jeito.

A gente bota outra esteira pra separar a sala, mode eu não aporrinhar. Zaura, teje em casa, que levo Loca comigo.

— Agora?

— Pro batente, uai! Já tão esperando ele!

— Domingo?

— Domingo, uai!

— E missa?

— Descansa. Cês vão a das seis, que aqui tem.

Loca só deu adeus de longe pra Zaurinha, de encabulado de beijar diante do outro. Bem que queria, e até mesmo ficar e dizer que trabalho era pra amanhã: primeiro descansar, olhando Zaura, as surpresas de Zaura iluminada à luz nova, e até provando Zaura naquela casa estranha, estranha sensação! Não: devia ir. Desceram no caminhão, e Miguel explicava, manobrando bonito e buzinando importante:

— O negócio é o seguinte: você já tem treino de vender bala na estação, né?; em cada posto de abastecimento você vê uma carrocinha, que aqui o papai tem de encher...

— De quê?

— De sorvete, uai! Não leu no caminhão? Você pega um caixote que tem uma fita de couro pra botar no ombro, que nem mosquetão. Se alembra? Dentro, os sorvetes, gelados com gelo especial, que queima pa-ca! E você se manda.

— Pra onde?

— Pra praia. A turma tá no sol, sofre, tem de comprar. A comissão é sua. No dia do treino do time, você mostra suas qualidades.

— E você?

— Bem, o degas aqui já tá de maioral. Faço a distribuição maior, no caminhão. Você nunca provou esse troço?

— Desses, não.

Tinham chegado diante do depósito. Miguel deu um sorvete a Loca, apresentou-o, tomaram-lhe nota do nome, do endereço, pediram certificado de reservista.

— Agora, te manda. Depois a gente vai tirar sua carteira profissional.

Até se emocionou quando olhou o outro acenar, já no volante; um orgulho de si, nó na garganta.

— Te manda, rapaz! Se encontramos aqui, depois, quando acabar a praia.

Loca desceu a rua, caixinha a tiracolo. Diziam em Monte Belo que era difícil emprego no Rio... Difícil, os colhões! *Domine, peccavi...* Ora, cê besta, Daguarda! Nome feio na conversa e no pensamento, sem maldar, não é pecado — o padre disse. Cara lega, Miga! Então aquilo é que era o Rio, o Rio falado? Vitrinas, os manequins delas que um dia Zaurinha ia imitar, menos aquele de umbigo de fora; e quantidades de troços de comer, de beber; e gente andando, parada, aqui, ali... Gente despida, Santo Deus! Crianças, marmanjos, mulherio... E que quantidade, e de todas as idades, sem vergonha, a se exibirem, meninas ainda lisas de peito e velhas de camisolão de pelancas... Sem se preocuparẽ de exhibir suas vergonhas, que todos viaõ sem por n'isto tençam de peccado... *Domine, peccavi, parce mihi...* Quaes com apenas collares sobolos seios, de dentes e sementes, quaes com nativos taparrabos de plumagens a semi occultar outras tantas plumas e pennugens, no que gastavaõ tempo inutil jaa que os varoẽns para alli non attentavaõ, e sym pera as caças e pescas, como se mylhor encanto fora o correr tigres e peyxes do que disparar quaes settas traz tam promissores dotes... E hum dos peccadores, tomado de interprete na Bahia de Todos os Sanctos, e por tanto Bahiano de bom fallar, soldado dos maes leaes a el Rey, correu em pos huma d'ellas e blasphemou:

— Polas chagas de Christo!

E a cunhan deitou-lhe os olhos d'amendoa, interrompeu o curso e indagou:

— Tu veux faire l'amour, toi, pero?

E o Lusiada estacou, meravilhado de ouvil-a fallar francez, e inquirio:

— D'onde apprendeste, guerreira bruna, a lingoagem de meos irmãos?

— Pois non estam elles ao outro lado do morro com o Senhor Almirante de Villa Ganhão e non sahem a caçar damas e cathechisal-as em hábitos de França? — retrucou a nympha.

O capellão da Armada corria de hum a outro lado, maõs erectas ao céo a bradar:

Meos filhos!

Meos filhos!

E qual, versado em lettras classicas, deteve-o para retorquir:

— Bofé, padre! Se pensas que cruzamos meio planeta de mar para por no céo estes bugres, enganas-te! Lê a *Iliada* e vê do que são capazes homens pola mulher do próximo! Lê tua *Biblia* e vê que Deos non tinha outra idea fixa!

E se foy, em quanto o sacerdote punha os joelhos ambos na doce area. E non maes hove no bosque de pytangas se naõ chilros e syllabas de execrado amor peccaminoso, quaes em tupy, quaes em vernaculo, quaes em bayxo idioma de caes de Honfleur e de catecumbas de Paris... Pois em verdade aquellas damas já estavaõ versadas em mysterios d'abraços e enroscares que os francezes ensinam e jaa andaõ a exportar polo resto do mundo em quanto exportaõ virtude os irmaõs de Sancto Ignacio de Loyola... E o Capellão supplicava, ora acolá, ora aqui:

— Meos filhos, meos filhos, vinde ver o sancto theatrinho do irmaõ Joseph de Anchieta!

Soluçava, de maõs postas, genuflexo, em tal attitude que huma das conhans tomou por pedido de dar e o arrastou brandamente:

— Viens, toi!

Vade retro, falou o Capellão, mas foy, e sua voz se ajuctou ao choro dos gemidos pagaõs. Ah, por Deos, Senhor, n'aquelle tempo jaa estaveis laa, Senhor, no topo da montanha, porem invisivel aos homens, e vistes o que foy isto per aquy... E jurastes que haveis de permanecer, braciaberto, a proteger a Cidade do Sancto Varado de Settas...

— *Michael, sequere protectum tuum!*

A Voz vinha do Alto, da Pedra, dos braços abertos da Pedra de Pedro.

Loca, safo, esperou que os veículos cruzassem as transversais, continuou. Um menino deslambido fez manha, pediu à mãe, a mãe deu que era domingo, ele vendeu o sorvete. Fácil, fácil. Fim do trabalho, Miga iria ver! Dinheiro em caixa, progresso, PROGRESSO, como na auriverde — que é que há? E mais tarde, do time da empresa para o Glorioso, pimba-que-te-pimba, a bocarra do Maracanã bradando um só nome:

— Locaaaaaaa!

E ele de camisa auriverde, Zaurinha na tribuna de honra ao lado do Seu Coisa, e o Seu Coisa chamando ela de Madame e os jornais tirando retrato dos dois. Dos dois? Dos três, Miga também, no meio, Anjo da Guarda. Tu vai ver, Zaurinha, Deus é brasileiro!

— *Brasiliensis sum.*

E a foz da rua, para a Avenida, o Mar. Um tapete de areia, até o mar. E no tapete o mundaréu humano, de gente indo, vindo, deitando, dormindo, sentando, falando. No bem-bom do não-fazer-nada, safados! Enquanto nós dá um duro filha das unha no pau da enxada, esses cara fica aí, umbigo pro sol, se rindo, lavando as bundas na onda. Vagabundos! Se houvesse lei, era meter essa gente em forma, comandar os pelotões pro eito, botar pra ganhar o pão com o suor do rosto... Qual o quê! Ganhavam mais do que pão: sorvete, sem fazer nada — e pagavam, mais caro do que pão.

Foi assim que sentiu o ferver da areia nos pés. Horror de calor, de que se livrou correndo em direção às moitas de guarda-sóis debaixo das quais jiboiava o pessoal. Chamaram:

— Sorveteiro!

Várias vezes. Não estava acostumado, não percebeu que era com ele — até que Miguel lhe soprou ao ouvido e tatalou a branca asa na direção da freguesia... Obrigado, Daguarda! Lá foi. A dona, ensacada em preto, pediu um, dois, três, distribuiu pela ninhada de filhos, estendeu uma nota:

— Tem troco?

No estender, o decote avarandou-se. Virge! Tira os olhos daí, Loca! Loca piscou, de pecado e frio na espinha. Foi só um átimo. Deu o troco, disse para dentro que domingo que vem contaria ao padre. Olhou a areia, com arrependida humildade. E nela, jazendo como estátua a ser achada, outra dona: pés, pernas, coxas, coisas todas à luz, menos a folha de parreira de látex e duas outras, mais acima, vitórias-régias em turvo lago; e os cabelos desciam areia abaixo, e ela olhava o sol, com óculos negros de encarar o sol. Quase-quase pisou-a. Foi ela, porém, que o pisou nos olhos, com sua presença e existência. Loca fugiu as pupilas; bateram mais adiante: loura que só artista de cinema, a atear as labaredas dos cabelos para aumentar o louro do sol; e, ao gesto, o busto empombava-se o bastante para escapar um nada do pano côncavo que o sustinha, meia-taça caçando meio-pêssego em úmida calda loura de suor. O torso descia, o ventre esbatido de égua sem cria, para alargar-se, generoso, pousado na areia feliz, como pousadas também estavam as pernas, mas com tal jeito que se via, por entre, a sombra promissora... Deus, meu Deus! Daguarda, que coisa! E logo outra, farta, barriga ao chão, modorrando, nádegas a pino, e os cordões do *maillot* desatados mode a deixar que os raios a picassem, como por baixo a picavam em gostosura as lagartinhas da areia, e passeavam em cócegas minuciosas as baratas íntimas. Miguel acomodou-se debaixo do fresco de um guarda-sol, avestruzou a cabeça debaixo da asa, para não ver... *Domine!* Quá o quê! Bom de ver que importa!

— *Michael, salva protectum tuum!*

Pareo. Vam'bora, *Leocadi*!

Que nada! Loca estatelou os olhos, ardidos de sol e espanto. Algumas sereias disparavam, céleres, tremeluzentes, e se deixavam afogar de espumas, aos gritos, gritos inspirados pela água que as tocava à altura de seus dons; outras apenas esperavam, fumavam, movendo seus açougues em descuidosa propaganda; algumas, além do corpo, incendiavam olhares, de si mesmas e dos machos ao redor, dorminhocos e espertos crocodilos; algumas, recobertas dum tecido de sal, eram estátuas de si mesmas, algumas, aboboradas em celulite, ofertavam profundezas e sugeriam brutalidades de *pizzaiolo*; algumas, esguias e quase sem carne, ofereciam o conteúdo exato de duas mãos.

E — vede, Senhor! — as filhas e netas e decanetas das que chegaram d'África, negas fulôs de sousa e oliveira *et coetera* e tal, algumas ainda caçadas à noite pela polícia da praia (quando não há navio americano com marinheiro endolarado) e outras já citadas no colunário, folclore tornado debutante. De um hotel despontou uma vedeta — e os refrescos em redor ficaram no engasgo a meio dos canudinhos; luzia-se, fotógrafos acrescentaram outros olhos esgazeados das objetivas, graças aos quais se multiplicaria a provocação, mundo afora; grupos negligentes chapinhavam na fímbria do mar, processionando-se ante a arquibancada de marmanjos... Algumas... Ah, essa não! Debaixo da barraca azul, uma pousou a coma na peluda coxa do homem e contemplou-o para cima, pedinte; e ele não resistiu, curvou-se como a beber água, e ali mesmo, diante de todos e debaixo do Redentor e seu Anjo, deu-lhe boca e bigode nos lábios, a se sugarem assim, as mãos dela envolvendo-lhe as costas e pondo-lhe as dez manchas vermelhas das unhas nas espáduas torradas, as mãos dele buscando o que ficava por trás dos *nylons* e empolgando o tesouro de carne achado na areia. A veia da fonte, à esquerda, começou a bater, o suor começou a descer pelo rosto de Loca...

— Valha-me, Daguarda!

Tirou dali os olhos relutantes. Tirou e olhou longe, até alcançar o fim da praia, fim da estrada de pecado a terminar no monstro semi-submerso do Forte; e voltou-se para o outro lado, por toda a extensão das ondas a embolar espumas brancas e carnes multicores, até longe, onde se erguia o Pico... E, para a frente, o resto do mar, deserto até derreter o verde no azul do céu; e, para trás, o muro das janelas pecadoras, bisbilhotando os pecados, milhares de pecados, quilômetros de pecados, algumas até com binóculos, e trazendo os pecados para os leitos revoltos; e sobre elas os olhos ávidos, arregalados de lentes, na tocaia, sentinelas onanistas; e lá, erguido no alto, o Cristo, pedra impassível, braços abertos à própria obra, abençoando-a e — quem sabe, Daguarda? — escolhendo quem iria, no fim, para a Divina Praia ou para as areias escaldantes do Tinhoso... Valha-me! O homem da dona cravou-lhe boca e língua e ninguém deu bola. *Deus Omnipotens, salva me et salva filium tuum!* Outra mulher, nem mulher ainda mas já cônscia de suas curvas, oscilava-se em direção a todos. Rente ao mar, um braço ergue, a peteca, estalou a mão, fê-la voar e, com ela, voou a imagem de carne que a espantava.

Deu sede em Loca; Loca tinha dor de cabeça; Loca sentia inconfessáveis vontades, que resolveu aplacar entrando mar adentro, até a cintura, e borrificando-se de água sobre o suor, na carapinha, nas têmporas. Uma onda besta ergueu o bote, longe, armou o pulo, encarapitou-se em si mesma, dobrou a franja, desmilingüiu-se em si mesma e veio, e *plash*! — em cima da caixa de sorvetes, que ele até esquecera a tiracolo. Fugiu para o seco, abriu a caixa, experimentou o gosto de um dos sorvetes meio derretidos. Ainda dava para vender, se o gelo agüentasse... Vendeu aqui, ali, meio em sono...

— Presta atenção no troco, rapaz!

— Ah, desculpe!

Com franqueza, Daguarda, quem é que pode fazer troco olhando para a dona daquele cara, a dona que meteu a ponta do sorvete na boca com tal apetite que ele, Loca, sentiu o frio na imaginação, espinha abaixo. O cavalheiro olhou-o impertinente, e ele se foi, sem ligar. Não deu mais que dez passos:

— Psiu! Você aí!

Um braço acenava. Veio, náufrago, para o braço de outro náufrago. Além do braço um ombro, além do ombro um pescoço, no alto do pescoço um riso branco na pele escura:

— De que é que tem?

— Manga, coco...

Disse por dizer. Já nem sabia. O sorriso falou:

— Manga.

Felizmente tinha. Entregou, esperou. Ela desembrulhou o sorvete, olhou para ele, adivinhou que estava sendo admirada. Antes de falar, estendeu o pé, colocou-o em cima de seu pé, como por acaso. Falou:

— Não trouxe gaita, meu pão. Amanhã vem aqui que eu pago.

Seus olhos, sua língua já lambendo o sorvete, eram tão perigosos que Loca estatelou-se, sem saber o que fazer, deixando que a carícia do pé lhe repassasse, pele acima. Mulher é o diabo! *Mulier daemon est!* E marido de mulher mais diacho ainda, se chega! Teve medo dos homens ao redor, de si mesmo. Ela riu, cínica:

— Vendeu muito hoje?

Nem sabia falar.

— Perdeu a língua? Diga, quanto foi a féria?

Engoliu em seco.

— Se já tem aí umas quinhentas pratas, a gente pode dar uma volta aqui perto...

Um sangue subiu-lhe. Um sujeito parou perto, olhou, veio:

— Tá querendo alguma coisa? — esbravejou o homem, macho.

O riso continuava rindo. Apenas a coxa retraíra o pé.

— Nada, não, moço.

— Então, desguia.

Teve ímpetos de gritar para ela: "Sua puta!" — mas o sorriso dela, o rosto, o busto arfante, semi-apoiado pelas mãos, tudo era tão perturbador que nada disse, apenas afastou-se, enquanto o machão ainda dizia:

— Esses moleques são muito confiados!

— E tu num é, pilantra?

Seguiu, sem olhar, ódio doendo dentro, ódio e ao mesmo tempo gosto de estranha vingança... Vingar-se daquela mulher que se esfregara nele e lhe roubara um sorvete. Respirou, ainda. Andou mais. Sem ver dois outros que quase pisou. Crianças: não tinha mais de quinze anos, ele; ela, outro tanto, o queixo imberbe pousava-lhe no braço, onde descia a alça; e o lábio salpicava de trêmulos beijos o mamilo nu, e com tal graça e capricho que ela, mesmo assim jovem, já achava no rosto, nos olhos dobrados, no lábio entrearfante, na anca a colear na areia, um estertor de súplica, um gozo da mulher de amanhã. O suor de Loca apertava-lhe a camisa no corpo; as calças que o mar molhara, colavam-se em suas pernas a ponto de quase não o deixar andar. Buscou outra direção, trôpego, sentou-se, desvencilhou-se da maldita caixa de sorvetes, que depositou na areia. Respirou fundo todo o salitre do mar...

— Daguarda, reza comigo!

Longe, longe, librando no ar, entre os papagaios de papel, acima do areal e do desenho coleante da calçada; por cima dos pecadores, vendo-os, cada par de olhos mirando a carne de outrem, fossando-a na imaginação ou mesmo no apalpar, refocilando-se nela, boquiabrindo-se para os seios e os púbis engradados em tecidos e enxaguados de salmoura...

Domine, quam pulchrae sunt creaturae tude! Domine, quam perfectum opus tuum est!

— *Michael!*

— Tás-me ouvindo, Daguarda?

Sim, sim... Ou não... *Domine*, são seis quilômetros de mulher do próximo, apoteótico mercado, círculo do Inferno que o poeta esqueceu ou soube apenas apequenar, vasto caldeirão de cupidez e suspiros entalados... Em cada pegada, como uma estrela-do-mar invisível, o amor, os amores, vãos amores capazes de serem ouvidos com o tocar do ouvido na areia, como fazem os índios para localizar o distante tropel... Tropel de amores a deslizar debaixo da areia, como os vermes, a beliscar aqui uma cova de joelho, ali uma dobra de coxa, além... Tropel de gemidos silenciosos, tropel de pomos-de-adão deglutidos, tropel de suores na areia e no sol, tropel de bustos que sabem fazer-se suplicados... Loca engolia em seco.

— Daguarda, meu Daguarda, que é que eu devo fazer?

De tudo havia de restar seu único amor, que ofertaria, resumo da carne de Copacabana, à carne de Zaurinha. Tomou um punhado de areia na mão, pecado em pó, guardou-o no bolso, para empoar de leve o torso de Zaurinha... E, ao saborear a idéia, cobiçava a própria esposa, pecando com ela em imaginação. E aquela porcaria daquela caixa? E o emprego? Merda, merda para tudo, merda para Copacabana, para o Rio... E pra você, Redentor, tó! pra você também, Anjo! Levantou-se, enfrentou o fogo da areia, o ganir da areia nos pés, a gosma do asfalto, ganhou a sombra da calçada, aproximou-se do balcão do bar, pediu:

— Uma dupla aí!

Botaram. Deixou que caísse goela abaixo, como uma bênção, depois de riscar um derramado para o lado:

— Pra você, Daguarda!

Respirou:

— Outra.

O que via diante de si eram aquelas pernas, aqueles seios, aquelas nádegas, aquelas bocas — pomar de pecados desdobrando-se, furioso pesadelo que o chamava, mar de mulheres, uivante, labaredas de mil mãos blandiciosas...

— Outra.

— Não paga uma batida pra mim, pão?

Era a da praia, a que roçara o seu pé, e a saudade ficara ali, como a passagem de um bicho-de-fogo.

O português nem esperou: serviu logo, ao gesto da beleza.

— Quem era aquele que tava contigo?

— Um cara qualquer.

— Teu home?

— Meu home tá no batente. Vem comigo.

— Outra!

A mulher também pediu outra — e os restos da água do seu banho de mar escorriam pelas coxas, desenhando uma hidrografia por entre o areal que a cobria em milanesa; e seus olhos brilhantes constelavam-se de gotas ao redor, vindas dos cabelos, que desciam velozes, orvalhavam os ombros, a curva dos seios... A curva dos seios, como de Zaurinha...

— Dá o fora.

Pagou rápido, estúpido, acotovelando o último gesto de oferta da mulher. Ia pegar Zaurinha, voltar para Monte Belo. Que Miguel, que Rio, que nada! Monte Belo e Zaura, o melhor de Monte Belo, a única... Zaurinha que se avermelhava de pudor quando ele exclamava o seu deslumbramento diante daquele corpo:

— Zaurinha, você é um pecado pra toda a vida!

Quando ele disse isto pela primeira vez, ela deu um muxoxo, enroscada de vergonha.

— Zaurinha, se não fosse feio, eu tinha vontade de mostrar você todinha pra todo o mundo e dizer: "Tá vendo, seus bobos?"

— Fais assim não, Loca...

Se enroscava, se dava agradecida.

Pegava Zaurinha, dizia pra ela que essa vida não servia, não era de gente de bem, não. Uma praia inteira de pecado, uma cidade inteira; e o pobre Cristo espiando. Té chegava a ser indecente. Não sei como não corre uma lágrima de pedra, dos olhos d'Ele, pra esmagar essa safadeza. Não deviam ter botado Ele lá. Cristo é do altar, onde a gente chega com respeito e ajoelha. Mundo perdido...

— Outra.

Resignado, o vendeiro serviu. Loca bebeu firme. Pagou firme, exato. Saiu importante, embora descalço. Caixa ao lado. Firme demais, até a esquina seguinte, onde parou novamente e comandou no balcão:

— Bota uma branquinha aí.

Botaram. Não, Zaurinha não ficaria, ele não ficaria. Sacudiu um bocado do copo no chão:

— Toma, Xangô.

Tomou também. Diabo de caixa! Deixou a caixa encostada na calçada. Que se danassem! Que se danassem, ouviram? Miga, sorvete, empresa, tudo! Pagou largo, sem troco. E se foi, ruas adentro, a buscar a encosta do morro, as veredas por entre as casas onde começava a subir o formigueiro de latas d'água. E se alembrando:

"Mas se te falta poesia,
E se te falta Maria,
Se a vida ficou vazia,
Sobe o morro em romaria..."

Todo o morro subia em romaria, para o cotidiano da dor: Maria, Conceição, Risoleta, Rosa — Maria com lata d'água, Conceição que um dia ficaria no asfalto para sempre, Risoleta bamba, Rosa de baiana gingante... E Edgard, coitado, e Januário dos bondes da madrugada, da impontualidade da Central, seres de sexo, fome e suor, cujos pés gretados pisam as estrelas de Orestes

Barbosa e olham o céu de lágrimas de Chico Alves, e que guardam, nos ouvidos, o bordão de Sinhô e sopro de Pixinguinha... Ali, de onde já se via o casario de cimento, estava o terreiro, com seus penachos de bambu e suas diagonais de bandeirinhas de papel... Alguém, escondido, batia um tamborim, alguém dedilhava, alguém cantava. Ia haver ensaio. Deixar Zaurinha ali? Nunca, nunca! Por entre as nuvens de pensamento, vinha o samba...

> "Empresta ao teu Redentor
> O violão sofredor
> E aprende a reza de amor
> Do Maior Compositor."

Que reza, Daguarda? Ali alguém rezava? Que porre, safa! Porre que outros conheciam, nem ligavam, os meninos a correr, as mulheres a passar, os homens a conversar... Que porre e que apetites dentro, fervendo com a cachaça. E que saudade, sobretudo a saudade de raptar Zaurinha, voltar com ela para Monte Belo... Não é, Daguarda? Daguarda cabeceava de álcool, a seu lado...

Domine, absolve me! Audi me, Domine!

Nem Anjo da Guarda escapa, Santo Deus! Nem Deus mesmo, de braços abertos para seus filhos... Que pensamento de pecado, Loca, que horror de pensamento, dos que pedem confissão... Confessa, Loca, você tá pecando de todo jeito, pecando de vontade de deitar na cama de areia e amar aquele mundéu de carne... Loca, você esqueceu Zaurinha, você está esquecendo, você vai mergulhar na cidade, como Miga, como todos... Não, não! Zaurinha, Mau Caminho, Meu Caminho, me ajuda pela mão do Anjo, que me fez te encontrar e me fez o melhor ponta-esquerda de Monte Belo... Me ajuda, Anjo...

Todos os sons do morro soavam dentro de Loca, fora de Loca, ao redor de Loca... Daguarda, mostra que tu tá aí, me ajuda, companheiro...

Sed si poesis abest,
Si abest Maria,
Si vita vacua est,
Peregrinus ascende in montens
Mutua a Redemptore Tuo
Dolentem cytharam
Et orationem amoris dice
Maxime Poetarum.

Anjo velho de guerra, me salva! Daguarda, me proteja! Galopava morro acima, aos tropeções, cabeça aos trancos, calor no corpo todo... Daguarda, me salva, salva Zaurinha, salva todo o mundo... Amanhã, em Monte Belo de novo, ia dizer tudo ao padre, dizer dos amores que vira, daquelas mulheres, daqueles homens, dele mesmo... Mas agora precisava de paz, do calor de Zaura, do calor de seu perdão, que as lágrimas já suplicavam. Abriu a porta. Lá estava, na cama. Loca viu, gemeu, pra dentro: Daguarda... Miga nem ouviu, enroscado nela. Nem ela. Loca fechou a porta, uma porta de lágrimas.

X

Não Cobiçar as Coisas Alheias

João Antônio

Para Daniel Pedro de Andrade Ferreira

"Um valente muito sério,
Professor dos desacatos
Que ensinava aos pacatos
O rumo do cemitério"

Século do Progresso
– Noel Rosa

"... quem gosta da gente é a gente. Só. E apenas o dinheiro interessa. Só ele é positivo. O resto são frescuras do coração."

(de acordo com o ensino de Laércio Arrudão)

I II III IV V VI VII VIII IX X

Paulinho Perna Torta

Que essa cambada das curriolas, que esses ratos da polícia e esses caras dos jornais, gente esperta demais com seus fricotes, máquinas e pé-ré-pé-pés, espalha que espalha mais brasa do que deve.

Sei que deram para gostar ultimamente de encurtar o nome de Paulinho duma Perna Torta.

Paulinho duma Perna Torta. Paulinho da Perna Torta. Apenas.

Nos jornais, nas revistas. Também na televisão já vi essas liber-

(Este conto foi revisto pelo autor, na Muda, Sanatório da Tijuca, Rio de Janeiro, entre maio e junho de 1970.)

dades. Leio e ouço por aí. E, assim, São Paulo inteiro acabará me chamando de Perna Torta.

Não gosto.

MOLEQUE DE RUA

Dei duro. Enfrentei.

Comecei por baixo, baixo, como todo sofredor começa. Servindo para um, mais malandro, ganhar. Como todo infeliz começa.

Já cedinho batucava.

— Vai um brilho, moço?

Repicar na caixa, mandar os olhos nos pés que passavam. Chamar freguês. E depois me mandar no brilho dos sapatos. Fazer um barulhão com o pano, atiçar os braços finos, esperto ali.

Os dedos imundos não tinham sossego. Às vezes, cobiçava os pisantes dos fregueses; então, apurava mais o brilho. O tipo se levantava da cadeira, se arrumava todo; se empinava, me escorregava uma nota. Humilde, meio encolhido, eu recolhia a groja magra. Tudo pixulé, só caraminguás, uma nota de dois ou cinco cruzeiros. Mas eu levantava os olhos e agradecia.

Agüentava frio nas pernas, andava de tênis furado, olhava muito doce que não comia; e os safanões que levei no meio das ventas, quando me atrevia a vontades, me ensinaram que o meu negócio era ver e desejar. Parasse aí.

Agüentei muito xingo, fui escorraçado, batido, e dormi de pêlo no chão. Levei nome de vagabundo desde cedo. Lá na Rua do Triunfo, na Pensão do Triunfo, seu Hilário e Dona Catarina.

Aquilo, àquele tempo, já era o casarão descorado dos dias de hoje, já pensão de mulheres. Mas abrigava também, à noite, magros, encardidos, esmoleiros, engraxates, sebosos, aleijados, viradores, cambistas, camelôs, gente de crime miúdo, mas corrida da polícia; safados da barra-pesada, que mal e mal amanhecia, seu Hilário mandava andar. Cada um para a sua viração.

A gente caía para a rua. Catava que catava um jeito de se arrumar. Vender pente, vender jornal, lavar carro, ajudar camelôs, passar retrato de santo, gilete, calçadeira... Qualquer bagulho é esperança de grana, quando o sofredor tem a fome. Vontade, jeito? A fome ensina. A gente nas ruas parecia cachorro enfiando a fuça atrás de comida.

Ainda escrevem aí que matei meu pai a tiros por causa de uma herança... Esses tontos dos jornais me botam cabreiro.

Outra coisa errada que em meu nome corre é que comecei na zona. Que zona, que nada... Zona foi vida boa. Foi depois de Laércio Arrudão me apadrinhar e me ensinar o riscado do balcão, pra cima e pra baixo, servindo cachaça, fazendo sanduíche e tapeação nos trocos; misturando água nas bebidas quando, noite alta, as portas do bar desciam e Laércio ia fazer a féria e eu as marotagens nas garrafas. Sim. Mas antes dessa coisa de zona, me rebentei por aí.

Bem. Engraxando lá nas beiradas da Estação Júlio Prestes. Era um na fileira lateral dos caras. Entre velhos fracassados em outras virações e moleques como eu e até melhores, gente que tinha pai e mãe e que chegava lá da Barra Funda, da Luz, do Bom Retiro... Porque isso de engraxar é uma viração muito direitinha. Não é frescura não. A gente vai lá, ao trambique da graxa e do pano, porque anda com a faminta apertando. E é mais sério do que aquilo que os otários com suas vidas mansas, do que os bacanas e os mocorongos com suas prosas moles julgam. Aquela molecada farroupa com quem eu me virava, tirava dali uma casquinha para acudir lá suas casas; e, engraxando, os velhos, sujos e desdentados, escapavam de dormir amarrotados nas ruas, caquerados e de lombo no chão. Como bichos.

A Júlio Prestes dava movimento e éramos explorados por um só. O jornaleiro. Dono da banca dos jornais e das caixas de engraxar, do lugar e do dinheiro, ele só agarrava a grana. Engraxar, não; ele lá com seus jornais.

Eu bem podia me virar na Estação da Luz. Também rendia lá. Fazia ali muito freguês de subúrbio e até de outras cidades. Franco da Rocha, Perus, Jundiaí... Descidos dos trens, marmiteiros ou trabalhadores do comércio, das lojas, gente do escritório da estrada de ferro, todo esse povo de gravata que ganha mal. Mas que me largava o carvão, o mocó, a gordura, o maldito, o tutu, o pororó, o mango, o vento, a granuncha. A seda, a gaita, a grana, a gaitolina, o capim, o concreto, o abre-caminho, o cobre, a nota, a manteira, o agrião, o pinhão. O positivo, o algum, o dinheiro. Aquele um de que eu precisava para me agüentar nas pernas sujas, almoçando banana, pastéis, sanduíches. E com que pagava para dormir a um canto com os vagabundos lá nos escuros da Pensão do Triunfo. Onde muita vez eu curti dor de dente, sozinho, quieto no meu canto, abafando o som da boca, para não perturbar os outros.

Dona Catarina, naquela boca do inferno. Piranha velhusca, professora de achaques, de manha e de lero-lero. Uma dessas veteranas que de gorda já não tem cintura. Arrastando varizes lerdamente, aos resmungos e desbocada, tomava-nos o que podia. Piranha, rápida, no tirar o que é dos outros e sem muita explicação, Dona Catarina era Dona Catarina. E não sei se eram os meus olhos verdes, como algumas mulheres têm dito, ou a cara toda de coitado...

Se eu andava muito branco ou cara inchada de dor, a velha me dava um jeito. E me arrastava para ver. Tinha lá no Largo Coração de Jesus, seus conhecidos, um farmacêutico e um dentista.

Também me rendia a viração na Estação da Luz. Ganhava. Mas as porradas me foram sapecando olho vivo. E já não era tão trouxa. De quando em quando, se animava e explodia lá onde é hoje a Boca do Lixo, pegava à Luz, um tenderepá qualquer e na quentura do batifundo, corria gente para todos os cantos que, à chegada da polícia, as ruas ficavam azoadas, os otários botavam a língua no mundo e até os mais malandros perdiam suas bossas. Que o castigo vinha a galope. E nessas umas e outras, os pequenos se estrepam. Aprendi desde moleque. Pois. Nos esporros lá da boca, sobrava sempre um rabo-de-foguete, um estrepe para eu segurar. Um vadio ou uma vadia, terminando o fuá, vinham se chegando à minha caixa, se encostando, me passando o açúcar. Charlavam que era emprestado. Sim. Que depois me devolveriam. Sim. Que eu era faixa deles, e eles, meus do peito. Sim. E o jeito que a cambada tem para tomar... Eu, morto, entregava depressinha. Muita vez, na arrumação, me furtavam o dinheirinho suado, arranjado no brilho dos sapatos. A devolução? Cobrasse e levaria safanão ou deboche.

Lixão. Naquele tempo, essas ruas aí às beiras das estações de ferro não expunham estes bordéis todos, onde basbaques, otários, malandros e polícia se amontoam, se comprimem e multiplicam trampolinagens, brigas, corridas, prisões, fugas. Lixão é agora. Falo da dos Andradas para baixo. A dos Gusmões, a General Osório, a do Triunfo, a dos Protestantes... Só as duas últimas é que tinham algum tropel. O resto, ordem. A Santa Efigênia enfeitava-se de muita confeitaria e loja decente e fachadas bonitas onde se vendiam coisas de preço. Até gente bacana, lá dos bairros jardins, do Jardim Europa, do Jardim América, do Jardim Paulistano, vinha comprar coisas na Santa Efigênia. É.

É que na cidade havia zona. E a concentração maior da bagunça, da safadeza e de todas picardias de malandragem e virações ficava lá longe. No Bom Retiro. Aquilo era um formigueiro na Rua Itaboca e dos Aimorés. Até gente morria. Tiro, facada, navalhada, ferrada e todo o resto do acompanhamento. Mas era um braseiro isolado e não bulia com ninguém fora dali.

Para os lados das estações, só vinham os pés-de-chinelo, sofredores sem eira nem beira; trabalhadores da roça que chegavam à capital, uma mão na frente e a outra atrás, querendo emprego; maloqueiras e seus machos, esmoleiros, camelôs, aleijados. Caras de gente amarela, esfomeada. Trapos. Como eu.

Nada do movimento de hoje. Esse chamar homem com a cabeça, a boca e gestos safados de mão sugerindo tudo, esse "vem cá, meu bem" do mulherio enfileirado às portas, essa caftinagem rampeira ou cara que se aloja e se estende por todo o Lixão, é coisa aparecida, aos poucos, a partir de 53, quando os cobras do governo fecharam a zona. Naquele tempo, haver havia alguma brasa. Mas era escondida. E as curriolas ferviam com maneiração. Claro que, muito come-quieto de mulheres, boca de sinuca, dadinho, carteado. E os *rendez-vous* lá da Rua Aurora, da Rua dos Timbiras, Vitória e Guaianazes. Mas só. E tudo juntinho, arrumadinho, direitinho. Organizado, mulheres de preço. Podia fazer forrobodó, não. Àquilo tudo de nome francês, a gente dava outro nome. Da gente. Pensões Alegres.

Bem. Na Estação da Luz me tomavam o dinheiro. Com o tempo me apavorei, achei que não estava no tom aquela malandragem correndo para cima de mim e me manquei. Entendi. Parei de estalo. Desguiei, me espiantei, me esquinizei e, deslizando dos malandros, bati perna, acabei me escorando lá na Estação Júlio Prestes. Sondei. Pedi, peguei um lugar ali nas caixas do saguão. O jornaleiro era dono. Um bicho gordo, vermelho, com o cigarro que não saía do bico.

— Você dá no couro?

Dei no couro, sabia muito bem o que estava fazendo no brilho de um sapato. Mas me dei mal, desacostumado com aquilo de pagar taxa ao dono das caixas. O homem nos tomava a metade... Meu capitalzinho se esfacelava às oito da noite, à hora da divisão.

Para a Pensão do Triunfo voltava murcho, encabulado. Ô espeto! O dinheirinho dava mal e mal para um prato-feito, um sortido muito, muito sem-vergonha lá no Bar do Porco, na Rua dos Gusmões. Que eu comia, cabeça baixa, enquanto as mulheres faziam gritaria, bebendo e folgando com seus otários.

O Bar do Porco era velho e fedia; era muquinfo de um português lá onde, por uns mangos fuleiros, a gente matava a fome, engolindo uma gororoba ruim, preta. Mas eu ia. Uns trinta-quarenta cruzeiros resolviam. E a gente andava apavorado de fome.

Era um trouxinha. Moleque escorraçado, debaixo de um quieto rebaixado, mas me roendo por dentro, recolhia, calado, os pixulés que me sobravam da exploração do jornaleiro.

Enfrentava a graxa, a escova e o pano; dia inteirinho alisando e polindo sapato de bacana, de pilantra, de bandido, do que desse e viesse. Ainda me tomavam a metade. Aquilo me deixava mordido, queimado, mordidinho.

O dinheiro do cara era gordo, era um tufo. Com aquilo, eu faria gato e sapato, mil e uma presepadas, me arrumaria a vida. Ferveria.

Eu era um trouxinha que não sabia mandar o dinheiro do alheio.

Mandei a mão na maçaroca de grana. O sujeito me pilhou com os dedos na coisa e me plantou a mão na cara. O bofete quase me cata a orelha em cheio, aqui de lado, abaixo da costeleta. Doeu, estalou.

Ele estava à minha frente, e eu, meio agachado, pelo vão das pernas, podia ver os outros engraxates. Cada um no seu lugar, olhando parado, não se dizia nada. Ninguém se mexia.

Lá na plataforma se ouviu o grito fino, vivo, do apito do chefe de trem, a locomotiva barulhou, ia arrancar sua partida. Gente passava carregando malas. O saguão estava cheio, e uma roda se formou. O jornaleiro me encarava, o carão vermelho se torceu. O homem abriu o bico. O cigarro aceso caiu; largou uma praga para cima de minha mãe.

Aprumei-me do desengonço em que o tapa me deixou. Então, o bicho quis me agarrar o braço. Na outra mão sustentava um pedaço de ferro que não sei de onde veio.

Eu já sabia correr o pé e dar cabeçada. Quando chifrava pra valer, não era para fazer carinho, não. Botava outros moleques de bunda no chão, estiradinhos na calçada. E então, não me cansava de chutar o freguês. Malhar, malhava; mas agora, com aquele bicho gordo eu não podia. Vermelho e atento à minha frente, ia me furar com o ferro da outra mão. Dei-lhe uma ginga. Duas.

A roda se abriu, gente apertou os olhos para nos ver, houve cochichos. Mas só os guardas me passavam pela cabeça; se me pegassem, não dariam a menor colher de chá, me arrastariam depressinha para o Juizado, não querendo explicação. Escapulir bem escapulido. E já! Requebrei.

Fui e vim, rebolando. O gordo estatelado, os olhos me comendo. Na terceira ginga, o homem entrou na minha, avançou, tombou para a direita. Então, fintei o freguês pela esquerda e me voei de enfiada pelo portão de saída da Júlio Prestes. Dei no pé, dei, me arrancando ganhei os lados da Santa Efigênia.

Só ficou uma esfoladela no antebraço.

Mas logo-logo percebi que caíra de dois pés num buraco só. Estava espetado, espetadinho, englobado. Como um martelo sem cabo.

Meu nome, na boca dos caras, ia correr as estações. E o Juizado atrás. Estava complicado; eu que me cobrisse. Andasse dali.

Pé pisando no chão. Magrelo na camisa furada. Pálido, encardi do, dei para bater perna de novo, catando virações pelos cantos e pelos longes da cidade. Vasculhei, revirei, curti fome quietamente, peguei chuva e sol no lombo; lavei carro, esmolei nos subúrbios, entreguei flor, fui guia de cego, pedi sanduíches nas confeitarias e nos botecos, corri bairros inteiros. Mooca, Penha, Cambuci, Tucuruvi, Jaçanã... me enfiei nos buracos e muquinfos mais esquisitos, onde nem os ratos da polícia chegam, ajudei nos ferros-velhos, me juntei a pipoqueiros, nos portões do Pacaembu e lá no Hipódromo de Cidade Jardim sapequei muita charla, servi a mascates lá nas portas do mercado da Lapa, me dei com gente de feira, vendi rapadura, catei restolhos de batatas às beiras do Tamanduateí, morei na favela do Piqueri, me virei com jornais nos trens suburbanos da Sorocabana; malandrei e levei porrada, corria da polícia, mudei não sei quantas vezes, dei sorte, dei azar, sei lá, fucei e remexi.

Andando por aí como um bicho, decorei os nomes de todos esses becos, praças, largos, ruas.

Minhas mãos ficaram quadradas como mãos de pedreiro. Aprontei, sem exagero, tudo isso e mais algumas, que os caras da Imprensa, interessados só na minha grandeza, nunca escreveram.

No entanto, tudo tem seu senão e até aí havia sido só uma parte. Muitos anos de janela, muito estrepe, muita subida e muita piora, me permitem dar fé de que tudo tem seu senão. Eu ainda era um trouxinha. Cadê picardia?

Uma criança que não conhecia o resto do balangolé — cadeia, maconha, furto, jogo, mulher.

Pois. Assim, até os quinze anos, quando Laércio Arrudão e eu nos topamos.

Mas nas minhas perambulagens aprendi a ver as coisas. Cada rua, cada esquina tem sua cara. E cada uma é cada uma, não se repete mais. Aprendi.

Gosto mais da Rua Barão de Paranapiacaba.

A Rua Direita tem movimento demais. Perturbada pelos seus sujeitos gritando: "burro, cavalo e cobra", seus cambistas, seus camelôs, seus marreteiros de gasparinos e rifas de automóveis; agitando-se com a pressa do povo passando entre esmoleiros, molecada miúda, paralíticos, misturação crescendo com gente que entope as lojas até as calçadas. E tem muito grito dos viradores, que se defendem na venda de frutas nas carrocinhas, de livros de lei e de impostos e de selos, e mapas e manuais de cozinha. Uma presepada. E tem tanta música barulhenta dentro das lojas populares que abrigam mal e apertam gente aos montes. À noite, fica dos negros. É onde se concentram, se reúnem e se topam a parte maior dos crioulos da cidade. A crioulada. Para eles, a Direita é um código à noite, um famoso ponto de aponto quando se pretende um encontro. Durante o dia, são pernas que passam pra baixo e pra cima, deixando a Direita toda torta, toda cheia, tomadinha. Que ali parece nascer gente do chão.

A Barão de Paranapiacaba é uma reta. Praça da Sé de um lado e

Quintino Bocaiúva do outro. Ela, escondidinha. Curtinha, ruela. Estreita, da sacada dos edifícios, os sujeitos se debruçam e podem se comunicar com gente dos prédios do outro lado da rua. Setenta, oitenta metros, mais, não tem. Nenhum trânsito de carros, e até no meio da ruela as rodinhas se formam. E quanta boca de inferno ali! Às rodas, discutindo, conversando, gesticulando, bolando suas atrapalhadas, negócios, casos, ficam tipos vadios e medidores, pés-de-chinelo ou bem-ajambrados, gente de alto negócio ou de grana miúda. Japonês, espanhol, português, italiano, judeu, inglês. Um caldeirão. E há velhos estranhos, lentos e esbranquiçados. A Paranapiacaba ferve de todos os vagabundos, vestidos de todos os jeitos. Nem a Praça da Sé, nem a Rua Direita e nem o Largo do Café têm aquela variedade de bichos. E transita até bacana, que ali tem muito advogado e dentista de nome. Parados, espiando, traçando charlas, acompanhando pernas que passam, juntam-se *bookmakers*, cambistas, passadores de maconha e de tóxicos, engraxates, camelôs, gente da polícia, otários. Viciados da sinuca, do dominó e do baralho, maldormidos e muito brancos, sobem para o primeiro andar lá do Taco de Ouro, onde uma senhora fica à caixa, e o dono é um velho sírio que, se arrastando e praguejando, vai comendo de vez em quando uma fatia de beterraba do prato que traz à mão... Gente responsável e apressada vem trocar dinheiro na casa de câmbio... E tem escritório de advocacia, tem cartório, barbearia, doçaria, dentista, drogaria... e a rua é curtinha. E ferve.

As duas são do centro da cidade. As duas ficam do lado de lá do Viaduto do Chá. Dia e noite, tirante as madrugadas, nas duas há sempre hora para os malandros, os vagabundos e os viradores. Mas há uma diferença. É um toque, é um quê e a gente não explica. Talvez porque na Direita os viradores gritam e na Barão de Paranapiacaba eles pensam. Talvez assim — numa, se trabalha; noutra, se matuta.

Há negócios grandes e também há os engraxates na Paranapiacaba. E foi lá.

Engraxando lá uns tempos nas caixas da entrada da barbearia, que eu conheci, bem-ajambrado e já senhor, no terno claro de brilhante inglês, que fazia a gente olhar, mão luzindo um chuveiro e dentes brancos muito direitinhos, um mulato muito falado nas rodas da malandragem, professor de picardias, dono de suas posses e ô simpatia, ô imponência, ô batida de lorde num macio rebolado! Laércio Arrudão.

Que foi pelos meus olhos acesos e verdes ou pela minha cara de esperto muito acordado; que foi pela mão de Deus ou por uma trampolinagem do capeta. Mas foi a minha maior colher de chá, o meu bem-bom, a minha virada nesta vida andeja.

Laércio Arrudão me topou e me deu uma luz, me carregando para empregado lá na zona, no boteco da Alameda Nothmann. Ali, no Bom Retiro. Pegado aos trilhos do bonde, na esquina da Rua Itaboca, defronte à Rua dos Italianos; ali, naquele muquinho escuro, onde minha vida virou e a que os vadios das curriolas, os trouxas das ruas, os tiras das rondas, as minas, as caftinas, os invertidos, as empregadas da zona e os malandros encostavam o umbigo no balcão pedindo coisas, balangando seus corpos e queimando o pé nas bebidas. E cujo nome, de muito peso e força, era repetido de boca cheia na fala da malandragem. Boca de Arrudão.

Pela primeira vez eu morava em algum lugar.

ZONA

Vou pedalando.

O sol queima a Rua Itaboca, me dá firme na cabeça, os bondes comem os trilhos, é um barulhão que estremece até as casas; os trens da Sorocabana e da Santos e Jundiaí vão se repetindo lá em cima do Viaduto da Alameda Nothmann, carregados e feios. Gente se pendura até nas portas. Vou pedalando.

Nestor ainda não abriu a barbearia, o posto de preventivos só começa à uma hora. O salão de sinuca do Burruga está fechado. A farmácia está quieta. A rua está sem mulher.

Atrás das tabuinhas das venezianas verdes dormem todos.

Pego a esquerda, entro pela Rua dos Aimorés, esta que fecha a forma de U que a zona tem. A Aimoré, como a gente chama e onde estão as mulheres melhores. Onde trabalha Ivete.

Lá do Largo Coração de Jesus vêm chegando as batidas da igreja; toca também a sirena da fábrica de máquinas de costura aqui da Rua José Paulino. Meio-dia, sol queimando. Sozinho no meio da rua, apenas deslizo, pedalando ao contrário, folgando o impulso da descidinha, gozando.

Gatos aproveitam os restos da noite na calçada. Que ontem houve fervura, tropel, esporro... a zona só foi dormir depois de muito louca e azoada... Como sempre.

O vento quente me dando na cara, o sol me enxugando os cabelos, os olhos doem um pouco, acordei agorinha. Gostoso, pedalar.

— Vem...

Eu, já de pé, me lavava. Ela me estendeu um braço, se ajoelhou. Brincou de me catar.

— Que nada! Preciso me arrancar. São quase duas horas, mora.

Ajoelhada na cama, se botou quieta e pediu. Nua.

— Vem!

Mandando. Reparei nas coxas juntinhas, o arrepio me correu pelas pernas, a vontade começando. Empurrei o pensamento, desguiei, catei a bicicleta, ganhei a porta, ri.

— Deixe pra lá — e fechei e abri a mão, lhe espirrei água.

Ivete me mandou um xingo, séria. A gente se despede assim.

Na rua pedalei, parei. Como todos os dias, me penteei na rua. Lá dentro, faço mil e umas, acabo me esquecendo de dar um pente nos cabelos.

Com essa história de enganar Ivete nas horas, ganho um monte de tempo. Horas. E zanzo demais por aí, em cima da minha magrela. Gosto do pedal. Nele é bom curtir essa onda de andar.

Sei lá por que gosto. Sei que gosto. Atravesso essas ruas de peito aberto, rasgando bairros inteirinhos, numa chispa, que vou largando tudo para trás — homens, casas, ruas. Esse vento na cara... Agora vou indo lá para o Pacaembu. Vou pegar a Nothmann, subir, desembocar, direto na Barra Funda, ô puxada sentida! É me curvar sobre o guidão, teimar no pedal, enfiar a cara. Depois, ganho a avenida larga e, numa flechada, alcanço o estádio.

Nas manhãs, ficar com Ivete é bom, que é bom entrar nela ainda no sono, naquela madorna gostosa, na quentura das coxas se abrindo, os beijos que duram, duram. Os olhos gozando fechados debaixo de mim. Mas estar na cama depois das onze é uma dorzinha nas costas, que me empurra fora do colchão surrado. Ivete, não. Seu sono parece um desmaio. Também...

Na noite, enche o caco com tudo quanto é bebida. Com os trouxas, seus fregueses, amarra um pingão, ferve e queima o pé. Toma tóxico, perturba, fica à vontade. Às vezes, começa a trambicar vestida. Ali pelas dez da noite, desfila pelo Salão Azul, apenas de maiô, armando suas presepadas e bulindo com a vida de todo o mundo. Bebendo.

No outro dia está desancada, quebrada. Um trapo. Dorme até às tantas. Pelas três horas é que se acorda e fica um tempo sem fim sentada no meio da cama. Fumando e cuspindo no penico, meio tonta. E fica. Ivete.

Lava-se depois, se arranja, começa a pintura. Um tempão empetecando a cara pisada e escolhendo a duana. Troca. Despe e destroca não sei quantos vestidos. Pintada demais, se apruma sobre os saltos muito altos, se empina. A bunda aparece mais, e os peitos se endireitam. Vai enfrentar.

Firma o corpo, chama os homens, levanta o dinheiro. Mango por mango, ali. Pelo quarto-quinto freguês, está englobada de cansaço. O corpo querendo afrouxar. Mas firma e vai valente. Outra vez Ivete mete um tóxico na cabeça. Otedrina misturada a espasmo de cibalena ou qualquer primeiro barato que encontra na farmácia.

Coraçãozinho ou baratino, maconha ou picada de injeção. Tanto faz. Todo barato é um incentivo quando uma mulher tem vontade e um homem para sustentar.

Fica esperta. Os olhos se arregalam nos homens da rua, chama. Dá duro. Levanta uma grana alta.

A madrugada vai se acabando, eu chego do boteco de Laércio Arrudão, sempre trepado na minha magrela, trazendo na esquerda o litro de leite gelado. Ponho a acabada para dentro. A gente fala. Ela pergunta como foi o dia, enquanto bebe o leite para cortar o tóxico. Agacho-me. Cato a caixa de charutos que fica debaixo da cama, começo a contar o dinheiro que Ivete beliscou na noite. Vou estendendo as notas sobre a colcha. A maçaroca de grana vai formando montinhos — tantas de cem, tantas de duzentos... Separo tudo. Depois, conto para as despesas. Tanto para a diária de madame, a caftina aqui do Salão Azul; tanto para Dona Júlia das jóias; tanto para o cara das prestações. E tanto para a Caixa Econômica, em meu nome. Mamo mais algum tutu decente para o meu consumo. Roubo duzentas pratas.

Ivete vem se chegando com seus carinhos. Empurro, ela que me espere contar o dinheiro. Insiste, sobe na cama, me enlaça o pescoço. Dou-lhe um bofete leve.

— Depois...

Arrependo-me de morder só duzentos cruzeiros. Malandro tem é que andar com muito. Tomo mais uma nota graúda. Ivete já está choramingando.

— Você não liga pra mamãe.

Demoro-me ainda na contagem. Depois, empurro com os pés a caixa de charutos e me estico da cintura para cima na cama. Meto a mão no bolso, fecho os olhos, sinto as notas. Ivete vai me desabotoando a camisa. Uma estripulia na cama vai abalar todo o quarto.

A gente só dorme quando os primeiros bondes da manhã estão passando.

Vou pedalando. Muito tranchã, esta magra em que pedalo,

camisa aberta, pondo o peito pra frente, o queixo quase-quase no guidão, fazendo curvas e fincando disparadas por estas ruas de São Paulo, tirando minhas finas entre postes e carros, avançando contramão, tirando as mãos do guidão e guiando só com os pés, na gostosura maior desta vida... De quando em quando, me dando à fantasia de ir pelas ruas desertas, curvando sempre, de calçada a calçada, como se estivesse dançando uma valsa vienense...

Ô diabo, agora o sinal está vermelho. Paro a magrinha, me encosto à guia, enquanto a luz amarela não aparece. Fico numa risadinha besta.

— Tô de sinal fechado, compadre!

Assim dizem as mulheres da zona quando estão de paquete.

Quando fiz dezoito anos, Ivete me comprou a bicicleta. No começo, vacilei no pedido, este medo besta me tranca toda a mão em que vou fazer coisas pela primeira vez. Mas eu estava bulido pela magrela. E fui me abrir com Laércio.

O mulato Laércio Arrudão mexeu o bigode tratado, abriu os braços, como se dissesse "o que é que você esta esperando, meu?" Tinindo nessa coisa de mulheres, Laércio tem picardia, não é só a fama, não. Os olhos vivos se mexeram.

— Pede, meu. Ela dá a grana. Mulher gamada dá tudo. Parte pra qualquer negócio.

Deu. Da marca Philips, que escolhi. Ivete se entendeu com o cara das prestações que empresta dinheiro a juros. Aqui estou, caminho do Pacaembu, pedalando a magrinha.

Diz que me adora. Aferra-se numa ciumeira dos capetas, verifica se tenho marcas pelo corpo e é um barulhão tremendo que ela faz debaixo de mim; terminamos os dois arrebentados, resfolegando como bichos. Mas logo-logo recomeça tanto tipo de carinho na cama e me ensina, vai me traquejando num repertório de habilidades.

— Se você fizer isto com outra, te corto. Te apago.

Quando em quando, cata a navalha atrás do guarda-roupa. Abre a lâmina, faz menção.

Fico só no acompanhamento, quieto no meu canto, aprendendo como são essas coisas.

Já brigou com Nenê, com Janete, pôs para correr a mulata Elvira, brigou até com Miriam. Com Miriam, concordo. Que era para se embocetar mesmo; a mulher me comia com os olhos que me piscavam e, uma vez, até dinheiro me ofereceu. As outras, não. Apenas me cantavam para o cinema.

— Suas chibadeiras, cambada de cocheiras!

(Claro que aceitei o dinheiro de Miriam...)

Saibam que Ivete, francesa, trinta e um anos, tem quinze de putaria. Faz a vida na casa mais cara da zona. Salão Azul, o 178 da Aimoré. É completa na cama, tem fregueses caros, sujeitos que chegam de *cadillac* e pagam direitinho. É. Cismou comigo à-toa, à-toa. Meus olhos verdes? Sei lá.

Um dia, tomando samba-em-berlim na Boca do Arrudão, quem me conversou foi ela. Não sabia o que era uma mulher e fiquei zonzo, um medo me correu. Laércio me deu o empurrão. Procurasse a piva na madrugada, à hora em que a zona se esvazia. O mulato me cutucou a barriga, com o indicador, e piscou.

— É a hora dos amigos das minas, mora — sorriu.

A madrugada quente, estrelada lá em cima, encabulado eu ia. A zona fechava suas portas e venezianas. Lâmpadas vermelhas ou verdes se apagavam. Atrás do verde das tabuinhas das venezianas ia ficando escuro. Últimos otários marchavam se indo para suas casas, para outros cantos da cidade. Malandros passavam perambulando seus corpos magros. O posto de preventivos descia portas. Eu me cheguei.

Duas pancadas na porta.

Eu lhe via o começo dos peitos e adoraria falar. Mas não conseguia engrolar nada. Tinha um bolo na garganta, atravessando tudo. Estava bem entrevado.

— Entra.

Depois, riu na minha cara; me encabulei mais. Mexia os dedos dos pés dentro dos sapatos, com desespero.

— Seu merdinha.

Acho que são meus olhos verdes ou a minha idade. De outro jeito não me explico a gana daquela mulher. Fúria demais era aquela e, franqueza, topei uma parada dura. Acordei quebrado, uma dorzinha em tudo no corpo; criei coragem e fiz a besteira.

— Sabe, mina? Foi a primeira vez.

Ô estrepe, onde é que eu andava com a cabeça?

Começou mandando, folgando na minha cara; exigia exclusividades bestas, armava quizumbas com suas vizinhas e enfarruscava-se comigo, metia-me a língua ou pedia a todo o resto da zona que me tomasse conta. Espalhava um isto e um aquilo. Quem ouvisse e não soubesse, pensaria que eu era o maior perigoso.

— Meu modelo é um gato ladrão, um pilantra mulherzeiro. Olho vivo nele.

Termino a Alameda Nothmann, sigo o arrastado lerdo do bonde Barra Funda zunindo como abelha, vou tomar a descida longa agora, entrando de fina entre o bonde e o caminhão, deixando os dois para trás. Chispo. Saio do selim, me curvo, meto força no pedal da magrela. E trim-trim, já me sinto absoluto na rua.

Vivia todo arranhado. Quando eu não dormia com ela, por ficar lá mesmo na minha tarimba da Boca do Arrudão, na outra noite, Ivete estalava de nervos, se metia a me bater. Eu entendia mal todo aquele movimento. Ficava como um moleque bocó arriado à beira da cama. Agüentando a gritaria...

— Por onde foi que andou, cadelinho? — com aquele ar canalha me gozando no canto da boca.

Uma criança. Um dia de cabeça quente, boquejei com Laércio, pedi-lhe uma luz. O mulato me zombou e ouvi xingo, esculhambação, desconsideração. Fiquei desengonçado como um papagaio enfeitado. Entendendo nada.

— Também... Você deixa a gringa lhe fazer gato e sapato. Dá-lhe um chalau, seu trouxa!

Arrudão arrastou este aqui para um canto e ensinou.

— Você vai deixar de ser um pivete frouxo. Vou te levantar a crista pra você dar uma ripada nessa gringa — e me olhou dos pés à cabeça. — Porque você é gente minha.

O brilho de simpatia nos olhos de Laércio Arrudão começou por me ensinar que quem bate é o homem. E manda surra a toda hora e fala pouco. Quem chega tarde é o homem. Quem tem cinco-dez mulheres é o homem — a mulher só tem um homem. Quem vive bem é ele — para tanto, a mulher trabalha, se vira e arruma a grana. Quem impõe vontades, nove-horas, cocorecos, bico-de-patos e lero-leros é o macho. Homem grita, manda e desmanda, exige, dispõe, põe cara feia e pede pressa. A mulher ouve e não diz um *a*, nem sim, nem não, rabo entre as pernas. Mulher só serve para dar dinheiro ao seu malandro. Todo o dinheiro. Por isso, entre os malandros da baixa e da alta, as mulheres se chamam minas.

Laércio Arrudão me ensinou.

— Mulher lava os pés do seu homem e enxuga-os com os cabelos.

Laércio Arrudão me ensinou.

— Outra coisa: duas ondas bestas podem perder um homem. Gostar e mulher bonita. Malandro que é malandro, se espianta e evita tudo isso.

Pousando as duas mãos nos meus ombros, falando baixo e sério um português bem clarinho, Laércio começava a me escolar que quem gosta da gente é a gente. Só. E apenas o dinheiro interessa. Só ele é positivo. O resto são frescuras do coração.

Eu precisava tomar uns pontos na ignorância.

À noite, à-toa, à-toa, meti-lhe um sopapo na caixa do pensamento. Ela caiu e quis pôr a boca no mundo. Chapoletei-lhe mais um muquete e se aquietou.

— Fale baixo comigo.

Agora, ganha porrada toda a mão que tenta uma liberdade. Às vezes, à frente das outras mulheres do Salão Azul. Então, meu nome se espalha e começa a ganhar tamanho na zona. Boquejam à boca pequena:

— Um valente ponta firme.

Ivete se sente mulher de malandro e me agrada mais. Vem se aninhar como uma cachorra. Sou temido e presenteado.

Agora, é chispar e firme. Que a volada dos autos na Avenida Pacaembu vai de enfiada, a setenta ou oitenta, por baixo, baixo. E, quem hesita, se estrepa. Corro também, na maluquice de todos, sempre juntinho ao meio-fio e olho firme, que uma porrada aqui na avenida costuma levar o freguês lá pra casa onde o diabo mora.

Rasgo dois-três quarteirões voando, ganho o largo, pego a esquerda, tiro uma fina depressinha entre o carrinho amarelo do sorveteiro e a ilha, já vejo o estádio com suas bandeiras, seus refletores. A imponência dos portões.

Já é asfalto livre, calmo, para eu gozar. Agora, vou brincar com minha magricela.

A moça da auto-escola aparecerá hoje? Não havendo jogo no Pacaembu, este trecho de uns quatrocentos metros fica vazio, vaziinho. Os homens das auto-escolas aproveitam para dar lições. Vem uma dona novinha, aprendendo a guiar. Fico na minha perambulagem, embromo; fingindo voltas, indo e vindo, batida velha de quem não está querendo nada. O que me interessa é o namoro de olhos com a dona. Aquela é filha de bacanas, moça de seus bons tratos, enxuta, enxuta. Uma boneca, uma princesa, gata. Está claro que não posso pular em cima. É do partido alto e minha charla ali não dá pé. Depois, sempre o cara ao lado que é o instrutor... Mas nos namoramos com os olhos e se pego essa criança, costuro toda de carinho.

Desisto de esperar, ir, voltar e campanar. Hoje ela não vem. Toco de volta para a zona. Preciso abrir a Boca do Arrudão. Tenho pressa.

Pacaembu, Barra Funda, Campos Elísios, Bom Retiro. Vou pedalando.

Sem boato e sem tropel, sem movimento e sem rumor, a zona fica mais triste. E o dia custa a se mexer aqui.

Três horas. Saio de trás do balcão, vou para a porta do boteco vazio.

O Burruga já abriu o salão de bilhar; o médico e o enfermeiro do posto de preventivos estão lá desde uma da tarde, folgando; poucas mulheres nas casas, mexendo a cabeça e chamando o otário, funcionando em silêncio que não varia, o gesto velho de mão direita. A humilhação do "vem cá, benzinho". O "vem cá, meu amor", o "vem cá, moreno", é acompanhada pelo indicador que se gruda ao polegar. E as mãos ficam se mexendo, mudas e nervosas, como se nem existissem braços. As mulheres querem ganhar na rua que ainda não oferece homem. O destacamento da Força Pública agora chega mais cedo e dobrado. O último trouxa que mataram aqui era filho de gente graúda, a façanha ganhou tamanho e foi para os jornais, buliu com a vida da polícia, deu reportagem, retrato e todo o resto. Um delegado caiu, e vários ratos da divisão de costumes foram para o beleléu.

Na zona, faz pouco mais de um mês.

Mataram o trouxa a soco-inglês. O cara, filho de família, na zona fazia papel de lorde, teimando em fazer presenças e aprontando marotagens. Largava aqui, numa noite, um tufo de dinheiro, esbagaçando cervejas, conhaques, traficâncias na roda das mulheres que lhe tomavam até o último, ou entre as curriolas da sinuca do Burruga e aqui mesmo na Boca do Arrudão, entre partidas de carteado. Seu nome era Pedrinho, filho de seu fulano. Um pixote, vinte e dois anos, um papagaio enfeitado, um grosso embandeirado, que a gente aturava e levava em banho-maria porque deixava a grana. Ia assim. Foi quando, enfiando os pés pelas mãos, deu também para galã, agarrando o pé de Aieda, uma mina do 63 da Aimoré. E insistia. Teimava que teimava, meteu-se na cabeça que a mulher era amiga sua. Ferveu, deu esparramote, quis dormir todas as noites com ela. Aieda era situação pertencente a um malandro curtido, expulso da polícia marítima de Santos, uma piranha, um perigoso falado — Pernambuco. Que ficou plantado na espreita. Depois, encarou o trouxa. Até falou com modos:

— Moço, isso aí tem dono.

Mas o filho de seu fulano era filho de seu fulano e achou que o mundo era seu. Achou-se soberano querendo tomar o que era do alheio e não quis nem saber se estava certo ou errado. Empolou-se num rompante, disse palavras difíceis, perdeu a linha; destratou e até quis se encrespar com o malandro de Aieda. Pernambuco, arisco; foi desguiando, num mansinho deixou o sujeito parolando grandezas, como se a prosa nem fosse com ele.

Faz pouco mais de um mês, se deu aqui na zona, Pedrinho caiu do cavalo.

Daqui da Boca do Arrudão se viu a curriola de Pernambuco passar. Ele arrastou cá pra zona, no seu quieto bem pensado, uma cambada de cinco vagabundos da barra-pesada. Para ajustar o otário.

Os caras fizeram uma casa de caboclo com Pedrinho no centro e eles a malharem. Havia um soco-inglês na mão de Pernambuco. Os outros da curriola carregavam navalha, cabo de aço, e outros bagulhos. E acabaram de apagar o loque debaixo de pau.

Os jornais rápidos como um susto. Deram e exageraram as coisinhas da façanha, que o morto era filho de família. Os homens do governo caíram em cima, e a rataria da polícia se apavorou. Uma cambada de fardados invadiu aqui. Vasculhou a zona, revirou todas as casas. Queriam o nome do valente. Prensaram-se as mulheres na parede; deu-se uma dura em muita gente, largou-se muita porrada e aperto, o Burruga tomou uma semana de cadeia, até eu entrei na dança, levando pancada também. Os homens da lei arrastavam a gente e desciam cacete.

Malandro que é malandro não entrega malandro. Ah, agüenta ripada no lombo, mas não entrega... A polícia sabe. E fica mordida, queimada, despeitada.

Fomos trancafiados e batidos. Mas não se entregou o malandro Pernambuco.

Ele anda corrido por aí, sabe Deus em que buraco fora de São Paulo. E por via de todas as dúvidas, Aieda também se raspou. E a fim de evitar maior enrosco, que não são mortos, também se espiantaram para longe daqui os malandros grandes — Bola Preta, Diabo Loiro e Marrom.

Das três da tarde às tantas da madrugada, me viro. Abro o botequim de Laércio Arrudão, encosto a magrela e passo para o balcão, fazendo minhas dissimuladas e marmelos nos trocos, adoçando os otários. Cinco-seis da tarde, chegam os dois irmãos de Laércio. Dois caras muitos iguais comigo, me consideram e botam fé no que faço. Ivinho Americano e Jonas. Ivinho é aquele dos ternos bons e sapatos de preço. Jonas, menos vistoso nos panos, é o motorista de um *chevrolet* de praça. Jonas, aquele de olhos deste tamanho. Se me enfio numa quizumba, posso ir firme; os dois vão pra fogueira comigo. Que aqui entre malandros, ninguém mija pra trás, não. Quem desconsiderar e não for companheiro, dando mancada ou fazendo pouco caso, não pode ser malandro. É um safado precisando de lição. E é podado das curriolas.

Os Arrudão... três mulatos muito vivos. Dão cartas e jogam de mão no comércio da zona, multiplicam a grana, levantando a mala do dinheiro. A noite é sempre deles. Há outros botecos. Mas a malandragem baixa na Boca do Arrudão, seduzida. Toda. Permitem jogo de ronda, cacheta e dominó lá em cima, no depósito. É um come-quieto dos capetas. Os três têm mulheres no bordel e até mesmo as caftinas judias, polonesas (a gente diz polacas) e francesas, gordas e seguras para o dinheiro, com suas pinturas empetecando exageradamente as caras e os cabelos, vêm zanzar aqui no boteco, engolir seus copos, comprar chicletes, balas de hortelã. Ficam comendo de olhos os malandros mais jovens. (Essa velharada gringa tem uma gana terrível pelos meninos das curriolas.)

A gente nunca diz apenas Laércio. É Laércio Arrudão. Que só aparece à noite alta, vistoso e mandão, barbeado e luzindo. Dono da bola, sua palavra tem peso de lei. Canta de galo aqui e não trabalha. Fiscaliza. Faz a féria, pede o livro. Dar ordens é com ele. Os malandros ficam à sua roda ouvindo, aprendendo e adulando. Os irmãos guardam distâncias. Seu andar é de doutor, de chefe, parece um deputado. Meu padrinho. Joga-me um agrado.

— Ô batuta!

Tem o ouro, e nunca ninguém soube com certeza sobre o quanto que lhe pertence. Sabe-se que é ligado ao Jóquei Clube, fala-se que tem lá um cavalo no Haras Guarani; à boca pequena, boqueja-se que é dono de dois *rendez-vous* da Rua Guaianazes; diz que tem negócio com jogo e contrabando em Santos... A certeza ninguém tem. A gente jamais fica conhecendo Laércio Arrudão. E se está sempre por baixo dele. É homem que não abre o seu jogo. Nem com reza brava.

— Em casa de malandro, vagabundo não pede emprego — a lei de Laércio Arrudão inclui poucas liberdades.

Cinco horas. Primeiros movimentos de otários começam a acordar na zona. Basbaques passam bobeando, saídos de seus empregos, alguns carregando pastas do trabalho. O trabalho das mulheres nas casas vai aceso. Ivete já deve ter entrado na dança. Malandros pálidos e acordados há bem pouco vêm saindo a campo, principiam seu trabalho lá na sinuca do Burruga ou na rua mesmo aplicam seus contos, atrapalhando e iludindo os loques. Sirvo alguns copos, vendo alguns bagulhos. Com mais algum tempo, chegará a cozinheira preparando os petiscos para a noite.

É de repente.

O movimento cresce de supetão, toma conta das moscas e de tudo, sem a gente esperar. Dou por mim já atiçado atrás do balcão, me virando sobre o estrado para todos os lados, indo e vindo e sapecando coisas e me mexendo como um danado. Rápido. Trabalho é muito, a maré é boa depois das seis da tarde. Necessário vivacidade. Chega Ivinho Americano, chega Jonas. Ficamos três no balcão. Lutamos.

A noite é uma menina, a noite é uma criança... Mas que anda depressa, depressinha, avança e come as horas. Atrás do balcão, nós lutamos. Quando a gente dá pela gente, muita coisa já se passou, muito malandro já entrou e saiu daqui, muito dinheiro correu, se tolerou muito beberrão folgado e basbaque sonolento, mulher barulhenta, vagabundo encardido e trouxa falador, se vendeu um bom bocado e é hora de fechar. A febre deu ligeira, e a noite passou correndo.

Pegarei minha magriça, passarei a chave em tudo, dormirei com Ivete. As pernas estão precisando de cama.

Mas Arrudão me cata com um chamamento, me leva para um canto.

Laércio Arrudão, meu padrinho. Deu agora, nas últimas noites, para me chamar de lado, falar baixo, pedir atenção e olho vivo na sua prosa. Quando o movimento acaba e desço as portas do muquinfo, a gente conversa. O mulato me esquenta a cabeça, me bota umas dúvidas na caixa do juízo... Vai falando baixo, balangando macio, com a malícia de quem estivesse piscando mas não mexesse os olhos, uma picardia no canto da boca. A conversa é maneira, antes insinua que fala. Mas é feroz, corta. Corta. Tenho um pouco de medo dela. Arrudão também está nervoso quando me fala, e ajeita um dos pés sobre a caixa de cervejas, procurando uma posição melhor para me enfiar as coisas na cabeça. Ganho um frio.

Ele estala os dedos. Ouço apenas, nem sequer concordo, nem engrolo uma palavra. Os ensinos de Arrudão ganham força, me amolam por dentro, abalam tudo o que sei. O mulato pára de vez em quando, para conferir o efeito.

— Viu? — o indicador me espeta a barriga.

E é como se ele me passasse o seu vício de piranha.

Critica. Que malandro sou eu? O nervoso de suas mãos continua. Joga-me na cara que sou um trouxa, um coió muito pacato, tenho uma mulher só, perco tempo andando na magrela pra baixo e pra cima, tenho essa mania besta de namorar meninas honestas que trabalham nas lojas da Rua José Paulino, não me cuido de arrumar mais grana nas virações da zona. E que nunca serei um malandro, não tenho ambição...

Meus olhos ficam baixos no azulejo gasto do boteco. Arrudão

se despede, o tapa no meu ombro. Muda o tom, a ruga some da cara, já outro Arrudão, já brinca.

O Laércio que eu prefiro:

— Meu Paulinho duma Perna Torta, meu moleque...

O ensino de Arrudão quer o meu bem.

A ele só interessa é furtar, roubar, beliscar, morder, recolher, entortar, quebrar, tomar, estraçalhar. Laércio Arrudão me quer vivo e cobra como ele, a cobiçar e tomar todas as coisas alheias.

Essa história de Paulinho duma Perna Torta... Eu explico.

Foi dessas besteiras de bordel. Logo depois que arrumei os trapos com Ivete, ali mesmo no Salão Azul. Rua dos Aimorés, 178, aprontei um recacau por um conhaque vagabundo e um invertido.

A zona ferve de invertidos cheios de nove-horas. Ficam muito à vontade. Fazem aqui o papel de empregadinhas domésticas fricoteiras, fuxiqueiras e melindrosas; vivem de lá pra cá, levando e trazendo, como sempre insistentes nos dengues e rebolados. Terríveis, safadinhos, vivos, aflitinhos. Pintam a boca e os olhos, fazem regime para emagrecer. Querem-se enxutos, apertando-se em panos que não são nem de homem, nem de mulher. Um é Carmen, outro Margarida, Dolores, Rosana... sei lá.

Mas que ninguém se fie na frescura deles.

O Império, por exemplo. Trabalha a navalha, bate carteira, corre o pé e joga cacheta. É um acordado no baralho. E se enraivecido, fica cabreiro. Que se cubram, então. Império é ponta firme numa briga. Como poucos malandros. No entanto, a onda de valente se vai depressinha. Perde a ginga de brigador; Império volta a rebolar à passagem dos machos, fazendo gritinhos e se desmunhecando.

Algum nojo, eu sinto. Mas são viradores também, sofredores sem eira, nem beira. E para final, cada um é cada um.

Bem. Uma tal Jane, empregado do Salão Azul, deu para me namorar. Uma noite, saí da Boca do Arrudão para fazer não sei o que no Salão. Um braço magro me puxou.

— Meu modelo, você quer conhaque?

Jane, canalhinha. Sabia até desta minha mania de conhaque. Saracoteou, gritou lá para a caixa:

— Um conhaque para o meu amor! — me correndo a mão manicurada pelo rosto.

Veio abespinhada, uns olhos deste tamanho, que metiam medo. Ivete surgiu no salão. Lembro-me que houve um silêncio sério de gente, e a vitrola tocava.

"Tava jogando sinuca,

Uma nega maluca me apareceu."

O seu sapato de salto voou para sua mão e marchou para o invertido. Gente abriu a roda. Eu, quieto. Ô, meu bom Jesus de Pirapora!

Ia feder.

— Vou te ensinar a cantar meu homem, seu puto morfioso! Chupador!

O tenderepá explodia, quando o otário que saía do quarto com Ivete, se veio chegando e me vomitou uma graça pontuda, zombando com a minha cara.

— Ah, então este é o cafetãozinho...

Arranquei-me da cadeira.

Um coió daquele que não sabia sequer se havia sido parido ou cagado, se metia a gente, me jogando uma liberdade assim na cara? Estava armando quizumba? Pois ia ter. Mandei-lhe o conhaque, mandei-me por cima do lixo, o cabo de aço já na mão.

Mas o freguês era de luta e não levei boa vida, não. Pegou-me uma cadeirada aqui na coxa e olhem — dei sorte. A ripada me vinha no crânio. Bem no meio.

Dois milicos da Força Pública se abalaram da rua para o salão. Baixaram firmes, de supetão. Não querendo prosa fiada, iam largar porrada e prender. Raspei-me pelos fundos, me grudei a uma janela e balanguei o corpo, ganhando o telhado.

Tornei à Boca do Arrudão, encabulado, murcho como um

balão furado. Horas depois, capengando capiongo e rasgado. Pegara um rabo-de-foguete. A façanha voou e Laércio já era sabedor. Ria.

Ele quem me chamou primeiro de Paulinho duma Perna Torta.

Depois, só depois, os vadios da turma. Para adular Arrudão, os vagabundos fizeram o acompanhamento estúpido. (Será que a mãe deles, na hora de pô-los para fora da barriga, também não ficou com a perna torta?)

— Paulinho duma Perna Torta!

Paulinho duma Perna Torta. Fiquei.

Como outros malandros grandes e pequenos de São Paulo, eu ganhava um nome de guerra. Que ia se exagerar e virar lenda na boca das curriolas, nas ocorrências da polícia e na mentirada dos jornais. Como Saracura, como Bola Preta, Ivinho Americano, Diabo Loiro, Marrom e como tantos outros.

E belisco e mordo, cobiçando e tomando as coisas dos outros, como é do ensino de Laércio Arrudão.

Tenho abandonado a magrela a um canto. Não namorico mais as franguinhas direitinhas que trabalham entre o balcão e as prateleiras de tecidos das lojas da José Paulino, da Rua da Graça, da Ribeiro da Silva e da Carmo Cintra. Faria funcionar uns nove-dez truques a fim de marmelar um otário nos trocos do balcão — mas só uso uns três, que não falham: meu capital sobe na caixa econômica da Praça da Sé.

Aprendi carteado, faço trapaça, marmelo, sociedade e qualquer negócio. Tenho vocação. Dou açúcar antes. E deixo o trouxa duro, durinho na mesa. De pernas pro ar, sem dinheiro e sem destino. Desempregadinho.

Crio nome de piranha. Como os trouxas pela perna, cobiço. Torno a tomar a verba do alheio. Corro por dentro dos pacates. Há tipos basbaques, pivetes ainda, aprendizes principiantes na roda da malandragem, que vêm de longe para me espiar jogando carteado.

Porque atiço os dedos e vou ao jogo alto, não querendo nem saber se ando certo ou errado. Vou lá. Sou um relógio. Mamo a grana. Meu nome corre. O diz-que-diz me exagera, começa a me pintar de negro. Anda por aí que, por uma herança, matei meu pai a tiros... Trouxas!

O diz-que-diz não está me dizendo nada. Fama não me ilude e não me estorvando... Interessa é a grana.

Ivete foi a primeira. Mordo agora, duas minas na zona. Vou mamando.

Sou de Valquíria também. Lá numa das poucas e caras casas da Ribeiro da Silva. Mulata, novinha, me dá tudo o que ganha. Era doméstica e foi comigo que caiu pela primeira vez. Charlei, abusei. Saquei a mina do emprego. Deflorei. Dormimos uma semana num hotel da Alameda Glete. Preparei aquela criança, ensinei a lidar com homem na cama.

E meti na vida.

Respeita-me como se eu fosse o sol e me chama de paizinho. Seu corpo novinho me agrada. Tem isto aqui de pernas. Nua, seus cabelos ficam ainda mais pretos.

Ivete sabe, está claro. Mas não abre o bico — meu nome de perverso anda falado. Boquejam por aí, que se me tiram do sério, eu apago um. Que matei meu pai a tiros. Durmo com as duas.

Cresço a galope. Aos vinte anos, a crônica policial já me adula. "Perigoso meliante." Trouxas... Volta e meia, dão o meu retrato e minúcias Um desses tontos dos jornais me comparou, dia desses, a um galã do cinema italiano...

Paulinho duma Perna Torta é respeitado, quase de igual para igual, pelos três maiores cobras da malandragem baixa de São Paulo — Bola Preta, Diabo Loiro e Marrom.

Sou um nome. Laércio Arrudão me aprova a conduta. E atiça.

Minha concentração é na zona, mas reviro os quatro cantos da cidade.

Faço um conluio com a curriola de assaltos de Bola Preta. Mão armada, máquina na mão. Assalto, surrupio carteira, *Colt* 45, vou gatunando por aí. Cinco passagens na Delegacia de Furtos. A Captura já farejou atrás de mim. Carrego cinco processos no lombo, de que o Doutor Aniz Issara cuida a bom preço. Trato Aniz de você, me impondo — e ele é o maior especialista do crime em São Paulo.

Mas estou fichado apenas como ladrão assaltante. Rufianismo, vadiagem e jogo, não.

Faço h. Sirvo a Laércio Arrudão somente para confundir os ratos da polícia. É um h. O empreguinho é uma dissimulada que eu e Arrudão aplicamos e que me garante a carteira profissional em dia.

A cambada tem uma mania exagerada. Não gosto. Mamador, mordedor... Que eu desponto como um absurdo, um menino-prodígio, um bárbaro, um atirador. Sei lá.

Quero é mais grana. Belisco e mordo. Pé-ré-pés-pés não me interessam.

Estou falado e meu capital subindo, quando um boato varre São Paulo todo, estremecendo todas as rodas da baixa e alta malandragem, bulindo, abalando. Por tantos crimes de morte, por tantas estripulias, pelos vícios e perturbações, as curriolas todas vão cair do cavalo.

O governo vai fechar a zona.

São Paulo está comendo quente.

No primeiro tiroteio, os milicos ligados aos guanacos, trabalharam na crocodilagem de emboscar. Encachorrados e campanando na espreita, fisgaram e apagaram o malandro Saracura.

Os jornais pintaram a briga, e os tiras, adulados, ganharam moral. Então, os ratos partiram para o terror. Estão ansiosos e funcionando, com vontade de apresentar folha de serviço. Faz dez dias. Batida geral, as peruas da justa farejam todas as bocas da cidade em diligências, guardando de supetão sessenta e cinco sofredores.

Os malandros se apavoram. As mulheres choram e se embebedam.

— Hoje tem *blitz*.

É só o que se boqueja desesperando por aí. E é essa pixotada que as curriolas têm de meter ainda mais fogo na panela:

— E da brava.

Será que não se mancam? Que o negócio bom seria fintar a polícia, partindo para um gelo, para uma onda de calma? Não, não. Essa cambada de vagabundos não tem a menor asa de barata de picardia. Uns apavoradões, uns coiós-sem-sorte!

E a polícia fica sendo a força da guerra, é claro. Mas claro, clarinho — a fraqueza das curriolas é a fortaleza da polícia. E os jornais, querendo fazer uma presença para as famílias da cidade, tocam confete na polícia. E tudo se entorta. Pudera...

Pegam o pé da gente de acordo. Dão de pau, nos dão a maior prensa. Que eles são a força e vêm com gana. Também... a gente por aí, nas letras dos jornais, está mais suja do que pau de galinheiro.

No aceso da maré raiada, Marrom perde a linha e o orgulho de malandro, se separando das curriolas. Dá-lhe o cagaço, pede arrego à polícia. Faz arrumação com a rataria da delegacia de costumes. Um escândalo, aquilo é se arreganhar todo para os homens da lei — vinte e cinco mil mangos por semana. Se não paga esse imposto, escondem Marrom na Penitenciária.

Está trincado o maior trio da malandragem baixa. Sobraram Bola Preta e Diabo Loiro. Só. Marrom se largou na estrada. O pior será se Diabo Loiro e Bola, englobados também, perderem o tino, quebrarem suas sociedades. As bocas e as virações vão pro beleléu — ninguém mais terá juízo ou bossa para alinhar os pauzinhos e os conchavos.

Laércio Arrudão se mandou voando para Santos. Ou Londrina, ninguém viu. Ivinho Americano e Jonas se rasparam para os longes de São Paulo. O boteco se acabou. Fim da Boca do Arrudão.

Os da farda continuam na lambança, folgando. Soberanos. Azucrinam à vontade. Duzentos e cinqüenta malandros pés-de-chinelo e vadios das curriolas da barra miúda já estão mofando nos chiqueiros da polícia. Sofrendo.

— Na Casa de Detenção não cabe mais.

A pegada é dura, a polícia, abusada, e que inteligência é essa de a gente andar desunido? Bola Preta, Diabo Loiro, eu e outro estamos pedidos e premiados pela justa. Sendo caçados nas bocas. Espetado e apertado, quase funhanhado, craneio, firmo e dou uma tacada. Chamo os dois. Fazemos um bate-boca de juízo e depressinha, num come-quieto do Morumbi. No Morumba, traçamos a defesa, catando solução. Armamos sociedade, conluiados os três. Vamos molhar a mão dos homens com uma granuncha gorda e graúda. Ou os tiras entram nos bons entendimentos, ou irão rebolar.

Porque haverá guerra.

Os ratos aceitam dinheiro. Pororó vivo, vivinho, contado e recontadinho e entregue debaixo de código. Sexta-feira, lá na Avenida do Estado, à beira do Tamanduateí. Cinqüenta mil por semana, a taxa de proteção. Marrom foi substituído, o trio ainda é o trio. Os ratos não furarão as cabeças de Diabo Loiro, de Bola Preta e de Paulinho duma Perna Torta.

Quem quebrar esse acordo engole fogo.

Mas a zona está azoada demais. Os homens da polícia, afiados, fincam pé no terror. As mulheres levam pancada e mal e mal podem trabalhar; os malandros se espiantam e tomam chá de sumiço, se esquinizando pelas favelas e pelos buracos; no tropel, até os otários e beldroegas, que nada têm com a despesa, acabam levando lenha e tomando cadeia.

Estou... não sei. Estou com mau palpite.

A vida está pretejando neste fim de 53.

E um bafo besta corre nos jornais, bigodeando a gente, escondendo os pauzinhos e jogando um joguinho ladrão. A Imprensa parte para a crocodilagem e defende, atiça, torce para a polícia, concorda que a zona se acabe.

A quebração veio ao meio-dia e sangrou o dia inteiro.

Dormia com Ivete e entendi numa olhada pelo vão da veneziana.

— Tem sujeira.

E nem acordei a mulher, me escapuli. No telhado, entendi que eram uns cento e cinqüenta ou duzentos, nunca poderia abrir fogo; escorreguei, me enfiando na caixa-d'água do Salão Azul. Até o peito, era água. Agachado, vi.

— Seja o que Deus quiser.

Não sou homem de fricotes ou balangolés e se tenho coração é para coisas do meu gasto. E só. Mas nunca vi nada tão feio.

Como loucos, tantãs de muita zonzeira, acabam com a zona. Vão esvaziando. Inundam as casas, tocam fogo nos colchões, entortam janelas, com guinchos arrebentam as portas. Estraçalham, estuporam, quebram. Atacam as minas, arrancadas do sono e quase nuas. Batem e chutam como se surrassem homens. Sapateiam nos corpos das mulheres.

A polícia em massa. Toda a rataria — Força Pública, Exército, Corpo de Bombeiros, Cavalaria, Aeronáutica, até o D. S. T., os civis, os guanacos, os cabeças-de-penico, até a rapaziada da P. E.

Os cavalos pisam também. Empinam-se no ar e atropelam as infelizes. Vão pisando.

As mulheres engolem depressa tubos de tóxicos e despejam álcool no corpo. Os corpos pelados, sem pressa pelas ruas, vão às labaredas, ardendo como bonecos de palha. O horror é uma misturação. Gente, cantoria, grito; é esguiço d'água, é tiro, correria desnorteada. Xingação, berreiro, choro alto e arrastado, cheiro de carne queimada e fumaça.

Voa de tudo pelas janelas. Quebram cama, cadeira, oratórios... Sangue se espirra no lixo da rua.

Sujam, quebram o trato do nosso arrego. Capturam Bola Preta e Diabo Loiro, metem algemas, lá vão os dois cobras cuspindo e correndo o pé, em resistência. Dão pezadas. São casseteteados, Bola Preta cai e chutam-lhe os rins.

No meio da rua, os invertidos choram, gritam e se descabelam.

Meteu-se fogo também. Ivete está morrendo devagar na Rua Aimoré, há cinqüenta metros meus. Eu nunca vi morte assim e sei lá como me agüento quieto, me remexendo por dentro e não podendo fechar os olhos. Nem sinto a água gelada até o peito, nem o tempo que terei ainda de me agüentar aqui.

O vagabundo Daruá, empregado do Burruga, enfrenta. Dá o que fazer com o ferro de abrir a porta do bar. Ja foi furado agora, e cai, as mãos na barriga.

Ivete está morrendo.

Passa-me um pensamento besta, que se mistura a coisas de cinema — uma metralhadora.

"Com uma lurdinha, eu costurava esses folgados."

As sirenas das assistências parecem crianças chorando. Recolhem os corpos em carne viva e, aos trambolhões, jogam para dentro. Carnes se desmancham, braços e pernas. Dez-doze mulheres. Braços, pernas. Os cadáveres ainda ardem.

Minha boca fechada há muito, os lábios se mordendo. Ivete cai de vez.

Outras saem do casario imundo, a pauladas; procuram depois, na rua, agarrar restos de coisas suas. Mas são escorraçadas. E vão chorando, sem roupa.

Lacram portas que sobraram de pé, pregam trancas a martelo, metem cadeados.

Os homens da lei apitam, tiros, os cassetetes sobem e descem. E os cavalos vão pisando.

DE 53 PARA CÁ

A Casa de Detenção é a maior escola que um malandro tem. Na Detenção, um malandro fica malandro dos malandros.

Entrei com o pé frio no ano de 54, perturbei bem pouco e quase me virando sozinho, dei a maior onda de azar da vida deste aqui. Morreu-me Ivete; Bola Preta e Diabo Loiro caíram na ilha das Cobras e de lá não voltaram vivos; me sobraram apenas Valquíria e a rua. Por demais policiada. A cidade limpa da gente.

Muita mulher foi deportada para os interiores de São Paulo e até para outros Estados. As poucas que se agüentaram aqui, escapadas dos ataques da rataria, vão ajeitando aos poucos, pelas Ruas Guaianazes, Gusmões, Vitória e por todas as beiradas das estações até a Avenida São João e o Arouche, os buracos, os esquisitos e os muquinfos, que continuarão a putaria. Mas os homens da polícia oprimem e batem — a eles não interessa que as minas só tenham Deus e a rua.

Após 53, toda uma safra de malandros caiu do cavalo, sendo apagada nos tiroteios ou guardada na cadeia. Até aí, o governo ganhou.

Os jornais fantasiaram, com falsidade, a queda da gente, jogando gabos no governo. Só não reportaram o que foi a matança na zona e não houve fotografias, nem pena, nem lero-leros para aquelas misérias. Só não explicaram, os tontos, o porquê da nossa queda. Só ninguém soube que caímos de quatro, porque nos faltaram Bola Preta e Diabo Loiro. Na crepe danada de me faltarem os dois, o trio ficou só em Paulinho duma Perna Torta. E não pude, como queria e craniei, catar meus vagabundos para tomar alguns pontos na ignorância... O governo ganhou. Mas ninguém explicou por quê.

Sozinho, meu capital se esfacelando, pulando de um hotel para outro, Valquíria não ganhando, a polícia no meu calcanhar e ainda precisando grana, Aniz Issara mandando pedir verba para meus processos estourados, precisei trambicar.

Peguei um espeto atravessado num ônibus Avenida, quando mandava o couro do bolso de um otário. Caí na Detenção.

Não faço conflito durante três anos. Neles, aprendo atenção. Puxando esta cadeia, acho velhos camaradas das curriolas, meu nome se impõe aqui no chiqueiro da Avenida Tiradentes. Sou juiz da cela do terceiro pavilhão — o lugar especial dos perigosos. Aqui correm maconha, tóxico, cachaça e carteado. Afino mais o meu joguinho: lá fora, em liberdade, há trouxas; aqui é só malandro. Vivo mais acordado do que todos os carcereiros juntos. Cobiço e tomo tudo dos outros e penso mais demorado no jeito de roubar. E vou ficando malandro dos malandros.

Valquíria me faz visita. Exijo dinheiro, maconha (que me traga na barra da saia) e esses novos tóxicos que vão surgindo agora na praça — dexamil, pervitin, dexin... Ela me conta, aqui no pátio da Detenção, que a situação dos viradores está arribando lá fora e até já existem casas montadas e hotéis que dão entrada a casais sem documento. A putaria vai se ajeitando. Laércio Arrudão e seus irmãos voltam a circular.

Valquíria se despede, esta hora da tarde de domingo é de uma tristeza besta, eu sinto falta do corpo dela. Distribuo ordens. Que me traga o advogado.

Recebo o Doutor Aniz Issara. Boquejamos.

Entendo as coisas aqui. E meu bom comportamento vira um provérbio. O diretor me requisita, examina a papelada, me examina. Sou transferido para o segundo pavilhão e dali para o primeiro. Valquíria levanta grana, passa cem contos a Aniz, e sou passado, todo o respeito a um bandido linha de frente, para prisão especial.

Conheço os grandes Itiro Nakadaia, Hamleto Meneghetti e Zião da Gameleira. Um, japonês e rei do estelionato e da falsificação moedeira: a malandragem desse bicho é internacional. Meneghetti, já velho e descorado, é ainda o cobra maior do assalto de jóias — vinte e cinco passagens só na Detenção. O terceiro, Zião da Gameleira, dono da macumba de São Paulo, cinco tendas só no Jabaquara, levou na bicaria até um governador e alguns padrecos; um baiano gordalhudo e acordado, que não se sabe se dirige mais macumbeiros estando em liberdade ou guardado aqui na Detenção.

Eu me comporto muito direitinhamente, como reza Aniz Issara. Mas Itiro Nakadaia recebe visita de gente graúda, que é capitão de indústria e outros babados; Meneghetti faz atrapalhadas, dorme o dia inteiro e pelas noites funciona como um bicho elétrico, tentando a fuga duas vezes por semana e finta os carcereiros: às vezes, vão farejá-lo nas ruas da cidade e ele ainda está na cadeia.

Zião da Gameleira faz macumba, despachando daqui mesmo. Até deputado e técnico de clube de futebol já vi apontar por aqui. Facilito-lhe, de fininha, alguns macetes e tarecos. E não sei por quê. Mas tenho confiança nesse Zião.

É um picardo. Esse Zião da Gameleira me encabula. Uns olhos parados e pequenos de bicho sonolento, uma papada enorme de quem come muito doce. E que calma... Nada afoba esse Zião, gordo e sossegado. Um baiano que parece saber das novidades antes de elas acontecerem. Sou malandro dos malandros, mas vi poucos caras como Zião da Gameleira. Que já vem de volta, enquanto a gente está indo. Boto o maior respeito nesse bicho macumbeiro.

Uns dois anos e meio aqui e me apareceu Laércio Arrudão. Duas semanas depois, a grana correndo por mim lá fora, ganhei um alvará de soltura.

Paulinho duma Perna Torta pisa o meio-fio da Avenida Tiradentes e é fotografado. Mas não liga aos tontos da crônica policial que estão à sua roda. Espera um táxi. Está com a grana, saiu de casa com a cobiça raiada.

São Paulo ia ser meu.

E vou.

O malandreco Frangão, Laércio Arrudão e eu montamos a maior boca de jogo de ronda da cidade. Até a polícia freqüenta o nosso come-quieto do Bom Retiro. Dobro paradas de trezentos mil jiraus. A rataria se mistura com a gente no quente do jogo e assim é que deve ser em tempos de paz.

Lá no Bom Retiro é completa a liberdade. A igreja fica de um lado e o come-quieto do outro.

Tenho o jogo nas mãos. Mas o que cobiço é o comando da putaria e da macumba. Estou trocando e retrocando os pauzinhos, armando uma política de enfiada, que vai acabar sacando Zião da Gameleira da cadeia. Quero aquele baiano solto e sócio meu.

A delegacia de costumes voltou a recolher arrego das minas, e vem nascendo a Boca do Lixo. O formigueiro que era a zona, está se espalhando por toda São Paulo. O governo começa a perder. Do lado de lá dos trilhos dos bondes da Avenida São João é um cumprimento só. De braseiros. Vila Buarque também já ferve de inferninhos nas boates de mentira, de grupo, que são boates só para engambelar os trouxas. O negócio é putaria e firme. Monto um apartamento na Praça Marechal Deodoro, andar todo, para servir as minas que trazem fregueses caros e coronéis das boates. Tem telefone e outros cuidados. Mil mangos por hora.

E vou.

Adoço um judeu proprietário e arranco o aluguel de um casarão da Rua dos Andradas, Boca do Lixo. Meto, exploro oito mulheres lá. Dois mil e quinhentos mangos é a diária.

Dou ao abandono as curriolas do crime à mão armada. Dispenso, esqueço Valquíria e os malandros pés-de-chinelo.

Passo para o partido alto. Manicuro as unhas, me ajambro com panos ingleses, fumo charuto holandês, e a crônica policial comenta com destaque porque declarei, dia desses, que a minha marca é só Duc George. Holandês. E caftinar é o negócio.

Mas dou também para o comando da punga. Paulinho duma Perna Torta, Paulinho Perna Torta — como encurtam os tontos dos jornais — e Ivinho Americano têm uma curriola de lanceiros e roupeiros trabalhando em toda a cidade e que só surrupiam carteira, nos ônibus e nos cinemas, nas feiras e lotações, se os nossos ratos da polícia derem liberdades para o pedágio.

Nas madrugadas altas, entro no Parreirinha, ali na Conselheiro Nébias. Freqüento, uma boneca a tiracolo sempre, dessas putinhas de teatro de revistas.

Sou tratado de doutor, jornalistas me adulam. E nessas umas e outras, me estendem convites. Com as equipes esportivas dos jornais e dos rádios, conheço a Argentina, o Uruguai e o Peru. É Paulinho duma Perna Torta quem nessas delegações melhor ajambra a elegância de sua picada.

Lido com tóxicos. Desço à zona de Sorocaba e ao Retiro de Jundiaí. Compro o pervitin a cem mangos e passo por oitocentos. Passadores de fumo vêm comigo. Nota encorpada. Só se trabalha com a melhor maconha, a pura. Cabeça-de-negro, vinda de Alagoas.

A chegada da granuncha alta me refina. Quem conta tostões não chega a cruzeiros. Aprendo. Monto um apartamentão na Avenida Rio Branco e quero de tudo. Jardim de inverno, televisão, telefone, carro e ar-refrigerado.

E vou.

Cobiça raiada vai comigo. Por causa de dois braseiros da Rua dos Gusmões, apago a *Colt 45*, em tiroteio de rua, o cafetão Mandureba, falado cafioto, que, atravessando o meu trajeto, queria me beliscar aquelas situações.

Os jornais aprontam um escarcéu preto com o nome de Paulinho Perna Torta e me espianto para Campo Grande, Mato Grosso, enquanto Aniz Issara me cuida no *Forum*.

Torno a São Paulo, disposto e ansioso. Afiado. Cobiço toda a Boca do Lixo, já me entendo como futuro dono único. Monto nova curriola, estabeleço terror e tomo as melhores casas para mim. Como.

Trago meus empregados amarrados com corda curta. Mas tudo tem seu senão...

O malandro Valdão, chamado também Valdãozinho, ex-boxeador e meu empregado na colheita da taxa de proteção às mulheres, me faz uma safadeza. Entrega Paulinho Perna Torta ao D. I. e vai à crônica policial fornecer reportagem sobre *o intocável* das bocas. Tenho uma crise e quero a cabeça do cagüeta.

Os jornais me pintam de tudo que teria um rei. Há a exposição de tudo quanto é pose do corpo e da cara de Paulinho duma Perna Torta. Não gosto daquela uma, sem óculos escuros, em que apareço só de camisa esporte e sem charuto na boca.

Às três e meia da manhã, trago minha cambada, faço a invasão do restaurante Tabu, *fecha-nunca* da Rua Vitória, ponto de aponto da malandragem baixa. E apago, a tiros, o safado Valdão.

Os jornalecos me fervem outra vez. Nessa coisarada de façanhas, já não sei a quantas ando.

O valente Paulinho duma Perna Torta vai para as primeiras páginas.

O enterro de Valdão é seguido por toda a malandragem ao cemitério público de Vila Formosa. A consideração das curriolas a Valdão é um despeito das curriolas a um bem feito de Paulinho duma Perna Torta. Fico mordido; me vingo partindo para o jogo sujo. Ponho ratos da RUDE e da RONE, rondas especiais da polícia, ocultos campanando dentro do cemitério. E, durante o enterro, capturam lá cinqüenta vagabundos.

Engessei a curriola de bocudos e fiz bem. Essa cambada anda precisada de um pouco de cadeia para saber o que é vida.

E fujo de novo para as bocas de Curitiba, dobrando a verba de Aniz Issara.

É nessa minha ausência, prolongada lá no Sul, nas farras de cama arrumadas no melhor hotel de Curitiba, com uma menina de dezesseis anos — Maria Princesa, que um baiano muito gordo, muito falado e acordado, deixava a Casa de Detenção. Zião da Gameleira.

Não é mulher bonita, nem gostar o que está me perdendo.

Laércio Arrudão, os anos de janela e de Detenção não me ensinaram tudo.

Que minas eu tenho e até pivas e naimes das mais finas. Tive filhas de bacanas, nas estranjas. E Maria Princesa, minha última umas e outras fixa, é uma boneca e novinha cheirando a broto do interior — tratada, vestida, desfila como rainha... Nem gostar é o que me estrepa. Sempre gostei do melhor que é dos outros e, cobiçando, tomei quanto pude. E bem pensando, também os últimos ataques da polícia não me dizem nada — tenho pororó sobrando e quando me der na telha, mando a malandragem de volta para quem a inventou. Posso viver sem ela.

A encabulação maior me nasce de umas coisas bestas, cuja descoberta e matutação, a ginga macumbeira de Zião da Gameleira, começou a me despertar. Uma virada do destino, na vida andeja deste aqui. Um absurdo que Zião, sem querer, acabasse me levantando dúvidas bestas.

É que fiz trinta anos e pensei umas coisas de minha vida.

E na continuação da besteira, atacado pelas últimas guinadas da polícia que atende às famílias da cidade sobre o barulho dos meus esporros nas bocas; difamado pelos jornais, revistas, televisão... Sou chamado às conversas comigo mesmo.

E é uma porcaria. Meu nome é ninguém. Paulinho duma Perna Torta, de quem andam encurtando o nome por aí, é uma mentira. Como foram Saracura, Marrom, Diabo Loiro, Bola Preta... e como são esses de hoje em dia, donos disso e daquilo, da putaria, do jogo, das virações... A gente não é ninguém, a gente nunca foi. A gente some, apagado, qualquer hora dessas, em que a polícia, ou outro mais malandro, nos acerte.

— O que é qu'eu tenho feito?

A gente pensa que está subindo muito nos pontos de uma carreira, mas apenas está se chegando para mais perto do fim. E como percebo, de repente, quanto estou sozinho!

Uma parada sem jeito, ô encabulação! Agora a briga não é com ninguém, não. O pior de tudo, o espeto é que eu mesmo estou me desacatando e me dando um esporro. E é o maior enrosco!

Eu acho que ando muito cansado.

"São Cosme e São Damião, Doum...
Caboclinho da mata é quem manda,
São Cosme e São Damião, Doum...
Ô saravá, povo de umbanda!"

Isto é que Zião da Gameleira foi me aprontar...

"Olhe lá, seu caveira,
Exu tira fogo do ar...
É com sol, é com chuva
Exu'tá em todo lugar
Eh, eh... Eh, ah...
Exu'tá em todo lugar!"

E os atabaques e as gingas e os pontos da crioulada comiam os terreiros de Zião, batucavam no Jabaquara, até quatro horas da manhã. E aqueles bate-bocas sobre o bem e sobre o mal. Na tenda me esquentaram a caixa do juízo com uma cambada de dúvidas, sobre as coisas que tenho feito nestes anos. E vejo que não tenho andado certo, não.

Hora morfética em que ajudei a arrancar Zião da Gameleira da Casa de Detenção!

Não tem diferença.

A rataria volta à mesma política de antes de 53, quando preparavam o massacre da zona. Os jornais andam encachorrados de novo. Os malandros pra cadeia, as ruas varridas e as mulheres surradas.

Eu também começo a perder terreno.

Maria Princesa me acordou com um bafo besta, que me azedou o dia e a noite. Laércio Arrudão e seus irmãos foram capturados e estão mofando na Penitenciária. Aniz Issara quem mandou me avisar.

Às vezes, penso que é uma onda besta que está me tomando. Desguio-me dela, meto maconha, engulo uns copos.

Mas hoje, eu tenho medo até de sair à rua sozinho.

RUPA. Outro azar raiado.

Os jornais só me trazem espeto em cima de espeto.

Agora, os cobras do governo inventaram essa RUPA. Maior que RONE e a RUDE juntas. Tiras desconhecidos, gente moça, ansiosa, máquina na mão e a maldita gana de apresentar serviço. E os jornais ainda dão apoio...

Dia mais, dia menos. Essa rataria agora é moça. A molecada vai acabar me catando.

A rua está ruim.

Saravando seus santos, estalando os dedos na sua ginga, chamando os capetas, dividindo vela de não sei quanta cor, Zião já não me arruma nada. Deu para fazer trabalho aqui mesmo no apartamento. Deu foi azar! Zião da Gameleira faz, faz, faz. Fica aí rebolando na minha frente e chamando sei lá quantas linhas de Umbanda. Mas não me tira a ruindade da rua. A rua está ruim e assim está.

Chega Elisa do Pandeiro. Fala clarinho, que para bom entendedor, um pingo é letra. Mando. Que arranque a grana das minas, invente história, prense as mulheres na parede, faça mil e uma presepadas. Mas que traga algum pororó.

Ela vai saindo. Reforço o mando. Quando foi mesmo que peguei Elisa do Pandeiro como minha empregada? Meto os olhos na cara dela. Os olhos verdes de Paulinho duma Perna Torta. Boto doçura na preta, sei como é mulher. Falo baixo, os olhos na cara dela.

— Me traz.

Sai daqui meio boba, vai tropeçar na entrada do elevador, se eu não lhe abrir a porta. Sei como é mulher. O estrepe todo é que, se continuo dando essas liberdades, mais dia, menos dia... tenho que arrastar a mina pra cama. Negócio ruim. Perco a voz ativa, Elisa do Pandeiro é só minha empregada para recolher diária das mulheres. Eu quero só a nota que Elisa me traz. Cama, não.

Lá vai Elisa do Pandeiro, preta de muito rabo, com esse andar balangado. Para mim. Não quero cama com ela, não. Dizem que Elisa anda com uma nota alta, muito bem enrustida, possuindo um bordel escondido lá em Moji das Cruzes. Elisa é escura, é um tição.

Mas se essa história de grana alta for quente, eu arrisco uma pegada nela. Para lhe tomar tudo.

A rua está ruim.

É sobre a rua que estou falando. Da dos Gusmões. Lá da Vilinha da Boca do Lixo. Um saco furado, uma idéia de jumento, foi a minha. Esse espeto da polícia é que me entorta a alma. Tinha metido lá doze mulheres, movimento dia e noite, meninas de trabalhar, de enfrentar a rua. Quatro mil pacotes cada diária. Sendo menos, não adianta ter bordel, hoje em dia. Ia bem, quando furtei aquilo da Nega Lola, na manobra fina que eu sei fazer. Eu queria aquilo, dei juízo, fui lá, arruinei a Nega Lola, arruinei. Que eu sei fazer. Agora, que eu ia colher...

A rua está ruim.

Quem é que esperava? Deu para mudar delegado, deu para os tiras mudarem, os homens da lei não querem mais acerto. Uma virada, uma virada! Até mudaram o delegado de costumes. E essa polícia me espeta a alma, me afana a vida.

Mandar, eu mando. Mando. Elisa do Pandeiro vai, conversa, charla, pede. Mas os homens não querem saber de acordo. E quem se estrepa? Elisa me pede calma.

Tenho bebido muito, estou com tóxico na cabeça e não quero nem saber se Elisa tem grana enrustida, tem bunda grande ou pequena.

— Ora, m'esquece, mulher!

A rua está ruim.

Os jornais me desrespeitando, me encurtando o nome; as ratarias apertam, meu nome está se apagando. Acabará. Estão limpando as ruas, arrancando os malandros das tocas mais escondidas.

Eu me refinei, eu me refinei, não devia tanto. Fiz muito fricote, me escarrapachei mais do que a conta, me empapucei. Ou foi essa vida que me ensinou a cobiçar tudo o que é dos outros, iludindo, avançando, tomando, estraçalhando. Também por isso tenho uma situação, carro, apartamento, telefone, viagens, bordel. Não nasci com isso não.

Mas sem tratamento, hoje eu viveria mal. Camelaria, batendo cabeça por aí. E faria coisa de marmiteiro, sofredor.

Eu me refinei e cada vez mais, amanhã precisarei de alguma novidade, senão já não serei o mesmo. Precisarei mais grana. E quando tiver, ainda assim, descontente e encabulado, irei vazio por dentro. Cobiçando e inventando novas nove-horas.

Diz aí um paspalhão de jornal, encurtando o meu nome e quase me chamando só de Perna Torta, que venho decaindo, perco todas as casas do Lixão e já tenho até medo da polícia. Uns trouxas!

Estou com tóxico no caco e uma idéia besta me passa — talvez eu devesse ter ficado com a magrela e as namoradinhas do comércio das lojas do Bom Retiro. Ou tirado Ivete da vida.

Não fossem as prosas da crioulada de Zião da Gameleira, e eu não estaria aqui agora, me azucrinando com estes pensamentos bestas.

Trinta e um anos, faço pelo São João. E nem Jonas, nem Ivinho Americano e nem Laércio Arrudão estarão aqui para uma champanha comigo.

Tenho a impressão de que me preguei uma mentirada enorme nestes anos todos.

Outra vez o governo está vencendo Paulinho duma Perna Torta.

Mas não vou parar. Atucho-me de tóxico e me agüento. Para final, tenho ainda a grana, e Maria Princesa é uma boneca.

Eu só posso continuar. Até que um dia desses, na crocodilagem, a polícia me dê mancada, me embosque como fez a tantos outros. E me apague.

E, nesse dia, os jornais digam que o crime perdeu um rei.

Impresso no Brasil pelo
Sistema Cameron da Divisão Gráfica da
DISTRIBUIDORA RECORD DE SERVIÇOS DE IMPRENSA S.A.
Rua Argentina 171 – Rio de Janeiro, RJ – 20921-380 – Tel.: 585-2000